燈塔系

阿 航 著

西西里往事

文匯出版社

序

王彪

好多年前，阿航出现在杭州的某个酒吧，花衬衫，沙滩裤，鼻梁上架一副墨镜，声称自己是菲律宾来的，种柠檬。他皮肤黝黑，高头大马，听上去还真有那么一回事。当然这其实是他的小说家言。但可想而知，他的这番自述引起的反响，有关他传奇身世的猜测，跟他日后的小说世界里的人物一样，充满了让人津津乐道的兴奋与好奇。

事实却并非如此简单，阿航的人生要复杂得多，我至今都不清楚阿航去过多少国家，欧洲那些星罗棋布的小国是必不可少的，还有东南亚，还有拉美，其间充斥着偷渡、打黑工、流浪等匪夷所思的经历，这些经历使他区别于大部分的海外作家，也构成了他小说创作的底色。现在，他将这一部分小说结集于此，我们得以一窥他所生活的世界和那世界里的独特人物、别样人生。

我们先来看看阿航小说的故事背景。《脸谱面具》写的是非洲喀麦隆；《米兰春天》和《西西里女人》都写意大利，但一个在米兰，另一个在西西里岛；《浮光》是在巴黎；《单纯的心》《车厢》写的是偷渡，地点相距万里，前者讲述在缅甸丛林里迷路将近一个月的故事，后者则像一部恐怖电影，一群偷渡客被关在沙丁鱼罐头般的车厢从波兰进入意大利，由于发生意外没人接应，这节封闭的车厢如同一口棺材不知停在何处；最后一篇《返照》写的居然是南美洲最小的国家苏里南，很可能大多数中国人听都没听说过那地方，在阿航笔下，却有中国人的故事在那儿发生了。

　　这是一群怎样的中国人啊！他们为何从中国一个小地方出发，横贯欧、非、亚大陆，深入到异国他乡最偏远的地区讨生活？光从他们的行踪我们便大致能感受到，那一定是生存无着的漂泊者。他们基本上没什么文化，偷渡到了国外，身份是黑的，只能到小饭店、服装加工厂之类的地方做做工，比如《米兰春天》里的老刁，他是小货行的送货员。发达一点的，也就像这篇小说写到的梁家辉，有一支小装修队，在当地华人世界已算头面人物了。还有《浮光》里的小马，在国内是配钥匙的，到了巴黎，没正经职业，以玩马票为生。《西西里女人》中的何田田混得比较好，当了中餐厅老板娘，但也是危机四伏，丈夫因涉嫌帮人做假身份两次被警察追捕，遣送回国，她自己整日耽于幻想，怂恿餐厅里的帮厨装扮成初恋情人，以重温旧梦来寻找刺激，打发无聊的日子。《返照》里的曹晟彬，从欧洲跑到南美的苏里南，也是无所事事，没什么目标，只觉得这地方比较好混而已。无疑，这是一群游走于社会底层的边缘人，在国内他们就活得不如意，到了国外，文化与语言的障碍将他们的边缘地位更加凸显出来。文化上他们是无根的，语言上也是生疏的，大多不会当地语言，这使得他们与当地社会有一种深刻的隔阂，只能生活在熟人中间。我觉得把他们叫做飘零者更为合适，没有一个地方是他们的目的地，他们飘着，并且是零落的一群，注定孤独而寂寞终身。

所以，他们有时候看上去怪怪的，好像都是怪人。读他们的故事，我忍不住会联想到美国作家舍伍德·安德森的名作《小城畸人》。没错，阿航写的也是一群畸人，你只要读读《米兰春天》就明白了，老刁杀死了好友脑壳，为什么呢？就因为他们喝醉了，一个说兔子比乌龟跑得快，一个说乌龟比兔子跑得快，谁也不服谁，拿出刀来打赌，你砍我一刀，我刺你一匕首，结果悲剧发生，脑壳死于非命。这里面，还有什么比人在异国的孤寂、苦闷、煎熬更强烈的呢？再比如《西西里女人》，何田田叫景朋远扮演水手，充当自己的初恋情人，最后假戏真做，景朋远不得不真的到船上当了一名水手。何田田这种近乎变态的心理，人物行为强烈的戏剧感，也只有置身异国的无根世界里，才能作为人的空心化的一个极端又自然而然的表现吧？

同样颇有意思的是，阿航在这些畸人身上，写出了畸事畸情。这部小说集里的故事都称得上匪夷所思，比如《米兰春天》，脑壳死前留下一句遗言"兔子"，很自然被诠释为杀人凶手的绰号，有人乘机拿这名号组成"兔子帮"，与"黄帝帮"抗衡，江湖上风波迭起。其实这"兔子"跟杀人无关，不过是脑壳与老刁醉后打赌"龟兔赛跑"谁输谁赢而已。《脸谱面具》的故事也相当神奇，叶坤到喀麦隆做生意，喜欢上当地女子娅妮，一再遭到拒绝，后来他历经磨难，终于把娅妮追到手，却患上了性无能，这时候，一张古老的面具发挥了神秘作用，而这张面具的背后，似乎又牵扯上了娅妮与另一个男人的关系。非洲古老的秘密以超自然的方式进入现代人的生活，把性与爱、性与复仇连接到一起。《返照》则写了两代人的生活，曹晟彬的伯父有一段极其传奇的人生，他挖到金矿，赚了许多钱，脑袋发热要去投资拍电影，结果电影没拍成，心爱的女友被人强奸，他发疯投海而死。在南美的热带丛林，居然有华人要拍电影，这也太不可思议了。与此相对照，曹晟彬这一代人，却活得浑浑噩噩，毫无梦想，最大的野心，也就是从曹晟彬伯父帮助过的富豪那儿得点可怜的好处。正是这样的对比，让我们看到阿航的用心，他要在这些匪夷所思的畸事里，挖掘出畸情——这群飘零者被生活和环境所扭曲、变形的人情与人性。

《米兰春天》里老刁与脑壳以及脑壳妻子美蒂的关系，充满了令人绝望的悲情，恩怨情仇的纠结，却又不无温情。老刁失手杀死脑壳，心中有愧，对前来奔丧的美蒂照顾有加。美蒂爱上了老刁，后来却得知是他杀了自己丈夫，一心要复仇的美蒂差点崩溃，但最后还是爱与良善战胜了仇恨。《浮光》的故事和人物关系也很离奇，无所事事的小马喜欢上了挂果，不被挂果父母接纳，他就以房客的身份住到挂果家里，挂果的姐姐果实精神有问题，与丈夫感情破裂，住回娘家，她是个花痴，见到男人便忍不住勾引，有一天意外坠楼身亡。小马怀疑是一个烫衣工所为，发誓替果实报仇，他为此在与挂果结婚前夕突然离开，一人前往追寻凶手，自此再也没有回来。多年后，有人看见他在巴塞罗那，已经结婚生子。这背后的隐情显然并不简单，小马与果实可能也有过关系，一男二女，而且还是姐妹，这真是段怪异的恋情，看上去毫无道理，却也不无可能。阿航要在这样的畸情里告诉我们的，是人性的复杂与迷茫，始终有暗影隐藏在不见天日的地方，就如冰山藏在海面以下的部分，那才是最具危险的力量所在。

当然，我们也可以说，阿航就是这群人当中的一个，如果有什么不同，那便是他喜欢文学，喜欢写小说。他说他的小说有许多都是在他忙完餐厅的活儿，等别人离开之后，他拖过一张椅子，坐到餐桌边写的。他这一写就没停过，有多少专业从事文学的人后来都停止了，转向了，放弃了，但阿航没有，他一如既往，不管能不能发表，不计名利得失，埋头在一张油光光的餐桌上，吭哧吭哧写个没完。这样的境况他至少坚持了三十多年，回想起来，他不无感慨地说："我自己都被自己感动了！"

其实，被感动的不光是阿航自己，这么多年，我也是被阿航感动的一个。有时，看过他发给我的一篇小说，我的脑海里会突然浮现出阿航一开始出现在杭州某个酒吧的情景，花衬衫，沙滩裤，墨镜，五大三粗，有点像江湖行走的人，他说他来自菲律宾，种柠檬的。

有一天我恍然明白过来，为什么阿航钟爱柠檬。他玩笑般虚构自己的职业时，为什么必须是柠檬。在阿航的心目中，那暖黄色的一小颗，肯定有着与众不同的魅力，散发着迷人的清香与温情，就像诗与远方。

对了，一个种柠檬的人，一定是有着那么一点诗意的。

是为序。

2018 年 7 月于上海

目 录

脸谱面具

一

叶坤刚抵西非国家喀麦隆那阵子，寄宿于首都雅温得一老乡家里。因为要找店铺，他隔三岔五得请翻译。这个翻译就是娅妮。娅妮已婚，风韵犹存，是枝黑玫瑰。娅妮对叶坤说，我对中国的印象非常好！她说她在中国西安留学时，有一次从西安乘火车去广州，一路上大开眼界。娅妮说，中国真叫大呢，人真多，东西很多（应该是物资很丰富吧），太好玩了，那么多的城市，那么多的农村，都有好玩的地方……我现在想起来，还是很开心的，我对中国的印象非常好（这句话她重复了好几遍）！

那天叶坤请娅妮来老乡中餐馆吃饭。娅妮开门见山问道，你准备在喀麦隆投资什么项目？叶坤笑道，你在中国待了几年，倒是学会了许多行话嘛。娅妮不解，问什么意思。叶坤说你开口"投资"闭口"项目"的，这些就是行话呀。娅妮仍不怎么理解，不过她没兴趣再问下去了。叶坤说，像我这种做小本生意的，投资是根本谈不上的，欧洲不是经济不景气么，我想来这儿看看行情，找点儿小生意做，混日子呗。娅妮说你太谦虚了吧，在我眼中，你们中国人个个都是有钱的老板呢。叶坤道，你也可以给我出出主意嘛，你说在喀麦隆做点儿什么比较好啊。娅妮说开餐馆，那样我就可以经常到你店里白吃饭了。叶坤说你在中国真是把什么都学会了，连吃白食都知道呀。

　　叶坤原先在东欧国家匈牙利做生意。2008年金融危机爆发后，他审时度势，变卖掉布达佩斯的店铺来非洲寻找商机。至于娅妮，她在当地应该算家境不错的。据娅妮说，她老公是盖房子的。娅妮所说的"盖房子"到底是怎么一回事儿，叶坤没搞明白。直到一段日子后，叶坤才搞清楚她老公是搞装修的，手头有一支装修施工队。娅妮本人，大部分日子是做家庭主妇，在家带女儿。一年当中，也会碰到几个像叶坤这样初来乍到，又怀揣几块"资金"的顾客，聘请她做几天临时翻译，赚取几个薪金。

　　那段日子里，叶坤是放开了，花了些本钱。他让娅妮替他雇了一辆车，是辆大功率的越野车（喀麦隆路况极差，没越野车上不了路），而司机则是一个比哑巴强不到哪去的当地黑人。他们上路，前往其他城市寻找所谓的"店铺"。这实在是一个幌子，属挂羊头卖狗肉之举。每次车子驶出城郭，叶坤便会产生一种鸟儿飞出笼子的快意。在叶坤看来，他这是扑向温柔之乡啊——远方的天际，朝霞似火！

　　可接下来的进展，对叶坤来说却是不尽如人意。

　　他们的第一次"猫捉老鼠"游戏，是在海滩地。那地儿在叶坤老乡的口中被叫做"白沙滩"。此地沙滩细绵，沙子白净，这是被老乡叫做"白沙滩"的原因之一，原因之二是相对"黑沙滩"而言的。喀麦隆有座火山，就叫喀麦隆火山，相当著名。那座火山与大海邻近，爆发时将大量的火山灰及其他什么杂质喷射到了海边。时间一长，斗转星移，海边的杂质经过海水的冲洗，形成了一片黑色的沙滩——当地人也叫这沙滩为巧克力沙滩。这是相当独特的一个景观。作为来喀麦隆历史不长的中国人（其中自然包括叶坤的老乡了），他们对当地的情况不甚了解，对那些拗口的地名也懒得去记，便采取了直观的叫法，将这两处沙滩分别叫做白沙滩和黑沙滩。

那天下午三时许，他们的越野车抵达白沙滩，停在海边一座小宾馆的门口。可能不是旅游季节或此地本身就少有人走动吧，那天那幢米黄色三层小洋楼里没有一个客人。娅妮下车去叫了一通，无人应答。娅妮转身去附近村子。不久，她身后跟着一个妇人和一个男人。他们开了两个房间。娅妮对那个做厨师的男人说，我们不在这儿吃饭。

娅妮显然老马识途，她领叶坤去一个小码头。娅妮说，我们在这儿乘船，沿海边走，看看海……再去一条河，那条河风景很漂亮，树很多很大，船会把我们运过去。叶坤心不在焉，他懒洋洋问道，船把我们运过去干吗？娅妮说那边有个吃饭的地方，你们中国人叫大排档的，烤虾吃，那种虾很香很香，只有这儿有的，在海和河的中间，我不知道怎么说好，海水和河水不是不一样的吗，咸的和淡的，这种虾就长在那个……位置。叶坤的心思不在吃上头。他说，我看这样吧，晚上……我不想和司机睡，我和他话都讲不通，怎么睡啊……再开一个房间，多花钱，也不好。娅妮道，你的意思是要和我同一个房间是吗？叶坤赶紧点头，说就是这个意思。沉默片刻后，娅妮说可以啊。叶坤没想到娅妮这么痛快就同意了，简直心花怒放。

他们上船。船上除开机器的船夫外，另外还有两个乘客，一个白妞，一个黑人青年，学生模样。那两个手牵手，看会儿海景后，常对视一笑。叶坤受其感染，也捉住了娅妮的手。他捏得很紧，怕是捏出汗来了。叶坤身心愉悦，时不时冲着娅妮傻笑。娅妮装聋作哑，一副小鸟依人样子——虽说论身架，娅妮与叶坤旗鼓相当。但娅妮的妩媚，还是可以充当一只小鸟的。

　　河道的风光，是另外一方天地。岸两旁的热带雨林，盘根错节，可谓长疯了，毫无节制，遮天蔽日，一派欣欣向荣、郁郁葱葱气象。

　　那种生长于海水与淡水交融地带的虾，个头不小，粗看有点儿像小龙虾，熟了后也是红彤彤、油闪闪的。一旦吃上口，那味道就辨别出来了，大不一样！这虾的肉质是何等鲜美啊，而且那虾壳是软的，肉头又厚。那地点也不错，是片滩地。滩地上摆了四五套白塑料桌椅，不远处燃一堆火，有迷人的光影。食客不多，除那一黑一白一对学生外，另有几个黑人围着一张桌子吃喝。叶坤心情好，放开肚皮喝啤酒。娅妮与他对饮，娅妮的杯子小，叶坤的杯子大。叶坤的杯子一次可容一瓶啤酒。叶坤端起冒泡的啤酒杯与娅妮小号的啤酒杯"哐当"敲了一下，一仰脖子咕咚咕咚灌下去。叶坤抹一把嘴巴说道，他妈的太过瘾了啊！

　　回宾馆路上，叶坤头重脚轻，但神志尚未糊涂。娅妮搀扶他走进宾馆门厅，让他靠着沙发休息。叶坤心急火燎，嚷道，干吗不上楼？娅妮正与登记台妇人交谈，她回转身子道，房间……还有点问题需要解决。叶坤嚷道，什么问题？不用解决了！娅妮过来挨叶坤身旁坐下，说很快就解决好。

他们进房间时，叶坤发现多了一张临时床铺。叶坤多少有些明白过来，娅妮所说的那个"问题"，就是给房间加铺。叶坤不去管它了，他说洗澡吧，我们一块儿洗。娅妮说不行。娅妮先进洗手间洗澡。叶坤斜靠在床铺上，听洗手间里那哗哗响的水声，觉着那声响比世上最动听的音乐还要悦耳呢。娅妮"全副武装"从洗手间出来——她身上没少穿一件衣服。叶坤说，你这是干吗？娅妮说你去洗吧。

　　叶坤冲浴时，便觉脑袋阵阵眩晕——他有些不胜酒力了。好不容易从洗手间出来，但见娅妮仍坐在椅子上，叶坤说你……还不睡觉……摇晃着朝娅妮走去，眼前出现了好几个人影子。两人推太极拳似的推搡上一阵子，叶坤一个扑空，随即瘫软在铺上……而后呼呼大睡。

　　这次教训，叶坤肠子都悔青了。他暗暗下决心，下次是绝对不能再喝酒了啊！

　　叶坤与娅妮这回去的是一座与尼日利亚接壤的西北小城。叶坤在要去那地儿之前，他的几个老乡就对他说过那边的有关情况。老乡说，那一带信奉伊斯兰教，穆斯林不吃猪肉不喝酒，没法子开中餐馆的呀。但叶坤一意孤行，九头牛都拉不回来。老乡们就说，这鸟人是鬼迷心窍了，被那黑妞牵上牛鼻绳了。

　　这是一座群山环抱的小城。当他们的车子抵达高山垭口上时，但见天高云淡，气象沉静，在浓得化不开的绿色围拢下，其锅底一样的平坦地上，摆放着如许积木般的小房子。房子的色彩大多为红色，不是那种鲜艳的红色，也绝非黯然，是那种含蓄的红颜色，恰如其分！当这一幕刚刚映入眼帘时，叶坤疑心自己是不是来到了一处世外桃源——或者说一个童话世界。

　　这次在住宿的问题上没费周折。叶坤拎着背包跟随在娅妮身后，进了同一个房间。让叶坤稍稍不爽的是房间里摆着一张长沙发。叶坤当即跑到司机房间查看，布局一模一样。叶坤只得认命了。叶坤暗自忖度，只要老子今晚滴酒不沾，就算房间里有十铺床又有何妨呢。

　　而实际情况是，在这个穆斯林地区，你想喝酒还没门。街市上所有的餐馆，几乎清一色为清真餐馆，而清真餐馆是不允许饮酒的。叶坤心想，这是天助我也。两人在街上逛了一通，天渐渐黑下来。娅妮说我手机欠费了。叶坤说我给你买张卡。过后娅妮说她要给老公打个电话，不知女儿有没有哭闹。叶坤一切顺从，显得非常有耐心。叶坤清楚进入夜晚后，娅妮总是会有小名堂的，自己一定要沉住气。

　　他们步入一座白房子，那是一家清真餐馆。叶坤故意问，晚上喝点什么酒好？娅妮说，你要喝酒？那要找家法国餐馆。叶坤赶紧摆手道，不要找法式餐馆了，我就想尝尝这……清真菜呢。这家清真餐馆，怎么说呢，色彩有点儿艳，气氛有点儿怪。这餐馆的外墙是白色的，而里头的墙壁与天花板，天晓得怎么回事儿，竟涂成了天蓝色。这哪像是吃饭的场所啊，简直就像是一座水族馆嘛。人进了这里头，感觉像是浮在空中，或者说是漂在水面上。更要命的是整个餐厅空空荡荡，没有一个客人。他们刚进来时，甚至连跑堂都没有。叶坤眼睛没处放，浑身不自在。但叶坤没说出要离开的话。

　　两人呆坐一阵后，里头终于走出一个戴白帽子的男人。那人一句话没说，径直过来放下两本菜谱。娅妮翻开菜谱，询问叶坤喜欢吃鱼还是喜欢吃牛肉。叶坤想起有个老乡曾对他说到过非洲鲤鱼。老乡说非洲鲤鱼与中国鲤鱼完全不同，大得多，椭圆形，肉质特别鲜嫩。叶坤便问娅妮，那鱼是非洲鲤鱼吗？娅妮道，什么非洲鲤？叶坤说不上来，他不晓得老乡口中所说的非洲鲤鱼到底是叫什么来着。叶坤挥挥手道，吃鱼吧。戴白帽子男人端上两盘食物，一只盘子盖着鱼，一只盘子盖着牛肉，而底下的主食却是香蕉。叶坤问娅妮，就吃香蕉？娅妮道，这种香蕉不是水果的那种香蕉……你吃不习惯是吧？叶坤说凑合吧，不就是填饱肚子么。

　　那顿饭，对叶坤而言，无疑是味如嚼蜡了。这天底下哪有拿香蕉当饭吃的怪事（虽说此香蕉非彼香蕉，但本质上是差不多的嘛）？那油炸的鱼也不好吃，干巴巴的，全是咖喱的味道。这是食物方面的。而其环境，就更不妙了。天蓝的色彩让人头昏脑涨，为其一。其二为过后不久，从里头又出来两个身份暧昧的男人，他们与原先已在的跑堂男人一块儿站在吧台周围，窃窃私语。三个男人一色白长袍、白帽子，其区别为两个未蓄须，一个蓄须。蓄须者黑须老长，眼神淡定。叶坤的位置刚好朝向他们。叶坤咽不下"香蕉饭"，一抬头，眼前便是这样一幅场景，他赶忙又将头低了下去。叶坤偷看一眼娅妮，娅妮毫无表情。在叶坤的感觉中，她那时的表情可用"不动声色"四字加以形容。

　　从餐馆出来，街道上冷冷清清，行人稀少，灯火暗淡，偶尔有一两辆破车摇摇晃晃经过。好在月亮出来了，当空一饼明月，又大又圆。那大月亮，是叶坤这辈子所见过的最大月亮了，大得像假的，镀上了一层淡黄色的光晕。叶坤呼吸渐渐顺畅，他说这个地方……让人压抑，好像与其他地方不一样嘛。娅妮说那是的，这儿过去是英国的殖民地，英语区，宗教又不同。叶坤问，在这里，有没有中国人？娅妮说我也不太清楚，大概没有吧。叶坤说我们回宾馆吧，我不想再逛下去了。娅妮说我没带牙刷、毛巾，要去买。

他们走进一家商店。这家商店，更像是一幢仓房。长长的一排木房子，里头没隔，统成一体，什么货物都有，好像还有吃饭的快餐店。让人匪夷所思的是里面居然有那么多闲人，像是一个什么集市。人们三五为伴，在那儿说话，有的声音很大，有的声音很小。叶坤注意到有个妇女坐在长椅上哭泣，旁边一个男人在说着话，应该是劝说她的吧。里头的灯光不甚明亮，而且不均匀。暗的地方只有一点点光晕。叶坤看见在那暗影里，地上躺着一个男人。叶坤心里嘀咕，此地不是禁止饮酒的么，怎么会有醉鬼躺在地上呢？再一想，他就自我否定掉了。那地上躺着的人，怕是有其他原委吧。

这样子到了宾馆，叶坤已是身心疲惫。

从雅温得来这里，路上需要七个多小时车程。喀麦隆国家穷，道路等基础设施年久失修，那条破烂不堪的柏油马路到处坑坑洼洼，车子颠簸得厉害。也就是说，来时的路上叶坤没少吃苦头。拿他本人的话来说，骨头都抖散了。路上的折腾刚告一段落，接踵而来的是一惊一乍，气氛沉闷、压抑，再加上那层莫须有的神秘感，叶坤不身心疲惫才怪呢。

接下来的情景如出一辙。娅妮照样是戒备森严，穿着衣服进洗手间洗澡，出来时同样穿得整整齐齐。叶坤这次不管三七二十一了，他冲完浴后，就赤身裸体走出来了。娅妮镇定自若，她问道，你睡床还是睡沙发？叶坤欲火中烧——但他更多的是被伤心的情绪所笼罩。叶坤说，难道……你就这么瞧不起我？娅妮说没有呀。叶坤厉声说道，那我问你，你为什么就不愿意和我一块儿睡？难道我对你……就没一点儿吸引力？

片刻后，娅妮说，我有老公的，我不能对不起他。

叶坤兽性大发，他扑过去将娅妮往床铺上推。有好几次，叶坤都已骑在她身上了，解开了她的几个衣扣。但娅妮力气不小，她总是能够挣脱出来，坐到沙发上去。叶坤从床上跳下，再度扑向沙发，两人扭作一团。娅妮自始至终没大声嚷嚷，更没扯开喉咙大喊大叫。俗话说吃人家的嘴软，拿人家的手软。叶坤与娅妮每次出来，所谓的翻译费都是两倍三倍给的，娅妮心知肚明，她是断然不能给人家脸色看的，当然也不能闹出是非来。至少到目前来讲，叶坤是娅妮的一棵摇钱树。娅妮她没有任何理由要毁掉这棵摇钱树的。

娅妮无声抵抗，叶坤歇斯底里。他们两个之间的较劲，叶坤显然更耗气力，如无头苍蝇一样地乱碰乱撞耗精气神。渐渐地，叶坤明显有些力不从心了，他没有力气再大幅度地扑腾了。叶坤躺靠在沙发上喘气。他说，我这样子很难受……你能不能……帮我，打飞机……娅妮抬脸问道，什么打飞机？叶坤有气无力道，就是用手……替我解决，要不，我怕真的会难受死的啊。娅妮想了想后说，可以的。

那之后间隔了半个月左右，叶坤没给娅妮打电话。叶坤在心里一次又一次地说服自己，要忘掉娅妮。叶坤度日如年，那半个月里，他的脑子里每时每刻都有娅妮的影子在盘旋。娅妮于他来说，已经深入骨髓了呀。

这次他们去了那个黑沙滩。车子先经过那座火山的某个景点。娅妮提议下车看看。买了参观票，他们手牵手登台阶。放眼望去，除去少许绿色，满眼皆为乌黑的岩石和泥土。一大群当地的大学生，好像是跑到这儿来上课了。一个老师模样的男人在那儿指指点点，一副长篇大论的架势，而学生们则是一副洗耳恭听的样子。叶坤无心游山玩水，他没有东张西望，没有对从未见识过的火山表现出多大的兴趣。叶坤对娅妮说，我恨我自己……我怎么就这么没用啊。娅妮心中自然明了叶坤话里头的意思。她轻微一笑，没说话。叶坤继续说，我是下过决心的，决心再不和你来往……可是，我又给你打电话了，我恨自己没骨气。娅妮说，不要想太多就好了。叶坤说，我又不是你，不是木头人，能做到滴水不漏！娅妮问道，什么滴水不漏？说实在话，像娅妮这样对中国话的一知半解，或者说那种一知半解的神态吧，叶坤是蛮喜欢的。至于为什么喜欢，叶坤就讲不出个道道来了。

叶坤抱住了娅妮，将脸面贴上去。娅妮说你干吗，人家学生在看我们呢。叶坤说让他们看吧，叫他们学习学习。娅妮扭动几下后，就不再动弹了。叶坤乘虚而入，将嘴扣在了她嘴唇上。叶坤明显感觉到娅妮的舌头有所反应了，其舌尖与他的舌尖触碰到了。

这回叶坤做足了功课，包括心理上和物质上。所谓的物质上，除像往常一样多付小费，他还随身携带了一部中国山寨手机。娅妮用的那台手机，破旧得都已脱了漆皮。叶坤忖度，钢要用在刀刃上——她缺手机，我就送她手机吧。

从火山上下来时，叶坤颇有几分娇情地说，要是这时候火山爆发就好了。娅妮自然不解，问，此话怎么说？叶坤翻着眼白说，那样子我们就可以一同归西天了呗。既然不能做爱，还不如死了好。娅妮拍着身子晃动的叶坤后背问道，你真的假的……难道你会巫术？叶坤说我不开玩笑，我是认真的！娅妮见他恢复了常态，便笑道，你这个傻瓜。

车子继续上路。听到了海水拍岸的声音，一阵强似一阵，眼前突然就亮堂了，一望无际的海平面如天幕一般映着光，湛蓝无比。海风拂面而来，叶坤神情为之一振。他莫名其妙地喊道，大海——我来了！娅妮笑得像只小母鸡，差点儿没背过气去。

这地方的确好，的确适宜谈情说爱，适宜酝酿情色阴谋。阳光灿烂，因有海洋的调节，显得柔和、光滑，一点儿不烫人，不刺眼。一湾棕黑色浅滩，上头吐着白沫，时不时涌上一排排白浪，黑白分明，分外醒目，分外养眼。这世上，怎么竟然会有黑色沙滩的哇！那天是周末，度假村里人不少。这里所说的"人不少"是相对而言的，千万不可与神州大地的"游人如织"相提并论。那天在度假村那带，也就一两百人吧，基本上为黑人。其实"黑人"的颜色也不尽相同的，有深黑有浅黑。有一种黑人，不怎么黑的，五官棱角分明，魔鬼身材，皮肤表层泛着微光，毛茸茸的，很耐看，看上去特别健康，富有弹性和活力。娅妮就属于这种类型。娅妮换上比基尼——叶坤总算有机会瞧见她的"胴体"了。娅妮如一头黑骏马，在沙滩上跑来跑去，发出银铃般的欢笑声。叶坤跟随在她后头，疲于奔命。这东方黄种人的体质，与非洲黑人一比较，其劣势是不言而喻的啊。

两人泡在海水里的时候，有过数次搂搂抱抱。但都不深入。叶坤的一双手自然是不安分的。天晓得娅妮怎么会有那么大力气，她的手捏住叶坤的手腕，叶坤便动弹不了了，像是被老虎钳子钳住了。娅妮再稍一使劲，叶坤即刻痛得龇牙咧嘴。这一当头棒喝，让叶坤明白靠硬功夫是休想占便宜的，那么，剩下只有软刀子一招了。

喀麦隆的大部分地区，原先均为法国殖民地。法国文化及法国的方方面面，对这个国家的影响极其深远。此地的度假村就是法国人经营的。那天晚上，叶坤和娅妮在法式餐厅就餐。那是一幢临海的玻璃房子，窗明几净，槟榔树、芒果树，还有红毛丹树，在玻璃墙外头随风招扬，一派热带风情景象。叶坤不知怎么回事儿，就想起了过去的岁月。叶坤对娅妮说，我在欧洲最难的日子里……我老婆离开了我。娅妮说，你干吗对我提这些？叶坤说，做男人要是没出息，老婆都瞧不起你的。娅妮说，男人更坏一点。

娅妮的"打击"并未影响到叶坤叙述的欲望。他往下说，实际上那件事情我是冤枉的……那年意大利大赦，就是说没居留证的人可以办理居留……可以办理居留证，今后就有身份了。我们夫妻俩从其他国家偷渡到意大利，住在亲戚家里。亲戚家里住了许多人，什么人都有，这中间有个人是办假证的，印刷了许多假的身份证，卖给那些不知道情况的人。有一天，警察突然搜查我们住的那个地方，在阁楼外阳台的花盆里头搜出假证件……那个办假证的人溜走了，他怕是早就听到风声了……没料想，警察怀疑到我头上了，我这人长相不好嘛，三角眼，看上去像个坏人……娅妮打断他的话头问道，你讲这些，我没听到你那个……那个没用嘛（没出息）。叶坤说，这不问题就来了么，警察既然怀疑到我头上了，他们还吃素呀，他们就把我抓进去了呗，关了两个月不到，法院就判下来了，判我坐五年牢房……就是蹲监狱了。娅妮问道，然后呢？叶坤说然后就鸡飞蛋打了嘛，我一进监狱，老婆就跟别人了……我监狱出来后去了匈牙利，一直一人过。

出乎意料的是娅妮听完后，既没安慰上叶坤几句，也没表现出同情的意思。她安之若素，吃得津津有味。

而叶坤自己，不知何故却是一阵心慌意乱。叶坤刚才所讲的，可谓句句实话，他连添油加醋都没有。但他感觉自己好像是讲了一堆谎话，假得让人堵心、难受。叶坤扪心自问，这或许与自己心怀鬼胎不无关系吧。

散步时，娅妮照例要与家里通电话。娅妮与老公讲过后与女儿讲，讲着讲着，她那破手机就死机了。娅妮十分沮丧。适才一路上，叶坤都勾着脑袋，默不作声。晚饭时叶坤有意无意地将自家的"底牌"亮出来，似乎是要给接下来的行动作铺垫的。弄巧成拙——没想到却把自己的心情搞糟了。叶坤意识到，自己在娅妮面前简直就是小丑，蹦跶来蹦跶去的，她却连个屁都没放……这时娅妮问道，叶坤，你可以借手机给我用吗？我的手机坏了。

几乎是在刹那间，叶坤的精气神就恢复过来了，他又是那个自信心满满的中国老板了。叶坤慢悠悠地从兜里掏出那部山寨手机，拍在娅妮手掌上说，送给你的礼物。娅妮瞳孔一亮，目瞪口呆，老半天才说出话来，这礼物……这礼物太贵重了……我太谢谢你了！娅妮贪婪的一面让叶坤捕捉到了。叶坤心想，只要是个凡人，总是有缺陷有破绽可寻觅的。叶坤挺直腰板问道，我送你贵重礼物，你怎么回报我啊？娅妮抬头，故伎重演道，什么回报……我不明白。叶坤一字一顿道，晚、上、我、们、做、爱！

事情看来是有眉目了，那艘漂泊在远方的船只要拢岸了，要驶入港湾了。

进房间后，叶坤立马就缠住了娅妮。娅妮同样抵抗，但显然没用足劲道，更像是半推半就。叶坤很快就将她的上衣给剥掉了，娅妮死命揪住裤带不放手。娅妮哀求道，你要我……其他都行，这个不可以，我要对得起我老公。叶坤不禁大光其火，大声嚷道，你老公又不是不明白，一个女人跟一个男人出去过夜，还不就那回事儿。你就别再提老公老公了！娅妮摇头道，不是的，他相信我不会的……你对我好，我都知道，求求你别……不做爱好吗？像上次那样，我给你……打飞机好吗？叶坤声音略微放低道，娅妮，你也应该理解我才对呀，我是一个身体健康的男人，有正常的需要……我们相处这么长时间了，你难道就不满足我一次吗？娅妮频频点头道，我知道，我知道你很需要……我给你打飞机解决好吗……叶坤没等娅妮说完便嚷道，那打飞机跟做爱能一样吗！那是没办法的办法。我们两个大活人，为什么正常的爱不做偏要打什么狗屁飞机啊？那不是神经病么！叶坤说过后便使出吃奶的力气，扯下娅妮的长裤，扯烂起短裤。

娅妮泥鳅一样地从叶坤身下滑出来，她说还没洗澡……我去洗澡。叶坤说不用洗了，今天我们在海里泡过，水冲过，干净的。叶坤边说边再次摁倒娅妮，骑在她身上迅速脱去自己衣物。娅妮说，我要小便。

娅妮在洗手间里待了十分钟。

叶坤两次跳下床去敲门。

娅妮出来时，叶坤坐在床上。

娅妮已不是原先那个娅妮。娅妮的一张脸，已涂成白色，里头又描了一些莫名的图案；她的两只乳头，画着两个白圈，肚皮上是两个白箭头；而她的头发，则捆扎成一条，高高竖起，形同独角兽。

叶坤倒吸一口冷气——感觉像是有一盆冷水从头顶浇下，滚烫的身子瞬间冷却。叶坤大声嚷道，你这是干吗？装神弄鬼的！娅妮的眼睛如死鱼的眼睛，白多黑少，她的嘴唇在嚅动，念念有词；随着娅妮身子的手舞足蹈，其嘤嘤嗡嗡之声渐渐放大，越来越大（其实没有）。叶坤身子发软，眼前模糊一片。他想抬一下胳膊，可胳膊纹丝未动，就好像那胳膊不是长在他身上似的。

二

自那之后，叶坤与娅妮不再来往。

叶坤在心里头已把娅妮认定为是个巫婆。

叶坤在雅温得开了一家中餐馆，生意顺风顺水。一天，娅妮和老公、女儿一家人过来吃饭。刚开始时叶坤没看见他们。叶坤作为老板，活儿是无须干的，但他得照看生意，与老顾客打声招呼，或免费请他们喝杯中国玫瑰露酒什么的。叶坤一转身，他的眼睛像是被磁铁吸住了似的——停在了娅妮身上。他们四目交织，而后双方都避开了。

真是冤家路窄啊！叶坤当时脑子里跳出了这么一句话。略微犹豫后，叶坤迈开步子回到吧台。叶坤倒了一小杯烈性酒，分两口喝下去。他身子有些摇晃，六神无主。叶坤抬脸往娅妮那个位置看，娅妮无异常。

叶坤决计离开。他对收银员说晚上有事，先走了。临走时，叶坤对收银员交代，6 号桌打五折。收银员说，老板，那桌客人是新客，为什么给他们打五折？叶坤挥挥手说，你照我说的办就是了。

殊不知这个头一开，麻烦就大了，娅妮一家子隔三岔五过来吃饭了。有次娅妮老公买单时，握住叶坤手说道，娅妮说了，你人好。叶坤法语本就只会两句半，心一慌竟回答不上来。叶坤请他们夫妇喝玫瑰露。娅妮老公喝下那小杯酒，夸张地伸出长舌头，连说了两个好！站在一旁的娅妮与叶坤用中文交谈，她说我老公和女儿都喜欢吃中国菜。叶坤说那就经常来吃吧。娅妮说，可太贵了，你少收钱了，我们还是消费不起。叶坤当时脑子不知是怎么想的，竟脱口道，那就白吃吧。娅妮一下子兴奋起来，她说真的呀，那太好了，我们谢谢你！随后娅妮与老公、女儿说了一通话。娅妮老公同样脸面发光，给了叶坤一个熊抱。娅妮说，我们说过的，你开餐馆，我就可以白吃了，你是一个……说话算数的人。

这中餐，在欧洲许多国家，只能算是低档型的餐。可在非洲，却是上档次的。拿喀麦隆这个国家来说，中餐仅次于法式餐，排在其他餐的上头。喀麦隆国家穷，穷人占绝大多数。在当地，能进中餐馆消费的，就算是上流阶层了。由此可见，叶坤的这个口开大了。

有一段时间，娅妮老公去外地"盖房子"了。前来餐馆吃饭的就娅妮和她女儿。有一次叶坤坐她们餐桌上说，我们一块儿吃点吧。娅妮说我们这样经常来吃饭，你会不会讨厌我们呀？叶坤说不会啊，我们是朋友嘛。娅妮说，我会送一件礼物给你……谢谢你对我们好。叶坤抬头看着娅妮道，我不需要礼物，我需要什么你知道的……不过，我现在害怕了。说过叶坤表情复杂地一笑。叶坤想起那天晚上那一幕时，仍然有股寒意袭来。娅妮的表情也够复杂的，几次欲说还休的样子。

娅妮到底还是把话说出来了。她说，我那是没办法……我爱我的家，我很对不起你，但我真的没办法啊。叶坤点一根烟，脸色凝重。娅妮轻声道，你不生气了，好吗？叶坤说这跟生不生气无关，我只是觉得，我一厢情愿了，我不自尊自重。娅妮急切摇头，她说没有的，你很好，你看得起我，你对我好我心里明白的。只是我没办法，其他都可以的。

过后有一天，叶坤与娅妮母女再度共进晚餐。叶坤将自己心中的那个疑团说出来了。他说你那天到底是施了什么魔法，让我变成那样子，灵魂出窍了一样，我到现在都没搞明白。娅妮的一张黑脸，居然也泛起了红晕。

娅妮说，我妈妈是北方那边人，我小时候在我外婆家待了几年，那时候我爸爸不要我妈妈了，也不要我了，我被我妈妈送到我外婆那里。那边很落后，到现在都还是那样子，一个村子是一个部落，人生病了不看医生，因为没有医生呀，要到很远的地方才有医院。还有人死了或者其他重要的事情，就画上脸……或戴上面具，哦对了，我要送你的礼物就是一个面具，那是我外婆送我的，我外婆说是她外婆送她的，不知多少辈了，是传家宝。那个面具是好的，会让人安静，它会保佑你平安。叶坤说，你那天画的脸谱，是不好的对吧？娅妮说，我也不太清楚，我只是想让它保佑我，我那天说的是土话，也是保佑的意思。其实我真的不是太懂，很多我都没学。叶坤道，你要都学了，那我还不没命了啊。娅妮摇头。她说没有的，我也在保佑你，我只是想让你心里的鬼安静下来，我不会对你不好的。你对我好，我都清楚，我怎么可以对好人不好呢？请你一定原谅我，如果我有过错的话，那都是无意的，我的心对你好的。你是个好人，一定会好的。

叶坤说，我不是好人，所以才会受到惩罚。

娅妮急得要哭的样子，拼命摇头，说不上话来。

通过这几次交谈，叶坤对娅妮似乎有了更多的了解，又似乎根本没进入，停留在表层原地踏步。娅妮身上无疑具有神秘性，具有来自那个部落世界的陌生气息，让人无以捉摸。不过有一点是可以肯定的，只要是人类，必有其共通性，必有人性的善良和邪恶。娅妮的天性中，应该来说，是其善良一面占大比例吧。

本来，叶坤"吃苦头"后，是不想再和娅妮往来了的，而且她在他心里头的印象也已逐渐稀淡。可是现在，娅妮的人影子却再度占据了叶坤的心房，并且有过之而无不及。这世上的事情往往就是这样的，如一览无余，那必定就消解得快、消失得快；而如果像洋葱一样，剥了一层又一层，层层富有新鲜感，层层辛辣，刺激得人流眼泪淌鼻涕水的话，那就另当别论了，说不定就像愚公移山那样得永无止境地挖掘下去了。在当时叶坤的心目中，娅妮就是"王屋山"和"太行山"啊。

雅温得的房屋建筑和街区布局，颇具法式风范，虽然陈旧不堪、面目全非，但骨架仍在，踪迹还是可寻可觅的。像那街心花园的设计，就跟法国境内城市的布局相差无异。街心花园如同一个太阳圆心，六条或八条散发出去的街道形同太阳的"光芒万丈"。叶坤有一天驱车经过某街心花园时，看见公园里有两个戴面具的人在那儿追逐嬉闹。确切来讲，是一个大人和一个小孩各戴一面具在那儿跑来跑去，不亦乐乎。

那天娅妮说有些人对脸谱面具是不敏感的，看见了就是一乐或脸一沉，那种细腻、微妙的感受，他们没有。娅妮说，在这些人面前，脸谱面具的作用微乎其微，可忽略不计的。而叶坤，对脸谱面具是非常敏感的。娅妮说她那次在洗手间里只是急匆匆地涂抹了几下，相当粗糙，只是一个大致意思而已，可叶坤却已经被蛊惑了。故此娅妮断定，叶坤与脸谱面具的"道"是通的。

叶坤将车停在路边，下车走向街心花园。叶坤在长椅坐下，手托脑袋，打量起那一大一小两个戴面具者。叶坤越看越觉着那人是娅妮，那个小孩必是她女儿了。叶坤看得入神，人似乎有种浮动感，那长椅形同小飞船，带着他往高空飞去……叶坤扭了一把大腿，让自己回到地面上。叶坤喊道，娅妮，是你吗？娅妮愣在原地，转身看见了叶坤。她欢快地朝叶坤奔跑过来，真的像一只花蝴蝶啊！

娅妮对叶坤解释她为什么要和女儿戴上面具出来玩。娅妮说，贝贝不开心已好长时间了，去医院看医生，看不好，医生说没毛病。可贝贝就是不开心，眉头都不打开。我就想试试，找到了两个让人开心的面具，我们玩了两天，效果非常好！贝贝开心多了，你看她，她开心的时候就是这样子笑的，牙齿放在外面的。叶坤心里纳闷，嘴上说，依你这么说，这脸谱面具可是包治百病、无所不能的喽？娅妮弄懂叶坤话的意思后说道，那不一定的，要看人，看情况……拿你们中国话来说，是缘分，同样一个面具，对不同人会有不同结果，在不同的时间和不同的地方，结果都不同的，对上了，就非常好，对不上就没用，或者起不好的作用。

关于娅妮的这套"谬论"，一般人肯定不信，但叶坤没办法不信。

娅妮把那个传家宝面具送给叶坤时，叶坤不要。叶坤说这么贵重的礼物我承受不起，再说我也不需要，我不喜欢收藏的。娅妮说，你不是睡觉不好么，把它挂睡觉的房间墙上，看能不能让你睡个好觉。

那面具的表情，还真是祥和呢。看上一眼好像在笑，仔细看又没笑，不管笑没笑，都是气定神闲的样子。叶坤抱着试试看的心态，将面具挂在卧室的墙上。那天晚上，叶坤靠在枕头上看对面墙壁上的面具，没多大感觉。而后熄灯睡觉，照样睡得不踏实，似睡非睡，睡眠质量一点儿也没好转。叶坤心想，娅妮的话显然有吹嘘的成分呢；或者说，他与这面具不投缘。叶坤没当回事儿，他想这个面具至少来说面相平和，挂墙上当一个挂饰也是可以的。

有一天临睡前，叶坤关了房灯，留着床头柜上的那盏小台灯。叶坤本是想躺床上看会儿书的，他在取书的时候，眼睛无意间扫过墙上的面具——就像是有一股灼烫的电流袭来——叶坤浑身为之一阵战栗。叶坤分明感觉到，此时此际，他与面具之间的"道"

打通了。面具所包含的诸种元素正源源不绝地往他身上输送。叶坤身心剔透，一种说不上来的舒适感遍布周身。那个晚上，叶坤睡了一个安稳的好觉，醒来后，神清气爽，这是他多年以来不曾有过的。

自那以后，叶坤每天晚上如法炮制，时间、方位、灯光，都严格遵循那天晚上的。叶坤因此每天都能睡上一个好觉，这实在是太幸福了啊！

可不晓得是从哪天起始的——究竟是叶坤躺的位置偏离了还是咋地（其他方面都没变嘛）——他的睡眠中出现了春梦。在梦中，叶坤与娅妮如胶似漆，好得一塌糊涂。叶坤因此而没少"画地图"。

这样的变故虽然让叶坤苦恼，但与此同时，也给他带来了莫大的享受啊。叶坤犹豫不决，要不要把那面具摘下来呢？

有天晚上，餐馆打烊后，叶坤与两个老乡一块儿去迪斯科舞厅喝酒。雅温得的这家迪吧，也是法国人经营的。男士一律买票，女士免票，但女士要想免票入场，则必须要有男士带你进去——一个男人带一个女人。

在迪吧舞厅门口，女孩子成群结队。自然都是当地的黑姑娘啦，她们个个打扮得花枝招展，眼目传神，流光溢彩——眼巴巴地渴望男士能领她们进去。这等场所，不用说属于高档场所了，能来这儿消费的人，在当地人眼中，无疑属挥金如土之流了。所以说，黑妞们看中的不是"哥"，而是钱呐。

叶坤这两个老乡，一个叫边平崎，一个叫方小平，两人合伙在喀麦隆的港口城市杜阿拉办塑料厂。他们这次来雅温得玩，叶坤尽地主之谊请他们上迪吧娱乐。

两个老乡对黑妞不感兴趣，他们说我们就别带了，进去看有没有白妞再说吧。可黑妞一见三个单身黄种人出现，哪里肯放过，几乎是一拥而上将他们团团围住了。黑妞们八仙过海各显神通，有拿胸脯摩擦的，有纠缠不休的，有凑上嘴巴吻脸颊的。叶坤对黑妞本就喜欢的，于是他说我们权当是"为人民服务"吧。

里头的酒水自然贵得离谱。但有朋自远方来，叶坤并没有缩手缩脚。叶坤要了一间开放式的半圆形包厢，要了红酒、啤酒。三个黑妞各拥住一个男人，乱喝一气。边平崎说，我不晓得怎么回事，没感觉的……这女的奶这么大，可我就是不想摸。方小平道，身上有股怪味，很让人受不了。叶坤问，是狐臭吗？我怎么就没嗅到呀。方小平说不晓得什么味道，讲不出来……

两个老乡如是说，叶坤并不意外。有一次叶坤跟一位老兄去一家韩国料理店吃饭。停车的时候，一个黑人保安在那儿指挥。该老兄偏不听从他的安排，就地停下了。叶坤提醒道，停这儿怕会挡道吧。老兄从车上跳下，大声说道，怎么可以听他的指挥呢！但后来他还是另停了地方。

而叶坤与这些老乡不同，他对黑人很有好感。在他看来，黑人的体形男的俊朗，富有雕塑感；女的婀娜多姿，风情万种。在品质上，除去那些特别烂的，比如吸白粉的，醉酒的，打砸抢分子和无赖之徒，其他叶坤觉得都挺好的。像喀麦隆的黑人，既保持有原始民族的纯朴性，又因接受过欧洲先进文明的洗礼，素质真的不错。他们最大的不幸是太穷了，故而在许多方面，他们失去了自尊和自信。在坚挺的物质大墙下，他们几近溃不成军。

那天晚上有个小插曲，叶坤意外在迪吧里看见了娅妮老公，叶坤自然没露面，他没与对方打招呼。实话实说吧，叶坤对娅妮老公并不怎么看好。这里所说的"看好"，指的是他对家庭的责任感和对娅妮的忠诚度。论说起来，娅妮可谓是一个顾家的人。为了谋利，娅妮与男人周旋，涉足色情漩涡。不过她最终还是把握住了底线。但她的对应方——她老公，是不是一个值得她如此尽心尽责的人呢？叶坤一直持怀疑态度，他只是没在娅妮面前说出口而已。今天晚上，事情摆明了，证明叶坤先前的想法是对头的。

　　娅妮老公与一个年轻的黑人女子，成双捉对，勾肩搭背。在舞池狂欢时，他们的动作十分露骨。叶坤见到这一幕时，心情颇为复杂。当然，他会替娅妮抱不平的，甚至愤愤不平，喊冤叫屈。但那是浅层次的，蜻蜓点水一般，泥鳅掀不起大浪的。叶坤真正的心情要阴暗得多，没法拿到台面上来讲的。

　　过后叶坤与娅妮碰面时，他问道，你老公又去盖房子了？娅妮说没有呀，他今天要谈点生意。叶坤说我有天夜里，在迪斯科舞厅看见你老公了。娅妮说是吗，你们打招呼了吗？叶坤说没有。娅妮说那里边太吵了，没法子打招呼的。叶坤说不是这个原因。娅妮说，那是什么原因？叶坤说我不想说，怕你难受，你的老公是你的……怎么说呢，是你特别相信的人，我不想捅破这层窗纸啊。娅妮听出了话外音，笑道，我老公和别的女人在一起是吧？

　　叶坤肯定没有想到，当他将那个所谓的"爆炸性"事件对娅妮说了，娅妮会是这样一副态度。这是轻描淡写，还是胸有成竹，或听之任之？按理说，娅妮那么一个在乎家的人，她应该有大反应，应该又哭又闹才对的呀。然而，她却是来了这么一句轻飘飘的话。这下子搞得叶坤倒没话好说了，一时场面颇为尴尬。

娅妮说到了其他话题。她说她有个表妹，想和中国人交朋友，要不什么时候带来与叶坤认识一下？叶坤说，你还是先关心关心自己吧。

娅妮女儿贝贝吃饱后，跑开玩了。一不小心，她的额头被餐桌桌角撞了，沁出一点儿血星子。贝贝放声大哭，娅妮一个箭步扑过去，差点没摔倒。叶坤想起餐厅后面员工休息的房间有个保健箱，里头备了常用药的。叶坤对娅妮说，去后面抹点消炎药水包上就没事了。

贝贝只是擦破了一点儿皮毛而已。没过多久，她即在娅妮怀中睡着了。娅妮刚才紧张得不得了，简直是乱了方寸。叶坤看在眼里，认为她太小题大做了。同时，他也知道了什么是她的软肋。

叶坤温和地说，贝贝睡着了，要不我先送你们回去吧。

娅妮没有回话。她的心思还在女儿身上。娅妮看着女儿熟睡的脸庞，一副旁若无人的样子。

叶坤出去端来两杯咖啡，一杯自己端着，一杯搁桌子上。叶坤说，要不，先把贝贝放床上吧，床上睡舒服点儿。这回娅妮很听话，她将女儿放在那张员工休息的床铺上，给她盖上了毯子。

突然间，娅妮双手掩面抽泣开来，两个肩膀一抖一抖的。很显然，娅妮是不想哭的，她在极力控制自己的情绪。可是，这股情绪太过强烈了，犹如黄河之水天上来，波涛汹涌，娅妮没法掌控了。随着娅妮肩膀愈发颤抖得厉害，她的哭声终于破堤而出了……叶坤将门带上。他说喝咖啡吧，静静心。

既然哭开了，那闸门就关不上了。娅妮哭得上气不接下气，眼泪一把鼻涕一把。叶坤拿面巾纸替她揩去脸上的鼻涕眼泪后，顺势挨她身旁坐了下来。叶坤搂住娅妮半个身子道，想哭，干脆就哭个痛快吧，我知道你心里有苦。

　　这个场景，实际上就是叶坤心里所想要得到的。此时的娅妮，门户洞开，可说已完全解除武装没有任何防御能力了。然而，叶坤的那颗心，却发生变化了。叶坤虽说搂着娅妮的身子——而且娅妮因全身乏力之故吧，她的头枕在叶坤肩上，她身体的重心是靠在叶坤身上的，可叶坤在生理上却丝毫没冲动迹象，如同一口枯井。叶坤甚至觉得自己当初的那个念头或者说想法，挺卑劣的，挺肮脏的，简直就是小肚鸡肠嘛。

　　应该是过去好长一段日子后了，娅妮一家子再度来叶坤餐馆吃饭。娅妮老公的神态大不相同。他落座后就对叶坤说，从今天起，我们吃饭要付钱。叶坤口是心非道，没关系的。娅妮老公叫叶坤坐下，问叶坤要不要抽烟，叶坤说我抽白万宝路。娅妮老公说我现在有钱了……非常谢谢你过去对我们的招待啊。叶坤没答他的话。叶坤的眼睛停在娅妮脸上——他发现娅妮今天神色异常，一如林中受惊的小鹿一般，茫然失措。叶坤这个错误犯得不算小，娅妮老公警觉到了。不过娅妮老公是个挺会演戏的人，他弄出一副大大咧咧的样子猛拍叶坤肩膀问道，你喜欢我老婆是吧？叶坤刹那间面红耳赤，就像小偷被现场抓住一样。他赶紧摇头道，没有、没有……娅妮老公哈哈大笑，他再问叶坤道，我老婆漂亮吗？这个问题叶坤也不好回答，故此，叶坤嘴上仍然是那个单词，没有、没有……娅妮老公再度哈哈大笑，火车轰然驶过似的。娅妮老公道，这有什么好难为情的，男人喜欢漂亮女人是对的，我老婆是个漂亮女人，我就很喜欢她的。

娅妮一家人走后，叶坤的那颗心仍旧悬挂在半空中。这娅妮的老公，看来是真发了什么财了，牛皮哄哄的。这家伙一有了钱，就粗声大气的。

叶坤向一个认识娅妮一家的女跑堂询问情况。黑人女跑堂道，我也是听人家说的，说他（娅妮老公）给别人装修房子时，挖到了一罐金币。女跑堂这话，无疑更像是一个传说。叶坤半信半疑。

叶坤后来从一个水产商贩那儿获知，娅妮老公干上了走私野生动物之类的行当。叶坤相信水产商贩所说的这个信息，因为在他看来，娅妮老公身上有股邪气，还有一股子杀气，他干上屠杀野生动物的行当，是一点儿都不足为奇的。先前，娅妮说到面具的时候，曾说过叶坤是个"敏感"的人；举不敏感例子时，娅妮说，像我老公，他一点都感觉不到的，什么面具放他面前，都是一堆木头。由此可见，娅妮老公这个"不敏感"的人（或可理解为缺少敬畏心吧），是个天不怕地不怕的家伙，是什么事情都干得出来的。

叶坤意识到娅妮老公是个危险人物时，不由得吃了一惊，浑身出虚汗。叶坤想，要是自己当真与娅妮有一腿的话，那还不吃不了兜着走哇，说不定就白刀子进红刀子出了。叶坤思忖，亡羊补牢为时不晚，今后可千万不要再与娅妮往来了啊。

俗话说，是祸避不过。叶坤灾难临头了，他怎么个亡羊补牢都无济于事了。

那天傍晚，娅妮老公领着七八条黑人汉子"登堂入室"。叶坤一见那阵容，在心里叫了声"皇天"后，拔腿就想开溜。可他迟了，被扑上来的娅妮老公一把给逮牢了。娅妮老公像座黑铁塔，孔武有力。他就像老鹰捉小鸡，擒住叶坤背部，随手一甩，便把他甩出了一两丈开外。其他七八条汉子当然并非吃素之辈，他们上来每人给了叶坤一脚。他们脚下留情，没踹第二脚，可叶坤却早已形同一只虾米了。

娅妮老公大声说，你小子再敢打我老婆主意，我就叫你在喀麦隆消失掉！

喀麦隆的警察办事效率相当低，待他们来到时，娅妮老公等一干人早已扬长而去。一个拿笔记本的警察询问餐馆员工，问对方为什么要来餐馆打人，一个女跑堂吞吞吐吐说，他说……老板勾引他老婆。警察合上笔记本说，那这事我们不管了。

叶坤的众老乡赶到时，警察走了。一个老乡说，喀麦隆的警察，你不塞钱，他屁都不会管你的。叶坤有气无力说，算了。众老乡送叶坤去医院。

住院那段日子，叶坤听了一肚子风凉话。一个老乡用老家方言拖腔带调说，古书上讲，女人贪花结冤家，男人贪花花里死……你这条破命捡回来了，今后千万千万不要再贪花了啊。另一个老乡说，就算贪花，也要看人家打火叉呢，人家老公水牛牯一样的身坯，不把你掰四腿算便宜你了。一个年岁稍大的老乡语重心长地说，当原初，一开头，我就提醒过你的，你到喀麦隆是为了创业，心思要放在勤俭创业上头。你当我的话耳边风，不听老人言，吃亏在眼前。希望你经受过这次教训，把心思稳一稳，再不可以放任自流喽！

三

叶坤出院后一个月左右，他卖掉了餐馆，前往杜阿拉。

杜阿拉这座城市，在喀麦隆的地位相当于中国的上海。这是一座港口城市，喀麦隆仅有的那点儿轻工业底子大多聚集在该城的周围。贸易就不用说了，此地的港口通往世界各地，每天远洋货轮进进出出的，各国的旗帜迎风飘扬，一派繁忙景象。

叶坤往杜阿拉跑，有两点原因。其一自然与那场"风波"不无关系了。叶坤在自家餐馆里被人打趴在地上，差点儿丢了小命。这还说得过去，因为出门在外总是难免要遭受人欺负的嘛。问题是那个"根源"。叶坤被人上门殴打的根源是贪色，占人家老婆便宜，这就很上不了台面了，很让人所不齿了。叶坤的老乡们说，如叶坤是其他原因被人打的，我们是看不下去的，不管怎样总要拼一拼的……可他是为了裤裆里的事，我们怎么帮？这是没法帮的，闹笑话的！叶坤自知在雅温得已是抬不起头了，有苦没处说，于是就起了换个环境的念头。而恰在那时，杜阿拉的边平崎与他通电话，说杜阿拉现在做中国货批发生意不错，叫他过去。说起来边平崎同样是叶坤的鹤城老乡，但他与其他老乡不一样。边平崎完全能够理解叶坤，他在电话中对叶坤说，贪色又不是倒霉的事（此处的"倒霉"为丢人意思），谁不贪色？人活着吃饱穿暖后，就是那个"色"了嘛。

有了以上两层原因，叶坤便以相对便宜的价格把餐馆卖了，独自一人开车去了杜阿拉。

边平崎与方小平在一家中餐馆设宴替叶坤接风、压惊。两个老乡的这番诚意，使得他鼻子酸涩，眼眶发潮。边平崎道，吃过饭，我领你去见米哥。

据边平崎说，米哥为杜阿拉华人圈一霸，黑白两道通吃的。边平崎的意思，叶坤要来杜阿拉讨生计，那就得"拜码头"——他必须去米哥那儿拜访的。

叶坤随身携带的见面礼，是一件"桃园三结义"木雕。叶坤在老家时，曾经学过两年石雕。叶坤老家鹤城，出产一种叶蜡石，其中优质的形同玉石，软可奏刀。叶坤学的是人物，雕刻过不少古人。这石雕和木雕，材料不同，但原理是相通的。当初边平崎在电话中对叶坤说过，米哥是个爱好收藏的人，收藏杂七杂八的工艺品。他的意思是送米哥的礼品，要在这方面动脑筋。叶坤于是用黄木雕了一尊刘备像，用红木雕了一尊关羽像，用乌木雕了一尊张飞像，再用一个乌木底垫将三尊人像安插在一块，取名为桃园三结义。

他们驱车去海边米哥别墅。这别墅占地颇广，戒备森严。保安通报后不久，放他们车子进去。

米哥人在海滩，坐在太阳伞下发呆。一个点头哈腰的人将他们领到米哥身边。米哥戴墨镜，他翘了一翘下巴道，坐。边平崎皮笑肉不笑道，这位就是我说过的朋友叶坤。叶坤屁股挨椅子边坐下，从包里取出那件木雕。叶坤头昏脑涨，不知怎么说好。边平崎就说，米哥，这是我朋友他自己雕刻的一件作品，不知您喜欢不喜欢。米哥转过身看了一眼那件木雕，说还行吧。他从桌子上捧起木雕，又看了一通后说，合我的意思，人在江湖，就需要讲个"义"字的。

米哥情绪明显好转，吩咐身后的人送香槟上来。米哥亲自动手给三只杯子倒上香槟酒，说喝一杯吧，等下乘游艇去海上转一圈。

那天海上风浪太大，所以乘游艇兜风的事儿泡汤了。

过后叶坤在杜阿拉开了一家批发中国货的商铺。说是"批发"，实际上是"二手批"，意思是那货物来自人家的"批发"，已经被剥了一层利润的。那么，那个"头批"的人是谁呢？不用说是米哥了。当年在整个杜阿拉码头，全部中国货都掌握在米哥手中，只有他的货柜能进关，其他任何人的货柜一律不得进关。

一年以后，叶坤因不知深浅再度犯错误。有个叫王伍的人，老油条。有天他对叶坤说他已花血本疏通了海关关系，可以直接从海关提货柜。他问叶坤愿不愿意和他搭股去中国发货。叶坤半信半疑，说这事儿重大，我得考虑考虑。王伍道，我明天就去中国发货了，你如心魂不定，那我就找别人合股了。

匆促中，叶坤答应了。

货柜抵港后，毫无悬念被卡住了。王伍如热锅上的蚂蚁，上蹿下跳。可原先说好的几个关员，全打退堂鼓了。他们说，你还是去跟中国米哥求情吧。

这批货柜，叶坤可说是将"身家性命"都搭进去了。他一夜之间白了半个脑袋，嘴皮子满是燎泡，四肢面条一样发软。他和王伍两人跑米哥杜阿拉城里的家求情。进去后，他俩一见米哥人露面，二话没说就"噗通"一声跪下。米哥穿睡袍，拖棉拖鞋，连正眼都没瞧他们一眼。米哥坐沙发上，跷起二郎腿喝咖啡牛奶。

过后，他慢条斯理地点燃一根粗雪茄。

王伍说，米哥，我们知罪了。

叶坤说，知罪了。声音比蚊蝇的嗡嗡声强不到哪去。

王伍说，求米哥大人大量，放我们一条生路。

叶坤说，放一条生路。声音还是轻弱。

米哥像是肚子不舒服，皱起眉头。他将半截雪茄搁烟灰缸上，起身去洗手间。王伍率先从地上爬起，紧跟过去。叶坤不敢怠慢，也随了过去。王伍走到洗手间门口时，里头坐马桶上的米哥突然说，进来跪下。王伍听到米哥这声旨令，喜出望外。因为谁都晓得，一个人如若有心思戏谑人了，那必定是有门缝了。王伍进去跪下后，叶坤没退路了。他硬着头皮也跪在了马桶前。米哥很可能是生痔疮的，他脸涨得通红，可就是拉不出来。米哥一如鼓风机，鼓一阵，歇一阵。米哥歇下来时，他问叶坤道，你送我的那个玩意儿，表达的是什么意思啊？叶坤这回声音大了一些，说是讲义气的意思。米哥说，我对你不薄，可你讲义气了没有啊？叶坤说，没有。米哥大声说，你们是猪狗不如的东西！

事情的结局还算好，米哥按在中国的进货价收购了那批货柜。

叶坤在经济上，损失并不大。可在精神上，他受刺激了。叶坤驱车跑到海边，想一跳了之算了。海风一吹，他就没勇气了。叶坤心想，自己这样子死去，还不便宜了那家伙啊。叶坤寻思着要报仇，报那个跪马桶前的奇耻大辱！

叶坤调转车头，往边平崎郊区的塑料厂开去。当天晚上，叶坤就住在那边。他和边平崎、方小平三人喝了半宿酒——讨论报仇方案。

第二天，边平崎从黑人那里买来一支钢蓝色的短枪。三人都小有兴奋，这个摸一下，那个摸一下。他们决定去雨林里练习放枪。边平崎说，五十发子弹打掉四十发，还剩余十发，十发子弹毙个人足够了。

他们把车子开出老远。在一处地老天荒的地方，他们开始练习扣扳机。先是边平崎打，接着方小平打。叶坤迟迟没接手打。边平崎说，我把话说前头，真正对人射的话，得你叶坤本人噢。叶坤点头道，这点我不会难为你们的。

他们的具体行动，随意性挺大的。他们三人凑一块儿有时间了，就开始行动。他们把车子开出去，先查看米哥城里的家，如人不在这里，他们就把车开到米哥海边别墅去。要想对米哥动手，谈何容易！米哥开的那辆车，据说防弹的，而且神龙见首不见尾，没个准数；米哥如在家里或别墅里，有保安守护，外人连围墙都休想翻进去。所以大部分时间里，他们除了被蚊子咬出几个红包，一无所获。

有一天夜里，在米哥海边别墅那儿，他们倒是看到过一次米哥的人影子。米哥海边别墅圈地颇大，那围墙中央的房子，像是一座岛屿。那天夜里，他们三人爬上了一棵大树，各自坐在一枝杈上。方小平举起望远镜，看了一会儿房子，说他看见米哥了。叶坤就说，你把望远镜给我。叶坤通过望远镜，的确看到米哥在玻璃窗后头晃来晃去。叶坤咬牙切齿道，那家伙出现了，我让他吃"花生米"。边平崎不无嘲讽口吻说，你在这里能打着人？除非那是一头大象。就是大象，你能打着，子弹也飞不动，说不定连玻璃都穿不过去了。叶坤冷静一下，便知晓这距离确实远了，放枪等于是放声爆竹而已了。叶坤只是把枪举了一举，瞄了一瞄，那方小平却已吓得打哆嗦了，他说这枪一响，那狼狗就要扑出来……狼狗扑出来……我们就逃不掉了啊……米哥别墅至少有三条以上狼狗，一头比一头威猛，小骆驼似的。他们三个都曾见过的。

他们在这棵巍峨大树上曾看了一回西洋景——那是另一天夜里，他们通过望远镜看见几个一丝不挂的白妞在别墅里头走动。

这种事儿，先前他们听米哥本人吹嘘过，说每隔一段日子就要从俄罗斯或乌克兰那边空运白妞过来解解馋。米哥将"空运"两字讲得特别带劲，而实际上，他无非是出了个机票钱而已。

望远镜只有一架，他们抢着看，一上手就不愿放手了，看得嘴角流口水，下头撑起降落伞。在这个时辰里，他们哪还记得来此地的目的。

有天晚上，叶坤在望远镜里看见娅妮出现在别墅里，不由得大吃一惊。

四

叶坤与娅妮面对面碰上是在一个酒吧里。

那是一家兼有钢管舞表演的酒吧，具有一定的情色成分。

叶坤与边平崎百无聊赖，便去了那家酒吧消磨光阴，边饮酒边看女孩子在熠熠生辉的钢管上爬上爬下做种种诱人动作。

叶坤见有个钢管舞娘挺像娅妮的——他不敢相信，就放下杯子走过去近看——此人千真万确就是娅妮。叶坤头晕晕的，差不多是摇晃着身子回到座位的。边平崎见之问道，你没喝多吧？叶坤说，我看见她了。边平崎说，谁啊？你看见谁了啊？叶坤说就是那个让我倒霉运的女人，我对你说过的那个翻译。边平崎转过身子看了一看，问道，是哪个？那个个子高点的吗？叶坤说是的。边平崎回转身说，她怎么会在这种场所？你不是说她家里条件不错的么？叶坤说我也觉着奇怪嘛。

过了会儿，叶坤有些坐不住了，他说我们撤吧。边平崎说干吗撤，你既然觉得奇怪，那干脆就问问她嘛。叶坤说，我和她虽然没联系了，但看她到这步田地，心里还是难受的，真的很不舒服。边平崎说，那就更要搞清楚了，不搞清楚你更难受。说完，边平崎起身走向舞台那边。

没多大工夫，边平崎便将娅妮叫来了。谢天谢地，娅妮总算给面子，身上已披了一件外衣（表演时她们是穿比基尼的）。娅妮站着，叶坤坐着，足足半分钟吧，他们都没开口说话。边平崎说，你们玩什么斗鸡眼，请坐呗。娅妮坐下。叶坤心里头翻江倒海，五味杂陈，他老半天才挤出了一句话，你喝点什么？娅妮摇头说不要了。边平崎说要点的，这点钱我们出得起的（舞女的酒水费较昂贵）。娅妮要了一杯柠檬苏打水。娅妮说，你们是第一次来这儿玩吗？边平崎说是啊，不是太无聊谁会来这里，我们可都是正派人呢。娅妮垂下头去，不再说话。边平崎说，我没说这儿不好，我是说这儿是那些有钱人玩的地方，我们平时玩不起的。叶坤烦躁地嚷道，少说两句好么！

叶坤和边平崎从酒吧出来，外头大雨如注。那个季节，正是喀麦隆的雨季，天天下雨，一下就铺天盖地，屋脊上流下的雨水，粗如一根根麻绳，两人打着伞小跑着上了车子。车子启动，开启近光灯、远光灯，在灯柱的照射下，但见娅妮甩动着坤包歪歪扭扭地跑过来。真是天晓得，她竟没带雨具。

车子上路后，叶坤将车上一包纸巾递给了娅妮。娅妮说，谢谢。她抽出几张纸巾擦拭脸面。但显然无济于事，她全身都在滴水，如同一台漏水器具似的。

边平崎将车停在叶坤住所门口。叶坤下车，娅妮跟着下了车。叶坤开锁时问道，你干吗不回去？娅妮说，我想与你……谈谈。叶坤说，我们有什么好谈的？娅妮说，我想对你解释一下。叶坤说没那个必要吧，我和你，本来就是不相干的。娅妮欲说还休的样子，她嘴唇紧紧咬住。

进去后，叶坤从酒柜里取出一瓶烈性酒，倒了一小杯递给娅妮。叶坤说，我们中国人的习惯，淋雨后喝杯酒精度高的酒。娅妮接过那杯酒，轻声说，谢谢。

娅妮放下酒杯，她说，我想换衣服。叶坤说，我这儿没女人衣服的，我还是送你回去吧。娅妮摇头说，不，我不回去……你把浴衣给我换好吗？叶坤说这不好吧，那样子我跳进黄河都洗不清了，到时候又要挨揍了。娅妮说我现在是一个人，我不会麻烦你的，我睡客厅沙发上。娅妮坐的椅子下面，淌了不少水。叶坤到底动了恻隐之心，进卧室拿来浴袍给了娅妮。娅妮说，那我先去洗一下，身上太难受了。

叶坤靠在沙发上抽烟。他的脑子放电影一样，前前后后好像是做了一场梦。对于娅妮的现状，叶坤不用多想也是能够明白七八分的。娅妮那个老公，想必是有了几个钱后，就把娅妮给蹬了，另有新欢了。不过就算那样，她娅妮也不该去那等风月场混的呀。还有，她跑到米哥家去，又是干吗呢？这一点，是最伤叶坤心的。

叶坤扪心自问，自己对娅妮的所作所为，如此耿耿于怀，算是什么意思呢？是不是表明，他在心里头还没放下这个女人啊？叶坤心房不禁一颤，他不得不承认，自己心里其实从来就没远离过这个女人。虽然说，他自从来杜阿拉后，从未打听过娅妮的消息，但这并不等于说，他心里头已经没有她的人影子了。

娅妮穿浴袍出来，她说要把衣服晾一下。叶坤说算了吧，明天我给你出去买就是了。娅妮说，你这么好……我不敢（当）呢。叶坤说，客套话就不要说了。我现在问你一个问题，你为什么跑到那个姓米的中国人家去？娅妮说听不明白，你说我去谁的家去了？叶坤说，就是那个中国人都叫他米哥的人，你去他别墅干吗？娅妮不由得一怔，她说，你……是怎么知道的？叶坤说我们老家有句话，蚊帐里面吃柿子都有人知道的。娅妮一脸茫然，她显然理解不了此话的意思。叶坤说，你别问我怎么知道的，你说你为什么去那家伙的别墅？娅妮说，问清楚很重要，因为，这是一个秘密……我还是很奇怪，你怎么会知道呢？叶坤大声说道，我偷看来的，这样子行了吧！

娅妮嘴巴张成一个圆形，大半天回不过神来。而后，她面带些许喜色问道，你……总不会跟踪我吧？

怎么可能！叶坤大声表态。

娅妮受到打击，一脸羞愧。

叶坤说，我是因为其他事，那家伙侮辱我，我忍受不下那口恶气。要说跟踪，我跟踪的是那个家伙。我有天发现，你在那家伙的别墅里……我真没料到，你会这么贱！娅妮听了此话，一下子从椅子上站起来，大声说道，你胡说！你不可以胡说的，我对天发誓，我真的没有，我去他那里是其他事情。叶坤斩钉截铁问道，什么事情？你说！娅妮不语。叶坤嘿嘿冷笑两声，阴阳怪气地说，孤男寡女的，三更半夜的，能有什么事情？还不就是那点儿裤裆里的破事！娅妮掩面嘤嘤哭泣。叶坤不耐烦地舞着手说，好了好了，哭什么哭，人家听到了还以为干吗了。我也懒得多问了，说白了，我也没资格管你什么破事。娅妮抬头说，叶坤，你怎么可以这样子啊，我不是一个撒谎的人啊。他付我钱，叫我不要说，我答应过的，所以我要做到……但我真的没有你说的那种事啊。

叶坤问，要喝酒吗？我今天心情糟糕透顶！

两人喝一种产自南非的葡萄酒。

喝酒过程中，叶坤情绪渐渐平缓。他在心里劝说自己，他和她萍水相逢，有些事儿就不要过于顶真了吧。娅妮讲述她的身世和最近的遭遇时，叶坤把自己放在了"听众席"上。他时不时喝口酒，抽口烟，不插嘴不提问，尽由娅妮一个人在那里说话。

根据娅妮所说，她小时候的家境在喀麦隆，不说是上流阶层的话至少也属于中上层的档次了。娅妮的父亲是个外交官，可能官不大，并非大使级别的，但拥有一官半职是肯定的。娅妮说她出生在刚果——不知是刚果（金）还是刚果（布），她没说。那时她父亲在喀麦隆驻那里的大使馆工作。娅妮是她父母的第一个孩子，自然是掌上明珠一样了。娅妮的童年生活像某些书本上所描绘的那样，无忧无虑，幸福快乐。娅妮对中国产生好感，就是在那个阶段种下的种子。娅妮在一次使馆联谊活动中认识了一个中国小女孩。过后两个家庭常有走动。娅妮在那个中国家庭里吃中国菜，看他们墙上挂的中国字（书法），觉得非常有趣。娅妮当时对她父亲说要去中国旅游。父亲答应娅妮，等她长大就送她去中国留学。

娅妮说，那次领叶坤去那个与尼日利亚交界的城市，其实她心里是有个小算盘的。在她小时候，他们一家三口曾经去那里度假，那座边地小城给她留下了刻骨铭心的甜美记忆。她去那里，是重温往昔的旧梦。

总而言之，娅妮在七八岁之前吧，一直生活在蜜缸里，或者是阳光底下的一枝花朵。可好日子不长，她父亲交上了新的女人，他和她母亲离婚了。这个后娘，不是一盏省油的灯，不让娅妮住在他们家里。娅妮父亲那时的心思，全放在这个女人身上，不用说对她是俯首帖耳的了。于是他叫她母亲把娅妮领走了。之后，后娘接二连三地"下蛋"，家里小孩一大窝；再之后，娅妮父亲又娶了两房老婆（喀麦隆实行一夫多妻制），所生的小孩数都数不来。其父就再也想不起娅妮了。

娅妮之所以嫁给这个老公，是为了圆梦，圆她小时候的那个去中国留学的梦。娅妮和母亲相依为命，经济捉襟见肘。娅妮读书成绩一直很不错，但要想去中国留学，经济这道坎肯定过不去的。这时节她认识了装修房子的老公。她老公那时候已经是个小包头了，手头有三五个工人。他对娅妮许愿，只要她留学回国嫁给他，那么，她在中国的所有费用就由他来支付。

娅妮从中国回来后，结婚生子。她和老公视女儿为掌上明珠。娅妮在女儿身上，依稀看到了自己的身影。实际上，娅妮自从生下女儿后，心里头就常会有一种恐慌感，或者说惴惴不安吧。她生怕老公有一天要离开她。那样子的话，女儿就要走她的老路了，命比黄连苦。

　　正是因为这样，娅妮明知老公外面有女人，但还是忍气吞声。娅妮心想，只要这个家不散伙，那么就由他去吧。

　　娅妮对叶坤，是怀有感情的。一方面，娅妮对中国及中国人，颇有好感；另一方面，叶坤本人也是有诸多可取之处的，特别是叶坤对待黑人的态度是平等的、尊敬的，他是发自内心喜欢她娅妮的，这点娅妮看得一清二楚。娅妮之所以没与叶坤突破底线，不是说她与老公的感情如何深厚，而是怕授人以柄，她不想离婚。

　　但这个婚还是离了。比离婚更惨的是，她老公不让她见女儿。他们把她女儿藏起来，不管娅妮怎样上门吵闹，就是不让她见面。娅妮为此差点儿精神崩溃。

　　娅妮说，我自杀过两次。

　　自暴自弃的娅妮来到花花世界的港口城市杜阿拉。为了寻找刺激或者说为了麻醉自己吧，她去了情色酒吧跳钢管舞。娅妮说，我现在是个死人身体，过一天算一天了。

　　叶坤挪动发麻的身子，问道，依你说的，你是无所求的人了……那你为什么还要赚钱？在酒吧里做，还有你说的给那个姓米的家伙做什么的，应该钱不会少吧。

　　娅妮从叶坤白万宝路烟盒里抽出一支烟点上，猛吸两口后说，这是我最后一个梦想了……我想有一天，贝贝回到我身边，我要好好培养她。

第二天，娅妮给叶坤打电话，说她晚上不上班了，要到他那里去。叶坤沉默片刻后，答应了。

娅妮这次来，显然是精心打扮过的，相当迷人。但不知怎么回事儿，叶坤一点儿没有冲动。两人宽衣解带，搂搂抱抱，抚摸什么的，前奏全齐了，可叶坤的小兄弟就是抬不起头来。叶坤说，算了，不必勉强了。

两人躺床上，没说话，气氛压抑。

娅妮没话找话说，我送你的那面具，还在吧？叶坤说记不起来了，上次搬家怕扔了吧。娅妮"哧"的一声从铺上坐起，她说不会吧，那面具，现在值很多钱了。叶坤无精打采问道，值多少钱？娅妮说我也说不清楚，反正值很多钱。我那面具，时间很长了，时间越长越值钱的。叶坤说，你总不会要我赔吧，那么值钱的话我可赔不起噢。娅妮急得上气不接下气，我不是这个意思嘛。我是说……我送你的礼物，你怎么就扔掉啊？叶坤说你先别吵了，我找找看，说不定没扔掉。叶坤晃着身子去另一间屋子翻箱倒柜，还真被他找到了。叶坤说，都是灰尘，清洗一下吧。娅妮说不能洗的，洗了就没效果了，擦一下就可以了。娅妮从床上跳下，双手接过那只面具，其神情一如与久违的亲人再度相逢。擦拭过后，娅妮将面具挂于卧室墙上。

说来或许不会有人相信，叶坤对着墙上的面具没看上几眼吧，他下头的小兄弟即蠢蠢欲动了，一会儿工夫，便如雨后春笋一般冒上来了，坚硬似铁。进入后，叶坤找到了一种如愿以偿的感觉，一种久旱逢雨的感觉，一种飘然欲仙的感觉，一种飞翔的感觉。

在那个倾盆大雨之夜，他们两人展开了一轮又一轮你死我活的肉搏战，硝烟弥漫，军号声嘹亮，火烧连营。一个夜里头加上第二天上午小半天，他们基本上就没怎么停歇过。最后一回时，那擦拭的纸巾都有血丝沾上了。叶坤奄奄一息躺床上，回头数了一下，竟然达到了七次。

有次叶坤去边平崎和方小平的塑料厂玩。边平崎挖苦他道，你这个没骨气的人，有了黑姐，深仇大恨都不报了？叶坤说，报不了。方小平说，这叫什么，这叫女人是化学品，在化学品里头，哪怕有杀父之仇吧，都会把刀扔到湖里去。叶坤说你们胡说八道什么呀，你们又不是不晓得，不都是空气烂鼻头么（鹤城方言徒劳意思）。既然动不了那家伙毫毛，不如收心过日子呗。

吃饭的时候，话题又扯到娅妮头上。叶坤简单讲了那个面具的神奇之处。叶坤讲得漫不经心，东一句西一句，颠三倒四的。可听者却被镇住了，塞进嘴巴里的食物都忘了嚼了，目瞪口呆。叶坤说，你们这是干吗？有什么好大惊小怪的？边平崎吐出一口气，道，我说老兄，你这是碰到妖怪了！方小平纠正道，中国说的妖怪，在这里叫巫婆。叶坤不以为然，你们别胡说八道了，晓得这样我就懒得对你们说了。边平崎直摇脑袋，翻白眼，像是中暑了似的。方小平说，这种事我有点晓得，当年我去过喀麦隆北边，那还是原始社会，很多人都不穿衣服的，碰到什么事情，他们就戴面具跳舞、唱歌……边平崎道，你赶快和那个女人一刀两断，要不然，你命都要保不住了。他们两个这样一唱一和，叶坤心里头也有所动摇了，甚至隐隐发毛的感觉都有了。边平崎进一步说，你千万不要图一时快乐，把一条小命丢了。我对你说，她那是利用魔法吸你的精血，把你的精血吸给自己，她自己练功练成了，魔力就变大了，说不定就死不掉了。叶坤到底不糊涂，他听边平崎如此"信口雌黄"，便说，你这话讲得没边了。方小平道，对不了解的事情，我们小心一点，多个心眼总是没错的。叶坤道，那是对的，因我觉得奇怪才对你们说嘛。不过，我和娅妮交往是有年头了，依我看，她这个人心怎么坏……还是找不到把柄，那些面具或者说那些巫术，我百分百相信是有的，我比你们更加相信，因为我是尝过味道的，但是，如她没坏心，那这些巫术只有好处没有坏处的，你们说是不是呢？

边平崎道，看来你是陷进去了，像吸毒的人迷恋那一口了。

方小平问叶坤道，你是不是离不开她了？叶坤说我承认，我挺喜欢她的。

边平崎道，各人有各人的命，你真要往火坑里跳，别人是拉你不住的。

叶坤心头又打起鼓来。

方小平问道，你家里有没有放现金？叶坤说有啊，锁在保险箱里。边平崎道，那保险箱又有什么屁用！你用脑想想，人家既然把你小兄弟都可以指挥得动，要它硬就硬，要它软就软，还愁你不把保险箱的密码告诉她？只怕到时你什么都对她交代了！方小平道，不怕一万，只怕万一，我劝你还是多个心眼，把现金放我们这儿好了，要用时过来拿就是。叶坤道，这个可以的。边平崎道，我还是那句话，趁早离开那个女人，越早越好！

这之后，叶坤多了个心眼——他搬到另一间客房睡了。娅妮问他为什么不睡卧室，叶坤说那边临街太吵了，这边清静一些。

见不到那个面具，叶坤恢复到正常状态。那种像疯狗一样的激情，那种无法无天，现在没有了。他现在和娅妮做爱，可说是按部就班，各个环节面面俱到，但不会出格；其次数，自然大大缩水，最多一个晚上两次吧。有时觉着疲倦，就省略掉了。

有一次娅妮问叶坤道，你现在……对我是不是……不喜欢了呀？叶坤说，你这话从何说起？娅妮说我感觉到的，你没过去热情了。叶坤笑道，你傻的呀，我又不是钢铁战士，还老是六次七次的，那还不成药渣啊。娅妮扭动身子带有几分娇嗔口吻说道，人家不是这意思嘛，做不做爱，我关系不大的，我是说，你对我的态度，不一样了。叶坤说，怎么不一样了？我自己怎么都不知道呢？娅妮说，你要是烦我……我不会让你烦的，我很明白的。叶坤说，你想多了。

一天，娅妮对叶坤说，晚上她带他去一个地方看跳舞。叶坤说什么跳舞，我不会去的。娅妮结结巴巴道，不是那个跳舞……是……是我妈老家那边……来一个老师，她教我们跳舞，就是我对你说过的，北方那边的……中国话怎么说我说不来……就是部落的舞，有事情跳的那种舞……你去看看吧。叶坤大致搞明白了——娅妮所说的，可能是北方地区部落的某种宗教仪式吧。

那是一幢破烂房子，像是仓库，里头空荡荡的，临时挂了几只灯泡，光线不死不活。叶坤是唯一的观众，他坐在那把唯一的椅子上。所谓的老师，是一个满脸皱纹的老太婆，披头散发，套了一件花里胡哨的土布长袍——种种迹象表明，此人乃名副其实的巫婆了。学员清一色为年轻黑人女子。叶坤觉着有几张面孔眼熟。他过会儿就想起了，这些人原来就是那批在酒吧跳钢管舞的舞女呢。叶坤叫娅妮过来问道，她们不跳钢管舞跳这个了？娅妮说是啊。叶坤觉得仍没法理解，再问道，她们不上班赚钱了？娅妮道，没有呀，跳这个舞赚钱更多呢。叶坤本想多问两句的，可巫婆在那头叫开了，她们要进行排练了。

每个钢管舞女都戴上了面具。面具自然不一样，五花八门，有些凶神恶煞，有些满面春风，有些恬淡自若，有些恍惚缥缈，有些老奸巨猾，有些不卑不亢，有些焦头烂额……总之，这人世间存在的面相，都能够在其中找到的。

这些钢管舞女，训练有素，腰是腰臀是臀，腰比柳枝粗不到哪儿去，臀部呈圆弧上翘形。她们腿长臂长，整天在那根细钢管上猿猴一般上蹿下跳，早就练得身轻如燕。现在，她们戴上面具，穿上七零八落麻袋片似的部落服饰，而脚上是不穿鞋的，赤脚大仙，脚脖子上戴着一圈小银铃。她们围成一圈，巫婆盘腿坐于中间。随着巫婆的嘀里咕噜声高一阵低一阵，她们开始跺脚，踢腿，转圈。只听见满世界都是那种银铃声了。而后，她们手牵手，还是转圈，边踢腿边用某种部落语言低缓吟唱。

这仪式新奇，舞姿古朴，吟咏声有曲径通幽之奥妙，叶坤看得津津有味，感官被充分调动起来了。但接下去他觉得自己不行了。巫婆一人站前面，其他人与她对面站立。好像没列队形，又好像是列了队形，有可能她们是排列成某种神秘图案。这回其他人没发声，只有巫婆一人在那儿念念有词。巫婆的声音听上去好生空洞，像是从屋外传进来的，又像是地底下冒上来的，总而言之，很不真实，像机械拉锯的声音，让人昏昏欲睡。叶坤渐渐有了恶心的感觉，呕吐的感觉，上头的人字梁变成了倒三角……他身子一歪，从椅子上跌落下来。

娅妮立即跑了过来，扶住叶坤，大声呼叫他的名字。叶坤口吐白沫，眼看就要昏迷过去了。娅妮急得哭出声来，其他舞女纷纷围拢过来，七手八脚将叶坤抬到一块木板上。巫婆不慌不忙，走到叶坤面前，吩咐大家退开。巫婆双手托起叶坤的头，给他脸上喷了一口天晓得是什么的水。半分钟后，叶坤如孙悟空出世一般，眼珠滴溜溜转，醒过神来了。巫婆用土话与娅妮嘀咕了几句。而后娅妮拿来一只面具给叶坤戴上。叶坤浑身乏力，任由她摆布。娅妮道，老师说了，戴上这个面具就没事了，你再坐椅子上看吧。两个舞女，一人抓住一条胳膊，就像押解犯人一样地将叶坤送回那把椅子上。

戴上面具后的叶坤，头脑清爽，心跳如常，通体适畅，见山是山见水是水；眼前的情景，一点儿不怪异，一点儿不魔幻，一如青菜豆腐，豆芽海带，再家常不过了。

那天她们排练到天亮，附近的公鸡此起彼伏高声啼叫时，才停歇下来。令叶坤觉得不可思议的是，戴上面具的他一夜坐下来，却是腰不酸腿不麻，口不干肚不饿，精神抖擞不犯困像喝了神仙水似的。

五

一星期后，边平崎和方小平开车来到叶坤的商铺。叶坤无精打采，坐在纸板箱上发呆。边平崎大声嚷嚷道，天大的好消息啊！你已经晓得了么？叶坤摇摇头。边平崎一把抓住叶坤衣服道，我们到里头讲!

据边平崎和方小平说,那个米哥人已经疯了,蓬头垢面,满大街乱跑,随地大小便,还行凶伤人……现已被警察送进疯人院了。

方小平道,我早就说过,善有善报,恶有恶报,不是不报,这家伙不眼前报了么!

叶坤一声未吭,神态照常。

边平崎道,那家伙天诛地灭遭报应了,你怎么没高兴呢?

其实,有关米哥发疯的事儿,叶坤早已知晓。娅妮临走前,一五一十把事情的来龙去脉都向叶坤摊底了。原来米哥除了爱好收藏,爱好稀奇古怪的所谓文物,还喜好观看非洲原始民的宗教仪式。那次叶坤所看见的娅妮去米哥别墅,便是她受雇于米哥去那儿跳部落的舞蹈。

当时娅妮那样子做,当然是为了捞钱。

娅妮这次为了替叶坤雪耻或说报仇吧,请来德高望重的部落老巫婆,让跳钢管舞的小姐妹们充当帮手,精心策划了一场具有一定规模的仪式模拟表演——一步到位扰乱了米哥的精神系统——可谓落花杀人,踏雪无痕。

叶坤听后自然感激涕零。他再三挽留娅妮,叫她不要走了。娅妮说,我知道,我和你不适合……我说过不烦你的。第二日一觉醒来,叶坤一摸身边是空的,心里顿时冰凉冰凉。

边平崎和方小平俩仍在那儿东拉西扯——没料到叶坤突然就号啕大哭了。那两个面面相觑,丈二和尚摸不着头脑。边平崎和方小平差不多异口同声问道,你哭什么呀?

叶坤强忍住了哭声说,娅妮她……去北部了啊。

米兰春天

一

前往月亮酒楼送货途中，脑壳对我说，我老婆手续差不多了。我说老板对你不错嘛。脑壳说，相互利用罢了，我若不是这身肌肉他才不买账呢。我问这是什么意思，脑壳说就这意思，明可干活，暗可吓唬他呗。最近阶段，脑壳夜里头看黑帮录像，白天与我谈论黑道上的事儿，神采飞扬，绘声绘色。脑壳的心思显然已经蠢蠢欲动，不愿再做一个循规蹈矩的劳动人民了。我胆小如鼠，却喜好纸上谈兵，对脑壳身上的匪气，十分推崇。我说，我的命就没你好了，不晓得老婆哪年哪月才能出来啊。脑壳说，那你就跟我们一块儿干嘛。我说，难道你已参加什么组织了？脑壳说，在筹备，迟早的事儿。月亮酒楼在装修，营业照常。我们将货车上的青岛啤酒和水煮笋块罐头等纸箱搬进餐馆地下仓库。老板娘尾随下来，两张薄皮嘴巴数落个不停。脑壳态度出奇地好，任由她说三道四，把一箱箱的青岛啤酒码得整整齐齐。脑壳说，这排啤酒都可以参加天安门阅兵式了。月亮酒楼是我们今天最后一站。脑壳对我说，歇会儿再走吧。

酒楼右侧带个不规则小花园，藤蔓缠绕，绿意盎然，蛮显情见调的。两对外国男女眉来眼去地正在用餐。我对脑壳说坐这儿不合适吧。脑壳说我们点两瓶啤酒。跑堂出来看见我们，脸色不太好看。她转身进去前，脑壳叫住了她，喂，拿两瓶冰啤。跑堂离去后，脑壳嘀咕，这什么世道，难道老子的钱就不是钱？外国人的钱就要吃香！不知脑壳事先与梁家辉说好没有，反正我们刚一杯啤酒落肚，梁家辉就从小花园的口子出现了。我先前不认得此人，他给我的第一印象是一表人才。脑壳对梁家辉很尊重，可说服服帖帖。脑壳站起让座，要给他叫酒。梁家辉摆手道，不要了，我在干活儿。

梁家辉是干装修的，月亮酒楼的装修活儿便是他包下的。我和脑壳随梁家辉去装修工地——月亮酒楼后门。月亮酒楼后门外是条冷清的小街，过往的人和车不多。酒楼老板想打开局面，招徕更多客源，叫来梁家辉做后门门面。梁家辉手下两个工人，一个木工一个泥水工。木工说，老大，你把大字写了吧，我好干活儿。梁家辉进去，站餐桌前与脑壳边说话边写下"月亮酒楼"几字。这家伙书写店牌已是轻车熟路，几个字有模有样。脑壳对梁家辉说，老大，我现在每天练太极功，憋死了。梁家辉看了我一眼。脑壳说，他没事的，也想跟我们呢。梁家辉说，我倒觉着现在挺好的，慢性子，什么气都能受。脑壳说，那是的，一想到日后的扬眉吐气，我就不拿眼前的事当回事儿了。

过后没几天的一个夜晚，脑壳被人捅死在住处。脑壳是和人家搭铺的，那套屋子里住了七八个人。这七八人中，除脑壳是在中国货行送货上白班的，其他人都在中餐馆上班，要到夜里十二点钟后才回来。也就是说，脑壳在住处被人捅死时，其他人均不在场。据在大西洋餐馆上班的一对夫妇说，当天晚上他们是最早回来的，一推开门就闻到了浓烈的酒精味和血腥气。老婆径直去了自个儿房间换衣服要洗澡，老公多个心眼先去厨房瞧瞧。他看见脑壳倒在血泊中，"满身血糊泥"，这是那个大西洋二厨的原话。二厨惊慌失措，嚷嚷着往回跑，不好了出人命了……脑壳他……他被人杀了……二厨老婆倒是个镇定女人，她穿着薄如蝉衣的睡衣来到厨房，拿手指放脑壳鼻子底下一探，说还有气，赶快叫救护车吧！脑壳没等到救护车到来即断了气。断气之前他睁开过眼睛，看着魂不守舍的二厨夫妇说了两个字：兔子。事后二厨夫妇在警察局做笔录时，他们将这点如实给讲了。警方自然丈二和尚摸不着头脑。梁家辉的询问可说比警察更为仔细。梁家辉问，他除了提到兔子，还提到了其他什么没有？二厨说，他说话那时喉管在冒血泡，就是还有别的话我也听不明白了。二厨老婆说，我离他近，他就是说了兔子，边说边瞳孔就放大了。人死就像一溜烟似的，说没就没了。梁家辉问，那么他当时的表情呢？他是怎样一种表情，是痛苦？是无奈？特别是他的眼神，有没有那种含冤受屈的样子？二厨老婆说，这恐怕有吧，反正他这样不明不白走了，换谁都不心甘情愿的啊。梁家辉给二厨一个信封，他说一点意思，我兄弟走了，我得替他张罗。日后你们能想起什么，或有什么连带的人和事，及时对我说上一声。

一天收工后，我从东方红货行大门出来，被电话亭后头一人叫住。我认出那人是梁家辉手下的木工。木工说，老大请你上对面酒吧喝一杯。梁家辉找我同样是为调查脑壳死因的事儿。梁家辉问我，你们货行里，有个绰号叫兔子的人？我说没有呀。梁家辉说，不必就货行的，你和脑壳多年……他交的人头中有没有叫兔子的人？我摇头说那我就不清楚了。梁家辉沉下脸，点上烟。我补充说，我和他实际上认识时间不长的，大概是五月份吧，他才来货行的。他来货行前，我只听他自己讲过，他说他是在乌迪内椅子厂里打工的。梁家辉神情一振，急切问，他提到过乌迪内？我点头。梁家辉问，你送货有送乌迪内的吗？我说不多，两三家餐馆吧。梁家辉说，你下次去乌迪内对我说，我跟你一道去。

从米兰开往乌迪内，走高速得五小时以上。这带没什么山，平原为主基调。葡萄园、玉米地、大豆等农作物田地，整齐划一，精耕细作。看一眼赏心悦目，多看难免重复单调。接替脑壳的人叫老刁。老刁是个神人，没读过一天书，目不识丁，仅会歪歪扭扭写自个儿名字。但他有强项，记性特好。比如说上仓库提货，他不认得"荔枝罐头"和"桂圆罐头"这些字眼，可是他绝对不会搬错纸板箱的。还有中国啤酒，有青岛、中华、大梁山等品牌，纸板箱尺寸是统一的，上头印着在他看来并不传达信息的中国字。老刁同样从未出过差错。老刁凭的是对细枝末节的敏感度和辨别力，然后牢牢记住，便就万无一失了。对于提货单上的字，老刁自有办法，他让我将仓库里所有货物编成号，他凭提货单上的阿拉伯数字编号对号入座。我们那天去乌迪内的车上共三人，另外一人是梁家辉。

第一家餐馆为北京楼，老板姓张。张老板是个小气鬼。有次我送货到他店，口渴讨水喝。张老板给我打了一杯自来水。张老板说，我们这的水比米兰水质好，我们一家人平时都喝自来水的。这天我身后跟了两张生面孔，张老板愣了一下。老刁马上就被他淘汰了，因老刁是搬着纸板箱进来的，一个干苦力的人是没啥花头的。张老板对梁家辉皮笑肉不笑。张老板说，这位先生好气派，该不会是许文强光临小店了吧。梁家辉说我叫梁家辉。张老板说，不管你叫什么，你都是个人物，这点我不会看走眼的。请问梁先生，你喝点什么呢，红酒还是威士忌？梁家辉说来杯苏打水吧，加柠檬。我们干完活后，梁家辉和那张老板仍在后餐厅说话。梁家辉说，你们过来坐会儿吧。张老板没抬脸看我们，只管往下说，要说绰号叫做动物的人，只有一个叫老狐狸的，可这狐狸和兔子相差也太远了吧，根本搭不上边角的嘛。梁家辉说，你可以把员工叫来问问，看他们能否知道多一点。张老板摇头道，那没必要了，如果连我都不知道他们就更不知道了……你是说那个叫兔子的人是个年轻人？梁家辉点头说是的。梁家辉接着说，根据分析，那人年纪不会太大，是个生手，他深深浅浅扎了四十多刀，我不敢断定他到底是残忍还是胆怯……我朋友死得太惨了。张老板说，要不我问下我女儿，她认识年轻人多一点。在餐馆做跑堂的茉莉花被她父亲叫进后餐厅。茉莉花听过梁家辉的陈述后说，首先要搞清楚，这个兔子究竟是指一个人呢还是指一个帮派，或者说，兔子就是兔子……你有没有搞清楚你朋友那天晚上的下酒菜是什么。茉莉花这番话让梁家辉对她刮目相看。梁家辉说，看不出来，你一女孩儿话说得这么上路呢。张老板说，她《上海滩》录像不知看几遍了！梁家辉说，有一点是可以肯定的，对方和我朋友是熟悉的，他们是一块儿喝的酒，要不是我朋友被灌酒了，谁想动他不是件容易的事儿。茉莉花说，我为你的江湖义气叫好，其他我帮不上忙，我身边没叫兔子的人。

乌迪内除两三家中餐馆外，另有一家中国人开的椅子工厂是我们的客户。那家工厂在郊外工厂区，四十来个大陆同胞在那儿过着几近与世隔绝的日子。他们食堂的大米、面粉、面干、米粉及酱油、味精等物资，均由我们货行供货。梁家辉在这儿了解到了新情况，原来脑壳就曾在这家工厂打过工。脑壳的口碑并不好，好几人说他是个蛮不讲理的人。有个满头白发的少年白工人说，他是讨饭人的命、皇帝老子的心。梁家辉问他这是什么意思，白头翁说黄连的命甘草的心呗。梁家辉不禁大光其火，嚷，凭什么他就是黄连？老板娘和老刁上前劝说。老刁一如和事佬舞动手臂说，有话好好说，有话好好说嘛。老板娘赶紧转移话头，她说有个人和脑壳打过架的，这情况不知对你们有没有用。梁家辉平息下来，他问老板娘那架打得怎么样，伤筋动骨了吗？老板娘脸部表情夸张地说，怎么不伤筋动骨啊，林冲被他砍了三四刀，胳膊差点掉下来了！林冲自然不在这家工厂上班，他在附近一家意大利人开的椅子厂干活。我们找到那家厂子。因是上班时间，工厂的铁拉门紧闭。这铁拉门齐胸高，防君子不防小人。老刁自告奋勇翻门而入，没多大工夫便将林冲给叫出来了。隔着铁拉门，梁家辉冷不丁叫，兔子！林冲毫无反应。梁家辉气泄了一半儿。梁家辉说，我们就这样说话好了。林冲说我只请了十分钟假，这外国人的工厂臭规矩多呢。梁家辉开门见山问，你对脑壳恨不恨？林冲说，我恨他不值得，他是个有壳没脑的人，稀里糊涂，我和他其实没任何冤仇的。梁家辉又问，那他为什么要剁你？林冲笑笑道，谁不晓得他是个贪杯的人啊，一喝酒爹妈都不认了……说起来，我和他算是朋友的，同飞机出国的人，在老家就认识，他是自来水厂的管道工。

老刁对我私下说，我怀疑那个杀脑壳的人就在乌迪内。我吃了一惊。反问，你怀疑的根据是什么？老刁说，我一个瞎眼龙在世道上混，靠的就是灵敏度……就是电视里说的那个什么直觉嘛。我一听似乎有点在理，便再问，那么你说说看，那人到底在哪里？老刁说，你还真拿我当神仙啊，我不是神仙，如真能当神仙我就不做牛马工咯。

由于耽搁了时间，我们回返时已是夜间九点来钟。夜车不大好开，开着开着大雾又来添乱，车灯照过去混沌一团，能见度极低。这威尼斯到米兰一带，三天两头扯大雾，家常便饭。梁家辉对我说，要不你休息下，我来开？我说没事的。梁家辉这一开口说话，打破了车子里的沉闷气氛。梁家辉说，那北京楼的娘们儿，那话说得让我上心，我心里一直在琢磨这事儿，兔子到底是一个人呢还是一个帮派？老刁接话道，她还说了，说不定就是下酒的兔子肉呢。梁家辉说那是绝对不可能的事儿，脑壳他有病啊，临死前扯什么下酒菜！我说这点我清楚，他那天吃的是牛排，下班后在货行那条街的肉铺买的。梁家辉说，我头都痛了，不管它了。

二

一段日子后，有天送货到新世界大酒楼，我再次碰见了梁家辉等人。梁家辉现今是益发显范儿了，往那儿一坐，气场便占了。他手下的人除木工、泥水工外，又多了几人，其中一个胳膊上纹青龙。新世界的沈老板，在米兰华人圈里赫赫有名，可谓财大气粗。这世间的事儿，还真不好说，一物降一物。那在他人眼中威风凛凛的沈老板，在梁家辉面前却是一派和颜悦色，一如同胞手足似的。难怪当初脑壳要削尖脑袋往"道"上拱，那是有一千条一万条硬道理的啊！梁家辉对我和老刁说，下礼拜三，你们如果有空有兴趣，不妨过来坐坐吧。泥水工说，这是老大瞧得起你们哦。老刁问，就在这儿？几点钟？沈老板说，就在这餐厅，管晚饭管酒水的。

　　我本是不想去凑热闹的，怕惹是生非。下班后老刁非要拉我一块儿去。老刁说，人都敢跑欧洲混，还怕去吃饭！老刁在说这话前，特别强调了吃饭的事儿。按老刁的意思来说，自个儿掏钱上新世界吃饭那是猴年马月的事儿，眼前不吃白不吃嘛。现场来了不下四五十号人，分五桌落座。梁家辉穿一身黑西装，没打领带。沈老板从桌前站起说，今晚把大伙召拢过来是商量一件事情，到底是商量什么事情呢，等下让梁家辉对大伙说，我只管做好后勤工作，大伙吃好喝好。请大伙把杯举起来，干！眼看已有两人喝高趴桌面上了，沈老板见状便与梁家辉耳语一番。梁家辉站起说，大家静一静，我把事情简单说下。当晚对外停止营业的封闭餐厅里霎时鸦雀无声。梁家辉说，我们都是背井离乡的人，为了生计，说好听点是为了前途，来到了欧洲，来到了意大利，来到了米兰，我们是一群有缘分的人哪。但是，我们没有力量，我们寄人篱下，吞声忍气，有苦没处诉有泪往心里流……大家想想看，一盘散沙，会有什么力量呢，肯定是不堪一击的，比豆腐渣还要稀巴烂。但是，如果我们大家团结起来呢，那就是钢那就是铁，比钢铁还要坚硬！首先我们这样子做，并不是为了损人利己，我们是为了更好地保护自己、发展自己，让我们人人都做一个有尊严的人。沈老板率先鼓掌，其他人陆陆续续鼓掌。梁家辉像演说中的列宁那样，张开双臂往下压压，接着说，我和沈老板已商量过了，他出资，我带人马，成立一个帮会，形成一股势力保护我们的利益……边角那桌有人说，我穷光蛋一个，有什么利益好保护的？梁家辉沉着冷静，他说难道你的人身安全不需要保护吗？停顿片刻，梁家辉说，我们是黄帝的子孙，所以我决定，我们帮会的名号就叫黄帝帮，我的发言到此结束。掌声响起。白头翁那天说的是"皇帝"，不知梁家辉是听错了还是故意偷天换日——反正他是为赌那口恶气的。这时，木工节外生枝，站起振臂高呼，活捉兔子！灭门兔子帮！众人面面相觑，不知所云。梁家辉大声训斥木工，瞎捣蛋！

老刁现在是黄帝帮的外围人员。根据黄帝帮的章程，核心人员四至五人，脱产，由沈老板等商家供养；其他人平时该干吗干吗，自谋出路，每月聚餐一次，碰到有事情随叫随到，有点预备役人员的意思。那天晚上愿意加入这阵容的计二十来号人，老刁为其中一员。他们煞有介事地举行了一个仪式，喝一碗血酒，血为鸡血，没酒量的喝一调羹意思一下。他们手捧酒碗大声宣誓，无非是有难同当有福同享之类的陈词滥调。我死活不愿蹚浑水。脑壳为什么会死于非命？就是因为他要蹚浑水，妄想通过非正常途径出人头地。这是一项高回报高风险的行当，并非我辈能吃得消的。从另一个角度来讲，我对他们这一号人却是十分欣赏的，但我更愿在远处看他们，就像看着一道风景。

老刁加入帮会的好处显而易见。我们货行老板从那刻起倒换了身份，反过头来拍起了老刁的马屁。尖嘴老板对老刁许诺，他愿意为老刁老婆出国提供担保手续和必要的费用。而我，曾为老婆出来的事儿苦口婆心地与尖嘴老板谈过多次。我工作勤勉心眼实在，尖嘴老板本应要给我一颗糖果吃吃的，但他每次都是推三阻四。

半月后，黄帝帮干的第一件事便是砸了长江大饭店。长江饭店的施老板，兄弟六人全在米兰，出国的年头又早，经济基础雄厚。施老板和沈老板强强相撞，他们之间是有过节的。无奈施老板在米兰地盘上是个大家族，连同亲朋好友，少说百余人丁，故而将沈老板压迫得透不过气来。沈老板愿意出资扶持梁家辉，醉翁之意在施家。星期天那日，木工给长江饭店打电话，订两桌。跑堂说没有了。木工和泥水工驾车去长江饭店，登堂入室，责问跑堂为什么一大早就没座位了。施老板大公子出面解释，周末我们店要订座位一般得提早一个星期的。木工说那好，我们就订下星期日，三桌。施家大公子在意大利高等学府完成学业，一介白面书生，缺乏社会经验。他这个香蕉人根本弄不清土生土长中国人之间的名堂，当真认定他们是来吃饭的，就叫跑堂给订下了。下星期天——时间刚好是黄帝帮成立半月后，黄帝帮核心人员和外围人员近三十余人去长江大饭店吃饭。老刁事后对我说，我们专拣好菜点，龙虾都上了，喝法国白兰地，大吃大喝啊！他们一直吃到十二点钟，不间断地上洗手间撒尿，不间断地回来再喝，乌烟瘴气，搞得文明国度里的外国男女连上个洗手间都难，进去后更是无法插足。客人散尽，施老板提了瓶红酒过来敬酒。施老板皮笑肉不笑问，菜还过得去吗？泥水工嘴上插根牙签说，马马虎虎吧。施老板说那就请各位多多包涵了，我敬大家一杯酒。泥水工说，你先敬我们老大。施老板将酒杯递到梁家辉眼前，说，梁先生，我敬你。老刁发问，你怎么晓得我们老大的？施老板说，这个么……这个么，我哪有不知道的道理啊。梁家辉举杯和施老板敲了下，先将杯中酒干了。施老板说，晚上……我交代收银员了，给打八折……希望你们下次再光临啊。施老板边说边身子往后退。泥水工一拍桌子说，谁要你打什么八折不八折的，难道我们没钱？你这不是成心要侮辱我们吗！施老板大公子闻声跑过来，见状要报警，被施老板制止住了。施老板说，我明白了，你们今天来是要找事儿……我姓施的江湖不是没见过，是祸躲不过，你们要来就来吧！泥水工说我们就等你这句话呢，算你有种，要不我们还真不好意思动手噢。说完他们掀翻了三张桌子，扬长而去。

　　一时间，米兰华人圈里人心惶惶，谣言四起。人们传说最多的是米兰华人中已有黑社会组织了，一个黄帝帮，一个兔子帮，他们两个帮派为争地盘发生火并了。今后每家餐馆、每家店铺都要上缴保护费云云。没几天，兔子帮当真现身了。有两个蒙面人手持短枪，指着一家外卖店老板娘的额头，要她全数交出收银柜里的钱。走时其中一个给了句话，我们是兔子帮的。又一次，同样是两个蒙面黑衣人在一家餐馆打烊时分闯了进来，枪口顶住老板胸口，喝令收银员交钱。一个男员工欲扑过来，被另一个蒙面人拿枪给镇住——蒙面人冷笑道，子弹可是不长眼睛的噢。这回他们随手拍下一块长方形木牌，一面写有"替天行道"，一面写有"兔子帮"字样，是用电烙铁烫上的。

　　老刁现在是身在曹营心在汉了。他虽说还和我一样是个干苦力的，每天按时上下班，送货搬货，但他的心思显然早已飞到九霄云外去了。老刁曾对我说，我要不是老婆孩子手续放货行办，我才不在这儿干了呢，这几块工钱还不够我吃牛排喝老酒！老刁每天早上一坐上车，便哈欠连连，眼角粘泪水结眼屎，不干不净。老刁抱怨睡眠严重不足。我说昨晚又玩牌了，老刁说玩了。我说输赢怎样啊，老刁说赢了。一会儿后，老刁说像我这种人，是输不起的啊。我说，看来你牌技长进了哦。一天晚上，我在街上碰见了老刁，老刁说他和朋友出来遛遛，顺便买点东西。这晚上见到的老刁，与白天上班的那个老刁，判若两人。老刁衣着光鲜，一身名牌，嘴上叼根雪茄。老刁的那个朋友，我看着面熟，但想不起来在哪见过，他同样穿着体面。老刁和脑壳一样，好吃牛排，那晚他买了上好牛排邀我上他家吃。老刁原先的住处我去过一次，打工仔的档次，住一窝人。他现在的住处，就他和朋友两个，像个人住的地方了。老刁动手做牛排，嘴上说就差个女人了。这时我才问，你这段日子赢多少钱了？瞧你这排场！老刁诡秘一笑，说这是军事秘密。我说，你保密工作做得一般般嘛，露富了。老刁说，我拿你是当兄弟的呀。

　　喝酒间，老刁聊到了那个被人们传得沸沸扬扬的兔子帮。老刁脖子一梗说，我先前也和你一样，根本不相信有什么兔子帮的，现在我信了……这兔子帮是千真万确存在的，兔子帮潜伏工作做得好啊，不像黄帝帮雷声大雨点小，连小孩都吓唬不了。我还是摇头。我说如真有兔子帮一事，世上没有不透风的墙的。老刁说，那你对眼前的事儿怎么看，难道那些蒙面人是鬼不成？我说那是那些人利用了兔子帮的名号而已，其实他们就是打劫的散兵游勇。

老刁愣了一愣，说你的话很有道理，这兔子可是有过命案的，这是大本钱啊。我问老刁道，你那天说那兔子人在乌迪内，我倒想听听你的依据。老刁笑道，你又套我话了，你怎么对那个兔子就这么感兴趣啊？我说我这么一个胆小怕事的人，要再不有点好奇心，那还不闷死呀。老刁说，你是胆子小，顾虑太多了。老刁朋友说，兔子已经是只死兔子了。我问他这是什么意思，他说我猜的。

三

"兔子"满天飞的时候，"兔子帮"应运而生。这个所谓的兔子帮，是明目张胆的，是亮旗号的，不是蒙面的小混混。施老板自从吃了那趟亏后，开始蓄意招兵买马。在意大利，华人华侨中的绝大多数来自浙南地区那几个县市。施老板从浙南老家朋友那儿获悉有几个劳改释放犯流窜到了俄罗斯，他花本钱将其中一个叫王丽明的人偷渡到了米兰。王丽明已经无路可走，他对施老板拍胸膛说，是人都怕死的，我不怕死，那还有什么好怕的呢！王丽明如法炮制，召集一些人上新世界吃饭，人数很少，仅一桌人。那天沈老板提早关了店门，让梁家辉带人过来瓮中捉鳖。梁家辉二十来号人将王丽明十来号人团团围住。王丽明面不改色心不跳，和风细雨说，我们兔子帮是开过杀戒的，这点你们可要掂量清楚哦。梁家辉被王丽明的气势镇住，没敢动手。那天老刁参与了行动。他回来后对我说，看来这在江湖上混的都是虚张声势，那梁家辉平日看还行，但对方一提"兔子帮"，他就熊样了，屁滚尿流了。

按老刁的理解，所有在场面上混的人，其实都不咋地，都是不敢犯命案的，而兔子恰恰有命案在身，这就是天大的本钱。所以在混的人都争先恐后地标榜自己为兔子，或者一听对方为兔子，哪怕是虚虚实实的，也要心惊胆战了。老刁总结道，我算是看出门道了！这个老刁，我是清楚的，他何止是看出了门道，他是早就付诸实际了。老刁这段日子里，手头宽绰，吃香的喝辣的，动不动名牌加身，靠的就是"兔子"这个名号，或者说由"兔子"所派生出来的那股威慑力吧。事实上，在当年那个时期的米兰华人圈里，有许多小混混是吃"兔子"饭的。而那个亡命之徒王丽明，胃口要大一些，蛋糕做得最大，干脆在"兔子"后头加了个"帮"，这样就将诸多的小混混给盖了。老刁对此耿耿于怀。

沈老板盘下一条旧游轮，将拖至米兰城区一内河——沈老板的意图是要把旧游轮改装成一家水上餐厅。沈老板一家人去瑞典旅游，老乡安排他们在水上餐厅用餐，沈老板大开眼界，深受启发。回米兰后，沈老板通过当地一位律师朋友买到旧游轮。律师说，手续我负责给办。沈老板没等到手续下来，就开始了改装工程。梁家辉干装修活在行，他领了一班人马进驻旧游轮。有天我和老刁送完货途经河道，大老远便看见了那艘游轮，蓝白相间，非常抢眼。老刁说我们去看看吧。我们从河埠下去，老刁急不可待地上了踏板，接过站船头木工的烟抽上。我先在河岸走了走。这米兰城内的河流，原先汽车没时，是起主要交通作用的。河道两边砌岩石，下头各自铺就一条石面道路，供来往马车行驶。河埠头这块占地面积要大，台阶由产自意大利火山口的一种白色石头铺成，年代久远，消尽烟火气，看上去有种高贵、典雅的意蕴。我想象着当年那些身穿燕尾服的绅士和身穿婚纱一般繁琐衣裳的淑女们，在这儿上船下船，马车得得得绝尘而去，船儿晃悠悠走远……老刁喊，你又犯神经病了是啵，上来呀！梁家辉在船的外侧垂钓。他对我们说，这河里的鱼没法吃，洋油气重。老刁说那你干吗还钓呀。梁家辉说，这不静静心么，这两天绘图纸，满脑子都是秦淮河的灯红酒绿。我说你要把这船打造成那种样式？梁家辉说中国特色肯定要突出的啦，那些红灯笼倒映在水面上，再搞些江南丝竹音乐，外国人就吃这套的。游轮的酒吧原封未动，酒柜上五花八门的酒都有，酒瓶子稀奇古怪。梁家辉说，这外国人名堂就是多，我现在是每天喝一种酒，尝尝味道，什么苦的辣的甜的酸的都有，还有透气的清凉的呢。那天梁家辉让我们尝的是一种苦艾酒，喝过后满口清香。茉莉花进来的时候，我一点都没感到意外。茉莉花说，我在甲板上就闻到酒香了呢。

过后我和老刁又去过一次旧游轮。这回是老刁要去的，我照样坚持不住随他一块儿去了。那艘停泊于河边的旧船，在我眼中无疑是块是非之地，我是能不去就不去。改装工程已经开始，因没法展开手脚大干，所以进展缓慢。梁家辉和茉莉花住船长室，那个房间在顶层，相对宽敞，视野开阔，里头设施一应俱全。他们的小日子神仙似的，云里雾里，浪漫得一塌糊涂。老刁对此十分嫉妒。老刁私下里对我说，这个梁家辉除了勾引娘们儿那点伎俩，狗屁不是！我说，他和你八竿子挨不着边的，动什么气？老刁反问我道，如果我是兔子，那这娘们儿是不是就该归我受用？我说，你这是什么意思？我听不懂。老刁仰天长叹，我要是兔子就好喽，茉莉花这娘们儿就该躺在我身下喽。我哑然失笑。我明白，老刁他来旧游轮的目的，就是要看上一眼茉莉花——癞蛤蟆想吃天鹅肉。

开春时节，脑壳老婆美蒂和儿子办好手续，飞抵米兰。脑壳死的时候，按意大利法规其家属是允许特批出来的，可美蒂当时刚好生了场病，动手术躺床上，就没能成行。这一拖就拖到了来年的春节过后。据说美蒂母子俩刚来米兰的那段日子，他们受到了"烈属"般的待遇，梁家辉和沈老板亲自驾车去机场接人，在新世界大酒楼举行了接风仪式。脑壳老婆美蒂因此感动得涕泗横流。诚然，她痛哭流涕还有另外一层原因，那就是触景生情，她想起走时活蹦乱跳的老公，而今却已长眠于这外国人的地界了。这一阴阳相隔，不禁让她悲从心涌。沈老板要安排他们母子住旅馆，梁家辉说不必了，就住船上好了。沈老板说，那恐怕不方便吧。梁家辉说，我们房间让他们住就是了。美蒂母子住进旧游轮的船长室，受人热菜热饭款待，很是过意不去。美蒂是个劳动惯了的人，她第二天即对梁家辉提出让她来做饭吧。梁家辉说，那怎么可以呢，你至少先休息半月再说吧。有天美蒂问梁家辉道，兔子是谁？现在有没有找到？梁家辉抓着头皮不知如何回答为好。过会儿，梁家辉说，情况比较复杂，头绪有点乱……这样吧，你一女人家就不要操那心了，这仇我们一帮兄弟会报的。游船空间有限，美蒂又成天没事儿，所以过后几日里她进入了恍惚状态。美蒂一个人坐在甲板上发呆，目光空洞。有工人和她打招呼，她只笑不说话，让人好生不自在。有天夜晚，茉莉花睡不着觉，披衣去甲板看月亮。茉莉花点上根烟，一会儿看天上的月亮，一会儿看水中的月亮，人走了神。这时她突然听到背后传来窸窣声，但见一黑影鬼样地朝她移过来。茉莉花花容失色，差点没夺路而逃。美蒂说，是我呢，你也睡不着啊。茉莉花胸口起伏说，你把我吓死了！美蒂说，我又不是鬼……是鬼就好喽，就好和我老公相会嘞。茉莉花定眼看美蒂，觉得她真的不像是一个人。

茉莉花决定离开游轮回乌迪内，梁家辉当然拉住她不放了。茉莉花垂头丧气说，不是我没同情心，我也明白她的难处……可这种日子，每天都像有个幽灵附身上的日子，叫我怎么过噢！梁家辉咬咬牙说，那就让她走吧。本来，梁家辉是想表现一下江湖义气的——可能他心里头的确也是有那份心思的——现在他是无能为力了。

美蒂携带儿子跑到我们货行找尖嘴老板。美蒂母子俩的出国手续是东方红这家公司做担保的，入境后需担保人尖嘴老板带他们去移民局办理落户登记。脑壳人已死，对尖嘴老板来说已毫无威胁力和利用价值了。尖嘴老板是万分不愿意再接这摊子事的，无奈美蒂和她儿子铁钉子般地坐在他办公室里，话虽不多也不胡闹，但她那死鱼一样的眼光已着实令他坐立不安了。尖嘴老板抽两天时间替美蒂母子办理了落户手续，以为可以送瘟神了，没料到美蒂却赖着不走了。美蒂说，老板，念在聊清的分上，你就收留我们母子俩吧。我什么活儿都能干，工资你看着给点就行。尖嘴老板当机立断，我们货行目前不缺人，你还是去其他地方看看吧。美蒂说，我初来乍到的，人生地不熟，上哪去找事做啊。尖嘴老板说，那你也不能赖我这儿的呀，我们非亲非故的，我做到了该做的……但你总不能一辈子要我包的啊。美蒂说，那我提一个要求。尖嘴老板警觉地问，什么要求？不合理的要求我不会答应的。美蒂说，领我去墓地。尖嘴老板松口气，他说这是最后一个要求了哦。

我开货车带美蒂母子去公墓。本来老刁也去的，临上车前他说我就算了，位置空点你们好坐。脑壳的坟墓是沈老板掏钱买下的，一般规格。当时沈老板欲用梁家辉这拨人，只得听从梁家辉的吩咐，给脑壳买墓地替他落葬。公墓处于米兰近郊，这儿价位相对便宜些。我找到脑壳的坟墓，墓前的鲜花干枯成粉末，显然老长时间没人来祭扫过。看看周围外国人的墓前，花枝招展，鲜艳欲滴，越发显出了脑壳坟墓前的冷冷清清。美蒂倒是没哭，脸色苍白。她的儿子，更是懵懵懂懂，见到一只蝴蝶，就追赶蝴蝶去了。美蒂从包里取出香烛、冥币什么的。这欧洲拜坟，是不作兴烧香烛的，所以没地方买这些东西——美蒂包里的香烛、冥币，十拿九稳是从国内捎出来的。美蒂点上香烛，烧冥币。她拉过捉蝴蝶的儿子，要他叩头。美蒂说，你爸爸在这儿，你叩头。

第二天我和老刁出车时，在大门口见到美蒂拉着儿子走过来。昨天回城的时候，美蒂让我把车停在新世界酒楼门口。从现在的情况断定，沈老板想必是拒绝了他们。老刁动了恻隐之心，他从车上跳下说，我去跟老板说说看。我是有自知之明的，在尖嘴老板面前，我的话等于放屁。没多大工夫，老刁出来说，成了。我感叹，你牛啊。老刁说，我最见不得女人小孩可怜相，我会想到自己的老婆孩子的。

这天我们跑了好多路，面广点多，人累得如一摊面条。老刁倒是精神饱满，不间断地与我讲茉莉花那娘们儿。老刁说，是男人见了茉莉花，下头都会勃起！我说我没有。老刁说你虚伪。其实，我并非不喜欢茉莉花那娘们儿，而是我明白像她那类女人，可是不好惹的啊。故此，我的生理服从心理指挥，的确没有轻举妄动。老刁说，我现在梦里头全是那娘们儿的影子，白天也分心，时不时就会想到。我说天底下女人有的是，她与你无缘，你没必要想的嘛。老刁说，理是这个理，可我没法子……再说梁家辉凭什么就可以吃独食！我说你不好拿自己和梁家辉比的，人家是老大。老刁说，老大老大，木工加个泥瓦匠，再糊弄几号人就立旗杆了，什么玩意儿！我那天脑子不知怎么搞的，突然灵光一现，将与老刁一屋的那个朋友和当初在乌迪内见过的白头翁对上了号。白头翁染成了黑发，难怪我觉着面熟，却一时找不到出处。我嘿嘿一笑，说老刁你有个秘密被我发现了。老刁偏头看我说，什么秘密？我说你的朋友原来就是乌迪内工厂的那个人。老刁说，这算什么秘密……他就是他嘛，还秘密呢。我说我问你，你和他当时认识吗？老刁反问，这重要？我说当然重要，这能说明不少问题的。老刁哈哈大笑。我学梁家辉做派，冷不丁问，他就是兔子？老刁说，你说他是兔子他就是兔子，你说他不是兔子他就不是兔子。这家伙跟我玩玄学了。

这期间，梁家辉为雪新世界大酒楼那场耻辱，在一个风高月小之夜，由泥水工领头一干蒙面人，身穿一色黑衣，背写"兔子"两字，突袭了兔子帮大本营赌庄。一文身的家伙拿匕首顶住王丽明腰眼，喝令他叫人快快交钱。王丽明身子稍一扭动，锋利的匕首即割到了皮肉。这时，王丽明看见门口的黑衣人手持一杆长枪。短枪和长枪，虽同为枪，但性质显然升级了，这是非同小可的。

王丽明好汉不吃眼前亏，遂叫手下将当天收拢的钱悉数交出。老刁并未参加那晚的行动，但他却比自个儿干了还要兴奋。老刁在我面前手舞足蹈说，兔子、兔子，一切权力归苏维埃，兔子是老大啊！

四

这天，尖嘴老板和他的儿子玩耍得十分开心；尖嘴老婆和岳母也在场，办公室里头其乐融融。我觉着这是一个千载难逢的机会，便壮起胆子跨入门槛，对尖嘴老板提出申请老婆孩子出来的事儿。我说，丘老板，我干了这么多年，搭档都换好几人了……我对公司没有功劳总有苦劳吧……老板您该顾及一下我的切身利益了啊。尖嘴老板爱理不理，看我一眼后，照旧与儿子嬉闹。我站在原地不动。这种先例有过几次，每次都是我败下阵来，没趣走人。这回我是铁定心思要讨个说法了。我脸部的表情在发生微妙变化。尖嘴老婆说，你先去干活儿吧，这事儿可以商量的。我的声调跟随我的心态水涨船高，我说如果你们不答应，那我只好辞工了，我要找家愿意替我做担保的公司。尖嘴老板开腔道，你恐吓我？我说狗急了说不定也会跳墙的。尖嘴老板吃硬不吃软，他见我今天凭空态度强硬，一时没了主张。我趁热打铁说，米兰现在市面上兔子多如牛毛，保不定我就有兔子朋友哦……你看着办吧！尖嘴老婆说，看你说到哪去了呀，我们相处这些年了，不会让你吃亏的，这事儿就这么定吧，我今儿有空，今天我们就把表格填上。

几日下来，手续齐备，进入实质性程序。我一时高兴，收车后要请老刁吃牛排。说起来我这回敢斗胆与尖嘴老板争取正当利益，狗头军师是老刁。老刁说，乱世出英雄，现如今人人都可做兔子的。老刁这句话让我茅塞顿开。我这人虽说是万万不敢做真"兔子"的，但借用一下兔子的威力，拉虎皮扯大旗的勾当总可以试试的吧。所以那天我走进尖嘴老板的办公室时，脚步是坚定的，腰板挺得倍儿直。老刁说，要不我们把美蒂母子俩给带上吧。我说你该不会又在打那娘们儿的主意了吧。老刁神情严肃地说，这你就错了，小看我老刁人品了……我告诉你吧，我老刁哪怕是个十恶不赦的人，也丝毫不会对她有邪念的，我对他们母子，只有很干净的同情心。

美蒂她如今在仓库做杂工，清点货物，打扫卫生，有时照料一下尖嘴老板的儿子。美蒂儿子是不可能上幼儿园了，就随她在仓库这方天地里。尖嘴老婆对美蒂说，本来闲人是不能进仓库的，既然你儿子没地方去，那你自个儿可要拎拎清，这仓库里头的食品是绝对不允许偷吃的哦！美蒂低头说，我知道的，谢谢老板娘。尖嘴的儿子由尖嘴岳母从幼儿园领回来，有时就先放货行让美蒂带，她自己回住处做饭。尖嘴的儿子在东方红货行俨然就是皇太子，谁都不敢惹他，他爱骂谁就骂谁。尖嘴儿子进了仓库，如同老鼠掉进了米缸，总要糟蹋几包袋装食品的。有次美蒂儿子捡尖嘴儿子落地上的豆吃，被美蒂刮了一个耳光。又有一次尖嘴儿子跑进来抓住美蒂儿子要拿他当马骑。尖嘴儿子比美蒂儿子大一岁多，力气大，没几下子尖嘴儿子就骑在美蒂儿子身上了。尖嘴岳母见了笑得前仰后合，顺手取过鸡毛掸子递给外孙，说用上马鞭吧。美蒂泪水在眼眶里打转。

我们去了一家小规模牛排馆,要了四份牛排。美蒂怯生生说,我们要熟点儿。美蒂儿子人小胃口不小,三下五除二就将那块牛排给吃完了。我要再给美蒂儿子点份牛排,美蒂死活不要。她说我们母子已经让你够破费了。老刁背过脸去,他似乎是看不下去了。老刁将自己的盘子推到美蒂儿子面前,里头尚有半块牛排。老刁说,叔叔今天肚子不舒服,冰糖你代叔叔吃吧。美蒂赶紧阻拦,说这怎么可以……这是不可以的!老刁苦着脸说,美蒂你就成全我吧,我见不得小孩儿这个样子……又不是什么大不了的事儿,冰糖吃嘛!老刁先一步走,说是晚上有事。我估摸他很有可能是扮演"兔子"去了。

美蒂母子暂时住货行过道隔出的一个小间里。我送他们回去。路上美蒂问我,到处都是兔子……哪个是真的呢?我一愣,酒醒了大半。我吞吞吐吐说,这事儿……恐怕神仙都不知道吧。美蒂说,你和聊清是朋友,你要帮我啊。

米兰再添新案。有天夜里,老刁的那个朋友白头翁被人拿菜刀劈开脑袋,倒在了中餐馆地上。白头翁这次是单独行动(他和老刁掰了),过于大意了,被掌勺的厨师给收拾了。白头翁枪口指向收银台前老板娘,让她快快交钱。这家餐馆的厨房是有后门的,厨师恰好又是个在少林寺武校练过拳脚的人,他顺手抄起手头家伙从后门转至前厅,对准白头翁就是一刀。白头翁倒地时没死,送到医院后死了。警察赶到现场,发现枪是假的,是管塑料枪。这管塑料枪吓唬过多少人啊。我第二天获知消息后,既喜又悲。我喜的是随着兔子死去,米兰的华人圈有福了,可太平一段日子了；我悲的是没有兔子这么个人物作背景，或者说没了兔子所营造的紧张、恐惧气氛，那尖嘴老板他还会拿我放在眼里么？显然是不可能啦。午后，传来了出乎我意料的消息，白头翁并非兔子，血型和指纹皆对不上号。我松了口气。此时的我只能自私自利了呀，天下乱不乱只有抛后脑勺去了。我得求助于"兔子"之东风，让尖嘴老板仍然拿我当人看待，别中止我老婆孩子的出国手续即是了。一个下午我都在那儿胡思乱想。在我看来，白头翁天生少年白，从形象上来讲，是与白兔子最为接近的。可他怎么就不是兔子呢？那个真兔子又到底是谁呢？

有回出车途中，我对老刁提到了这个问题。老刁说不知道。过会儿老刁说，我要淡出江湖，江湖水太深了。老刁话里有话，大致意思我是明白的。我跳开话头，问老刁老婆手续进展怎样了。老刁说，快了，过些日子就可到上海领事馆办签证了。我说你全家团聚，做事是得考虑周全些了。老刁说，我也这样想。一个人混，一人吃饱全家不饿，拖家带口就不一样略。

老刁努力做到不与社会接触或少接触。黄帝帮的例行聚餐，他不再参与；黄帝帮通知他集合布置任务，他以身体不适为由予以推托。老刁对尖嘴老板的态度也发生了变化，他原先是硬中带软，现今是整个儿软，像棵弱不禁风的小草。尖嘴老板吃不透老刁，仍然还得赔小心，老刁由他去。有天老刁对我说，我求心安，但心安不下来，每天夜里做噩梦啊。我说是因为白头翁的事儿影响吧。老刁点头。我说只要你老婆孩子出来就好了。老刁听从一江湖游医吃中药。实际上那些东西并非严格意义上的中药材，我记得有蚯蚓干、蝙蝠干什么的，看上一眼都让人毛骨悚然。游医说老刁是受惊吓了，冰冻三尺非一日之寒，得用偏方猛药。游医把蚯蚓干说成"地龙"，把蝙蝠粪便说成"福分"。老刁喝了一星期，嘴巴都喝乌黑了，效果丝毫没有。老刁对我提出请求，叫我上他那儿住。我本能地摇脑袋，我说我还是住自己住处吧，习惯了。老刁眼睛望着我，一副哀伤样子。

我家境不宽裕，为老婆孩子出国事宜，问老刁借了一笔钱。俗话说吃人的嘴短、拿人的手软，我没法子再摆谱了。说起来，也不过就是睡到他那屋子去嘛。虽说，我躺的床铺是白头翁曾睡过的，难免会予人一种不祥的心理暗示。不过我还好，我这人不疑神疑鬼，是个唯物主义者。第一天晚上，相安无事。第二天晚上，我被半夜惊醒。睡梦中老刁发出的声音不像老刁的声音，像是从地狱里泄露出来的一种声音。老刁喊，兔子……兔子……我一骨碌坐起，赤脚跳下床去推醒老刁。老刁满身是汗，冷冰冰的。老刁气喘吁吁，他说兔子正卡住我脖子……我挣脱不开。我说你立地成佛了，兔子不会对你怎样的。老刁说，我不敢再睡了，你陪我说说话好么。我说那怎么行，明天怎么干活啊。老刁说是啊，明天还得干活儿。

我一觉醒来，发觉老刁床上仍有动静，知晓他没合眼。我说你把心放下，先睡吧，你不是常教导我脑袋砍了才碗大个疤嘛，有什么了不起的。老刁说，你体验不到我的滋味，两码事儿。从心里往外头慌，就像一辆刹车失灵的车直往下坡跑，越跑越快……我说你信不信佛的，老刁说没有。我说那礼拜天你去教堂试试吧，那传教的人不是有会中文的么，你去听听，看有没作用。

老刁病急乱投医，星期天果真去了教堂。来自台湾的一位牧师称他们这拨大陆移民是一群迷途的羔羊。老刁觉得这句话特别契合他的情况，简直是他心境的真实写照。老刁迷上了教堂，每礼拜天必去。老刁的睡眠状态得以好转，噩梦少了，胡话少了。

这期间旧游轮上发生了一起械斗。兔子帮不知从哪条渠道摸清了船上没有武器的底细，于一个夜晚大摇大摆地上了船。王丽明身后站一瘦不拉叽的手下，手握一管子弹上膛的短枪，蓝幽幽地对准梁家辉。王丽明说，我王某人不惹是生非的，在自个儿屋里摆个摊儿赚俩小钱，没想到你过来拔牙了……这叫什么名堂？这叫老虎口上拔牙！你清楚么！梁家辉说，不是我们干的。王丽明嘿嘿冷笑，他说你以为我三岁孩儿，打个兔子旗号我就分不清张三李四啦。我今天过来要求不多，一句话，你给老子跪下道歉，新账老账一笔勾销。梁家辉虚张声势手一挥说，上枪。暗影里的泥水工抄起一根木棍端在手上。王丽明说，别装样了，我一清二楚，这船上除去铁铲、榔头再没一件铁器……你就老老实实给老子下跪吧，出来混总得交交学费的，这关非过不可！梁家辉说，那是不可能的。王丽明给个眼势，他的两员手下扑过去扭住梁家辉胳膊。当然，梁家辉并非吃素之辈，他挣脱开了。茉莉花从船长室下来，她说你们过分了，你们可废了他，但是，我不允许你们侮辱他！从天而降的茉莉花，一袭长裙，飘飘若仙，把王丽明给看呆了，镇住了。泥水工等人趁机举起木棍朝王丽明手下人劈去，两三人头破血流，场面大乱。王丽明跳上高处，掏出枪支喊，我数到三你们如不住手，就开枪！泥水工说，我料定你不敢开枪，枪一响警察过来抓你没商量！王丽明数到二的时候，岸上传来沈老板撕心裂肺的喊叫声，不能开枪……千万不能开枪啊……沈老

071

板连滚带爬上了甲板，扑通一声跪在了王丽明面前。沈老板哭腔说，我这船……可是花重金购买的呀，要是有个万一，那叫我还怎么活下去啊……王丽明说，那你叫他们放下手中的家伙。梁家辉手下的人纷纷丢下棍棒。王丽明从高处跳下，说时迟那时快，只一脚即将梁家辉给踢落河里。王丽明笑脸冲着茉莉花说，张小姐，本人遵照你的意思，把他废了。

五

老刁接到国内老婆电话，说通知书寄来了，她明后天即带小孩去上海领事馆办理签证。老刁高兴得手舞足蹈，对我说晚上请你吃牛排。这次我们是在住处吃的。牛排、拌沙拉、花生米、花雕酒，中西结合。临上桌前，老刁突然说，我们是不是……把美蒂和她儿子叫过来吃？我说算了吧，时间不早了，他们怕是吃过了的。老刁心神不定，最后他还是打车过去将他们母子接来了。美蒂听说老刁老婆孩子要出来的消息，并没有像我一样"替老刁高兴"，而是勉为其难一笑。整个吃饭过程，美蒂的神情基本上处于恍惚状态。我瞧出了一点名堂。这美蒂，莫非对老刁有点上心了？我很快就自我否定或者说自我在那儿"磨合"了。美蒂这个女人，讲句透彻话，她是有杀夫之仇负载于身的，在她弱小的身躯里是填满了复仇火焰的啊……然而，世事恐怕总是纠缠不清的，是没办法绝对做到泾渭分明的吧。孤单而无依无靠的美蒂，在这异国他乡遍尝了世态炎凉滋味——而此时的老刁，哪怕是对她的一点小小关心，尤其是对她儿子的那种叔辈般的关爱，也是有可能打动美蒂那颗苍凉的心的。

　　老刁老婆和孩子乘坐县城去上海的大巴班车，班车途中遇车祸起火，人死了一多半，其中有老刁的老婆和孩子。噩耗传来，老刁号啕大哭。那天我们没出车，因为没法出车了。老刁哭晕倒在仓库地上，我和美蒂一个抬头一个抬脚将老刁搬到纸板箱上。美蒂手捏一瓶纯净水搁老刁嘴巴上，一滴一滴往里头浸透，滋润着老刁。那幅情景，足以证明美蒂她对老刁是有情有义的。

　　老刁请假赶往国内料理后事。尖嘴老板说给老刁留住工位，就不另招人了，美蒂暂且替代老刁跟车搬货。美蒂儿子没人带，所以她跟车时儿子也坐车上。美蒂是个女人，力气自然不好和男人比。不过美蒂是个明白人，她会以其他方法来弥补自己的不足的，比如说，到我和老刁住的房子搞卫生，把我的脏衣服一股脑抱去洗掉。美蒂儿子从老刁衣柜里翻出一套小孩儿衣服，海军衫，哭闹着要穿身上，美蒂照例给了他一个耳光。我知道这衣服是老刁给他儿子买的，现在他儿子不在了，这衣服等于没人穿了。我说冰糖真要，你就让他穿嘛。美蒂眉头紧锁，不吭声。

　　有次做饭时美蒂问我案板上的刀哪买的。那是一把外国人的厨房用刀，尖头瘦身颀长，不像咱中国菜刀长方形的。我并未在意，答说这儿是老刁的家，我不知道他哪儿买的。美蒂在厨房切肉，我和她儿子在房间玩变形金刚。吃饭的时候，美蒂沉默寡言，不像刚进门时的样子。这份异常，使得我再次想起她问刀的事儿。当初脑壳他就是被这种刀捅死的。脑壳那个住了七八号人的住处厨房里，共有两把刀。脑壳手执一把，那人手执一把，脑壳脖子中了关键一刀一命呜呼。

去乌迪内送货时，北京楼的张老板对我说，这女人心不死呢……我对她说兔子不在乌迪内，兔子在米兰，她不信。我说你有什么根据认定兔子在米兰呢。张老板说，米兰不乱么？我们乌迪内像潭死水，气泡都没一个。我说我现在都怀疑兔子可能就是一道菜，或者其他什么无关紧要的东西……张老板呵呵发笑，他说你这话说到我心里去了，实际上我也这么想的，可又不能这么说，因为谁都认为兔子是个人……真理往往是掌握在少数人手中的哪。郊外椅子工厂老板娘同样对我提到了美蒂。老板娘一副神秘兮兮神情对我说，你可得多个心眼哦，我看那女人一脸杀机，与她共事可得万分小心啊。经老板娘这么一说，我倒真浑身起鸡皮疙瘩了。

　　老刁料理停当丧事回来，变化颇大。他现今的口头禅是"都一样"，这样也行那样也行，都一样。勿用说，老刁现在是更加信教了，基督教成了他唯一的精神食粮。老刁不识字，他买来一只袖珍录音机带进教堂，将牧师们的说教一句不落地录下来，晚上在房间里再温习一番。老刁买来中文版的《圣经》录音磁带，出车听，在家听，全神贯注，半神半仙。

　　美蒂买了个小蛋糕，她对老刁提出请求，说要上我们住所给儿子过生日。老刁说我没心情，免了吧。美蒂一脸失望，哀怨的神情都有了。我们出车回来，没进货行大门，便见美蒂牵了儿子站于门口。冰糖的眼睛亮晶晶，一副天真无邪。老刁从车上跳下，抱起冰糖。第二天，那套海军衫穿在了冰糖身上。

　　有次在仓库搬货，尖嘴老板儿子又要骑美蒂儿子身上。美蒂儿子躲躲闪闪，不愿就范。作为儿子的保护人，美蒂太过软弱，她没有阻拦猴精似的尖嘴老板儿子追逐自己的儿子。美蒂儿子逃进纸板箱后头，尖嘴儿子追进纸板箱后头。尖嘴岳母在椅子上落座，架起二郎腿，一副要看大戏的架势。尖嘴岳母说，宝宝，他不肯和你玩就别玩了。美蒂儿子从纸板箱后头钻出，被尖嘴儿子一把擒住衣领子。尖嘴儿子哈哈一笑，说看你这匹马往哪跑！这时老刁拉住尖嘴儿子手说，小马不好骑，叔叔这匹大马让你骑好么。尖嘴儿子当然乐意，骑在老刁身上，他回过头冲尖嘴岳母嚷，外婆，快拿马鞭来呀。老刁驮着尖嘴儿子爬了好几圈，美蒂看不下去，上去抱下尖嘴儿子。尖嘴儿子发脾气，拿脚又蹬又踢美蒂，还用脑袋顶撞美蒂肚子。尖嘴岳母说，宝宝，不能没礼貌的哦，我们回去吧。

在面上，美蒂不管对什么人什么事儿，一律持谦让态度。但我清楚，这是假象。美蒂心里复仇的愿望越强烈，那么她面上的表现就会越温和。美蒂心里在磨一把刀，为了不受干扰，她会千方百计摆平自己的心态，吞声咽气，不计小节。只有那样，美蒂心里的那把刀才会越磨越锋利。美蒂她现在拥有两把刀，那把实实在在的刀是托老刁给买的。老刁没收美蒂的钱，他将刀递到美蒂手上时说，不就一把刀么，都一样的。

我批评老刁给美蒂买刀的行为。我说你身为信教的人，却给她买刀……你晓得她那刀是干吗用的么？她的刀可不是拿来切菜的哦。老刁想了想后说，都一样的，只要她心里有刀，其实她就已经有刀了。

在这儿需要带上一笔的是过后不久，那个由梁家辉扯大旗的黄帝帮散伙了。黄帝帮散伙的直接原因是他们的经济来源切断了。

提供黄帝帮"活水"的沈老板，其旧游轮改造餐厅成功，大红灯笼高高挂，不是秦淮河胜似秦淮河。要命的是经营手续迟迟批复不下来，故而秦淮河酒楼开张的日期一拖再拖。沈老板马不停蹄地跑手续，有天他带来一个坏消息，水上餐厅不准开了。据沈老板说，在河道上开餐馆，除固有的部门外，还涉及水利部门、防灾部门等，这两个部门认为水上餐厅存在安全隐患。沈老板的当地律师朋友据理力争，说瑞典那边都允许的。官员说，瑞典是瑞典，意大利是意大利，要知道这餐馆可是开在米兰河道上噢。意大利有关部门对沈老板下达书面通知，责令他于十天之内将游轮拖走。这一棒，几近于要了沈老板的命。沈老板家产损失过半，再没精气神与天斗与地斗与施老板斗了。如说黄帝帮散伙的间接原因，则出在梁家辉身上。梁家辉吃王丽明一脚落入冰冷的河水中，他的男根就坏了。一个男人，尤其是一个闯荡江湖的男人，缺胳膊少腿没事，唯独不能废男根，那可是长志气树雄心的根据地。没了根据地，星星之火何以燎原啊。梁家辉和茉莉花的关系因此进入冷战状态，这是后话。

　　有天收车后，老刁去了仓库。老刁问美蒂道，冰糖呢？美蒂说在纸板箱上睡呢。老刁说快下班了，把他弄醒吧，等下上我们那吃饭，今天买了点海鲜，你来做。老刁喊我进来稍等。老刁走到那堆货物旁，轻手轻脚地拍美蒂儿子脸蛋，一副慈祥的模样。老刁说，噢，不对呀，冰糖脑门烫手呢。美蒂急忙跑过去，自个儿脑门和儿子脑门贴了下，她说发烧了，这可怎么办？我见尖嘴老板正夹了公文包往外走去，情急之下脱口叫，老板！尖嘴老板停下脚步问，什么事儿？老刁说，美蒂儿子发高烧了，你能送我们去下医院吗，我们什么都不懂，怕讲不清楚。尖嘴老板抬腕看下表，说吃饭时间到了，淑真到时又要埋怨我不按时回去了。美蒂跑到尖嘴老板跟前，仰起脸说，老板求你了，你就帮帮我吧。尖嘴老板驱车送我们去了一家儿童医院。

这欧洲医院，孩子发烧一般不挂吊瓶，说是不能滥用抗生素。医生给开了方子，老刁火速去药房买了药。回到我们住所，老刁遵照医嘱，将那中山装纽扣一般大小退烧药片扔进水杯溶解。美蒂儿子喝下后，脸上的红潮渐渐退去，嘴皮子不再干燥。安静一会儿后，老刁说那袋海鲜还在车上，要不要去拿来。美蒂说当然要拿。老刁和美蒂争着要去货行拿那袋海鲜，我说你们别争了，我去就是了。

老刁破费给美蒂儿子买了张儿童床，摆放在仓库角落里。美蒂儿子上次发烧，显然是睡纸板箱上着凉了。美蒂不善言辞，但她的眼睛会说话，雨蒙蒙的让人心悸。我越来越觉得自己夹在其中不好，于人家带来不便。有天我对老刁提出要搬出去住。老刁说，你干吗要另租房子？我这房子已预付了一年房租，你只管住呗。我说我住这儿……不方便吧。老刁说，我明白你意思了，看来你是想歪了呀。

过后不久，老刁因尖嘴儿子欺负美蒂儿子，打了尖嘴儿子一个耳光。这下子尖嘴老板不干了，他跳起脚嚷，老子现在不怕了，混黑道的没一个好下场，黄帝帮灭亡了，什么兔子不兔子的，全是糊弄人的鬼话……我已经掌握确凿情况了……兔子是空屁、连空屁一个都不是……你这个小喽啰，再没地方好狗仗人势了！老刁说我打人不对，我向你道歉，让你儿子打回我一个或十个耳光都行。尖嘴老板说，道歉？说得倒轻巧。我儿子打你，我儿子有多少力气。老刁说，那就你打吧，我保证做到你打我左脸我把右脸转过来让你打。尖嘴老板口吐白沫，他说这事不可能这么轻便饶你的，我要报警，你大人虐待小孩在意大利是要蹲班房的，我这回非要让政府教训教训你不可！

尖嘴老婆多了个心眼，趁老公和老刁争执时打了警察局电话。老刁见势不妙要溜走时，已来不及了。欧洲警察效率神速，仅一袋烟工夫他们即赶到了。老刁被警车带走，他摆出一副视死如归的派头，这在我看来有点滑稽。美蒂奋不顾身地扑向警车，嘴上喊着冤枉。美蒂不怎么会意大利语，她慌乱中是用中文喊"冤枉"两字的。

六

第二日，意大利数家报纸和电视台及米兰当地一家华文报纸均报道了一条爆炸性新闻，那起多年前的命案已成功告破，凶手已抓获在押。原来"兔子"当真是确有其人的，这个人就是刁建国。包括我在内，几乎所有人都不相信这一事实。然而警方的判定是有理有据的，老刁的血型和指纹与当年留于现场的血型和指纹是完全吻合的。我晕头转向之余，想起了美蒂母子俩，因为自从这一爆炸性新闻铺开来后，我已好长时间没见他们母子俩的踪影了。我向尖嘴老板请假，说要去找下美蒂母子，怕出事儿。尖嘴老板一家沉浸在幸灾乐祸的欢快之中，特别大度，说你去找吧，这个老刁太可憎了，杀了脑壳还要霸占人家妻儿，天底下的罪恶全让他一人兜了啊！我开上小货车，没头苍蝇一样地在米兰街头乱闯，差点将一老人给撞了。说来造化，我无意之中将车子开到了内河道上，远远地便看见了在风中摇晃不定的美蒂，她的儿子也在。我为什么会开到这内河道上的呢？那是因为那艘旧船的缘故。这世上的许多事情，恐怕都是说不清道不明的，仿佛冥冥中有天意主宰着似的。当初要不是那个沈老板去瑞典，他就不会想到要买个旧船来改装餐馆；那干装修活儿的要不是梁家辉一伙人，那么老刁这人是决然不会跑到这破船上的；而我如不是和老刁共事，被老刁生拉硬扯地拉过来，那么我也就无缘跑到这野猫野狗成群结队的地儿来了。我是在一种潜意识的力量驱使下将车子开到这码头来的。

救美蒂一命的是她的儿子冰糖。要不是冰糖，美蒂早就已沉入河底了，等我赶到后顶多只有捞尸的份了。冰糖苦苦哀求母亲不要跳河，一双手牢牢地揪住其母的衣裳。几经拉扯，美蒂筋疲力尽，哀伤欲绝。美蒂要死的心铁定，她想缓口气，趁冰糖不注意时再跳到河里去……造化就这么光临了，我赶到了。美蒂阴沉着脸对我说，谁拦都没用，我心已死……留肉身干吗。我不敢太靠近，双手没地方放，局促不安。好在我脑子的机器没生锈，迅速运转开来。我说，现在仇人现身了……你不报仇却要寻短见，这不傻么？美蒂眼睛瞪得比灯泡还大，又眨巴了几下，似是醒悟过来了。美蒂说，这仇不用我报了……他自作自受，意大利政府会处置他的。事态有好转，我紧绷的神经松懈下来一些。我说那你就错了，这意大利是没死刑的，如果他表现好，或有什么立功的地方，说不定没几年人就可出来的……我认为你这仇还得报，只要他人一出来，你报不了，让你儿子也要报，所以你得把冰糖带大。

数日后新闻媒介有更为详尽的报道，大意是说刁建国属于醉酒后过失杀人。这对我来说是个特大好消息。我和老刁这人，毫无疑问不是一类人。最初我对老刁是看不惯的，对他的玩世不恭和没心没肺，更是不敢苟同。但随着时间的推移，随着我们俩越来越多的相处交流，我对他有了新的认识，并且产生了手足般的感情。说实在话，老刁这人本质上并不坏，他无非是老没正经，视人生如儿戏。这自然是指他的过去。但就算是那个样的老刁，身上仍然是具备一些品德的，比如说他同情弱者，喜爱小孩等等。经历过人生磨难的老刁，皈依宗教，洗心革面。现在看来，老刁对美蒂母子俩的好，是有赎罪成分的。老刁受内心折磨和谴责，夜不能寐，噩梦缠身，这均为他良心发现的具体表现。

我通过关系办理了探监证。在短短一个钟头接见时间，老刁将事情的原委对我一五一十讲了一遍。老刁和脑壳是酒肉朋友，他们两人有许多相同之处，两人都好酒，爱吃牛排。他们当年是在乌迪内郊外一家南斯拉夫人开的椅子工厂打工时认识的。一天，老刁去米兰赌博，赢了钱，买了酒跑到脑壳住处喝。两人酒喝得差不多时，不知是脑壳还是老刁提头说起了乌龟和兔子赛跑的故事。老刁说，乌龟比兔子跑得快。脑壳说你胡扯淡，兔子跑那么快，乌龟像蜗牛，你分明是明眼人说瞎话！老刁说，乌龟有脑子，兔子没脑子，兔子骄傲自满，半路睡大觉，它醒来时乌龟早到终点了；第二次没脑子的兔子选了条有河的路比赛，乌龟轻轻松松从河里爬过去，兔子绕了一大圈，又比不过乌龟了……脑壳最听不得"没脑子"这个词儿了，当即火冒三丈，一掌将老刁推倒在地。老刁当然不会示弱啦，他艰难地从地上爬起后，打了脑壳一拳。两人对打开来，边打边尖叫兔子赢！乌龟赢！没力气了，两人又重新坐下喝酒，他们的脑袋越来越大，人的身子倒轻飘得厉害，云里雾里似的。脑壳撒尿回来，顺手抄起砧板上的刀，扎了老刁一刀。老刁大笑，说刀比拳头好玩……遂转身抄起另外一把刀。两人有气无力地你扎我一刀我扎你一刀，边扎边说兔子赢，乌龟赢。老刁因是在人家家里喝酒，进门时没脱去外套——厚重的羽绒服帮他躲过了一劫——脑壳扎过来的刀几乎就没入他的肉。而脑壳就惨了，他穿着羊毛衫，刀刀入肉，深浅不同罢了。无意识中，老刁有一刀扎在了脑壳脖子上，脑壳吃不消了，头趴在餐桌上。老刁说，怎么不玩啦？你现在承、承认，是、是乌龟赢了吧。脑壳声音很细地说，兔子……赢。老刁摇头晃脑说，你、这个死不悔改的……人，我、我不与你啰唆了，我要回去……回去睡觉咯……老刁跌跌撞撞地开门走到街头。外面是一个雨天雨地的世界，倾盆大雨像一枚枚子弹般射向老刁。醉酒的老刁在深夜的雨地里手舞足蹈，歪歪扭扭地走了好长一截路。一辆找不到生意的出租车停在老刁身旁。司机问，你身上有钱吗？老刁从口袋里掏出一把纸币，说钱在这儿！司机送老刁去了他住的那家小旅馆。老刁第二天醒来，见自己脱在地上的那堆衣物水淋淋的如一摊烂泥，猛然想起了昨晚的事儿。老刁咧嘴笑笑，觉得昨晚的玩笑开过头了。老刁从旅行袋里掏出换洗衣服，缺外套和鞋子，冒着寒风去超市买了件新羽绒衣和一双耐克牌旅游鞋。收拾行囊时，老刁本要丢了那堆衣物的，特别是那件千疮百孔的羽绒衣，根本没法再穿了。老刁用塑料袋装上衣物塞进了旅行袋。

　　老刁当天坐火车回乌迪内。第二天他得知脑壳死了，吓出了一身冷汗。老刁挖地三尺掩埋了破烂羽绒衣和鞋子，准备逃往南斯拉夫避避风头。可两三天过后，老刁不这样想了。老刁认为，这人一生不就是一出戏嘛，要演就轰轰烈烈演，演个绝招演个刺激！老刁于是乘火车去了米兰，顶替上了脑壳的工位。

　　现在，我的搭档是美蒂。她的儿子自然也在车上。有好几回，人家误以为我们是一家子。本来我是可以不接受尖嘴老板这个安排的。美蒂气力不好与男人比，况且还拖个油瓶。况且美蒂每日拉着一张脸，我干活累还没好脸色看哪。老刁说，你就念在咱兄弟一场分上，吃点亏吧。我每隔一星期去探望老刁一次。老刁每次都要交托一番，让我替他赎罪，多多关照美蒂母子俩。老刁说，我就是割肉粒了，也偿还不了对他们一家的罪孽啊！老刁要惩罚自己，不让请律师，他说这是罪有应得，是报应。老刁泪眼婆娑地说，我老婆是个好人，我儿子本就是个孩子，可他们为什么会出车祸呢？那全是因为我的罪过。那是上帝对我的惩罚啊！我会于有意无意间将老刁在狱中的"忏悔"言行说给美蒂听。美蒂无动于衷，一如木头人。我捉摸不透美蒂对老刁到底是一种怎样的情绪，或者说怎样一种情感。单纯的仇恨肯定不是。如果说她光是恨老刁，那么她就不会寻死觅活了。我脑子里头灯光闪闪，照耀到了核心部分。我认为，在后阶段，美蒂是爱上老刁了。美蒂错误地理解了老刁对他们母子的好。特别是当老刁的老婆孩子出事后，她情感的天平没法持平了，一头栽向了老刁那边。在她看来，她和老刁可谓同是天涯沦落人，一对苦命人走到一块儿相互取暖，那是再自然不过了。然而，偏偏这个老刁竟就是杀死她老公的那个人，这怎能不让美蒂崩溃！只有这样子去分析和解释，才能理解当美蒂得知老刁即为凶手后，她立马要跳河自尽的举动了。美蒂胸中爱恨交织，爱是大爱，恨同样为大恨，她只有求一死来解脱了。

沉闷无比的日子过了一段。有天美蒂和她儿子冰糖发生了争吵。我听出眉目，知晓他们是为那套海军衫的事儿。冰糖要穿海军衫，美蒂坚决不让穿。冰糖哭哭啼啼，他说你不让我穿刁叔叔的衣服……你自己睡觉还叫刁叔叔名字……美蒂恼羞成怒，要打冰糖，被我阻拦了。我心里明白了大半，原来这美蒂对老刁，依然如故，情深似海啊。看来，在那架爱恨天平上，爱的力量战胜了恨的。途中在比萨店吃中饭时，我犹豫一阵后说，美蒂，要不我给你办个探监证，下星期咱们一块儿去看老刁吧。美蒂条件反射一般直摇脑袋。我说这事儿便当，花不了几个钱的。美蒂轻声说，不是钱的事儿。美蒂一开口说话，其实门缝就有了。我说老刁也怪可怜的，在这米兰无亲无故……除了咱们，谁都不会搭理他的了。

我和美蒂、冰糖去郊区监狱探望老刁。冰糖穿上了海军衫，美蒂衣着素净。我暗自忖度，这美蒂算是缓过气来了呀。叫到我们名字时，美蒂浑身颤抖，嘴唇发紫。我托住她后腰低声说，别多想了，面对现实吧。里头一溜铁栅栏，下面为米把高的隔墙。关押在监狱里的人大多来自第三世界，吉卜赛人居多。吉卜赛人浪漫，无拘无束，女人和男人的双手穿过铁栅栏，隔着铁条拥抱成一团。他们接吻，甚至抚摸。美蒂面红耳赤，手足无措。老刁没一点思想准备，差点老泪纵横。老刁勉为其难朝冰糖笑，向他招手。冰糖扑向老刁，一声刁叔叔相当清脆。那真是天籁之音啊，那么纯净，那么温暖，像是来自天堂的一道亮光。这之后，美蒂决计要替老刁请律师。律师听完美蒂的诉求后说，这官司已成功了一大半，你是被害人妻子，你的立场和态度对量刑至关重要。

法院判决下来，老刁被判三年零六个月，解往南部服刑。这之前，老刁将藏钱的地方告知了美蒂。那是一笔数目可观的钱财。老刁本想等老婆孩子出来后派用场的。美蒂带上儿子去那不勒斯开了家酒吧。从那不勒斯前往老刁的劳改场，只需一小时车程。

七

我老婆孩子出国后，干上了卖散的行当。"卖散"这行当有两种经营模式，其一就是摆地摊，零售中国小商品；其二是开车流动摆摊，也是零售中国小商品。我属后者。我的活动范围大致在米兰周遭，故而乌迪内是常去的。茉莉花现在乌迪内开餐馆——这是那一阶段海外华人华侨的基本归宿。我们到了乌迪内，免不了会去她餐馆坐坐，有时吃个广东炒饭什么的。茉莉花对我儿子不赖，每次都抱起他亲个不停，并常买衣物玩具给他。茉莉花说，我太喜欢小孩了。我老婆说，那你就结婚生一个嘛。茉莉花黯然。她苦笑着摇头，那是下辈子的事儿了。

深秋一个下午，白杨树的叶子黄灿灿的，天很高很蓝，云儿一丝丝的，似有似无。我和茉莉花坐在露天酒吧里，喝卡布奇诺。茉莉花说，那个兔子可把事儿闹大喽。前几日，以兔子帮头目自居的王丽明，被警方逮捕了。随着王丽明的被捕和兔子帮的鸟兽散，米兰华人圈中那由"兔子"所营造出来的阴霾终于云开雾散了。我要了一小瓶啤酒，摇头晃脑说，这世上的许多事儿，其实都是带有偶然性的，可能这就叫命运吧，人是没法子拗过命运那东西的。茉莉花说咱们不说兔子了，我今天对你说说他吧。茉莉花将话题转到了梁家辉身上。我知道，茉莉花她这辈子是没法忘怀梁家辉了。

当时南斯拉夫战乱，大量武器流入坊间，梁家辉为购买枪械去了与南斯拉夫交界地带的乌迪内。梁家辉没去北京楼登门造访，他身上肩负重担，不敢掉以轻心。但梁家辉的心里头，却怎么也赶不走茉莉花的影子。在旅馆的大床上，梁家辉甚至梦遗了一回，对象即为平地生风的茉莉花。梁家辉身边带了泥水工，两人吃过早点，从酒吧出来，太阳已经露脸，人行道上的树木翠绿一派。乌迪内城中心有座小山包，上头古堡耸立，往昔必定为居高临下的军事重地。梁家辉对泥水工说，我们上那上头走走吧。泥水工提醒道，今天南斯拉夫那边的人不是过来碰头吗？梁家辉说他们不会过来了，要我们过去。泥水工说，让我们过去……我们过得去吗？梁家辉说到时候再作计较吧，车到山前必有路的。

他们乘坐巴士去了山包上，山头古建筑颇多，数门生铁铸的火炮，具有沧桑感。平地一块，四五个篮球场大，草坪上散落游人若干。他们在周遭兜了一圈，而后在露天酒吧落座。梁家辉眯了会儿，朦胧间眼前闪过一抹红影，睁开眼看了看，正是茉莉花。茉莉花并未注意到梁家辉，她径直进了酒吧屋内。茉莉花出来时，梁家辉叫住了她，说一块儿坐吧。坐下后茉莉花打趣道，又寻兔子来啦？梁家辉说，兔子不用找了，他们早就公然跳出来了，兔子不好对付啊。茉莉花大惊小怪嚷，真的假的呀，瞧你这神态就像真的似的！梁家辉对茉莉花说起兔子帮的事情。梁家辉说，兔子帮有枪，所以我们也得装备装备啊。

茉莉花问，这么说你这次来乌迪内是为枪支的事儿？梁家辉说是的。茉莉花问，进展怎样了？梁家辉说对方要我们过去，我还没想出办法呢。茉莉花说这好办，我领你们过去，有偏道的。茉莉花开车带他们过境。意大利与过去的南斯拉夫现在的斯洛文尼亚是紧挨着的。特别是有一处边境线，是在同一座城市的中间地带，街区的这边属意大利，街区的那边就属于南斯拉夫了。茉莉花对这带地形了如指掌，她说她常常会跑到南斯拉夫加汽油，因那边汽油便宜好多。买卖相当顺利，梁家辉从南斯拉夫人手中购得长枪两杆，短枪五管，弹药若干。事情办妥，茉莉花请梁家辉两人在当地一家餐馆吃饭。饭吃好时，茉莉花问梁家辉其中一道肉食味道怎样。梁家辉夸张地说味道好极了！茉莉花又问，这道是什么菜，你们吃出来了吗？梁家辉说我还真没注意，应该是……一种羊羔的肉吧，特别鲜嫩。泥水工说不是的，应该是兔子肉。梁家辉抬头看茉莉花，他说你点这道菜恐怕是有用意的吧。茉莉花说我是想让你放松点，别神经绷太紧了，不就是一道菜么，好好享受生活吧。当天晚上回乌迪内，梁家辉和茉莉花睡在了一张床上。

我说你们俩的爱情故事就这么简单，好像马上就直奔主题了嘛。茉莉花点上细烟说，真正你想要的人……这世上是不多的，上帝给安排好的，就那么一两个，错过了就终身抱憾了，他对我来说就是这样，我是飞蛾扑火那样投进他怀抱里去的……我当时就一个想法，要牢牢把握住，错过这个村就没这个店了……接下去，茉莉花讲到了她与梁家辉的分手。

梁家辉的男根究竟是给王丽明踹坏的还是被冰冷的河水冻坏的，不得而知。梁家辉从此以后做不了男人，性情大变，多疑、神经质、婆婆妈妈。变了味的梁家辉很让茉莉花受不了。不过他们俩毕竟是有感情基础的，帮会散伙后，茉莉花领梁家辉回到了乌迪内。张老板不明就里，他对梁家辉这人依然推崇如故，对于他的投奔门下，兴奋了好几日。张老板说，回来做实业也好，你们择个日子把婚事办了，我开家餐馆给你们。茉莉花和梁家辉两人，可谓各怀鬼胎。梁家辉是心虚，这结婚一事，讲白了就是行使夫妻生活，生儿育女传宗接代。可自己已经没有了这能力，这个婚还怎么结？日子一长又怎么个交代？所以当张老板提出要他们结婚后，梁家辉是彻夜失眠了，万分焦虑，如一只无头苍蝇；茉莉花更是苦不堪言，自己年纪还这么轻，今后的岁月那么漫长，如果套在名存实亡的婚姻模式里，那岂不是一辈子当活寡妇！梁家辉和茉莉花商谈，他说孩子的事儿……我看是能够瞒得过去的，我们从别人那儿过继两个来就是……古人不是有狸猫换太子事么，这说明还是行得通的。茉莉花无语。

茉莉花和梁家辉的关系没能维系到结婚那日。虽说他们的婚期已定了，婚纱照拍了，张老板出资张罗的餐馆也显山露水了，但他们的关系还是说断就断了。实事求是来讲，他们关系的断裂那是必然的事儿，迟点早点的问题。

为餐馆手续上的事儿，茉莉花和会计师走得比较近。会计师是个有妇之夫，长相一般，长期伏案，背驼得有点厉害。本来这是一个无足轻重角色，连对手都称不上的。梁家辉的相貌，那是没得说的，英俊、洒脱，且具有天然领袖风范。要是在以前，梁家辉凭他这套看家本领，那是根本不会把会计师放在眼里的。但是现在情况大不一样了，梁家辉每日里提心吊胆，一有风吹草动，心口即噗噗跳，手脚冰凉，脑袋发热。会计师频频约茉莉花吃饭，吃过饭又死皮赖脸缠着她兜风。会计师驾车逃也似的跑出城区，跑向广袤的庄稼地。会计师说，我喜欢中国，喜欢中国饮食，喜欢中国女人……茉莉花问，喜欢中国功夫吗？会计师说当然。茉莉花说，我男朋友就有中国功夫的，到时候要不要表演几招给你看啊？会计师听出了茉莉花的弦外之音。他说，看来你是一朵带刺的茉莉花了。茉莉花和会计师之间，顶多只能说是暧昧关系。然而，梁家辉却吃醋吃得相当厉害。茉莉花每次回来，梁家辉必要来一番追根究底，细节到有没有握手，吃什么，车开到哪儿，这么长时间都谈了些什么话等。有次茉莉花不无痛苦地说，家辉，你变了……你以前不是这样的，你踌躇满志，挥洒自如……你现在怎么、怎么就这么琐碎呢。梁家辉说，我爱你，我爱你太深了啊。茉莉花说，像这样子走钢丝索，我身心疲惫，家辉，我们还是好合好分吧。梁家辉离开后，茉莉花大病一场。茉莉花病愈后振作精神，打理即将开业的餐馆。她给餐馆取名"家辉酒楼"。

　　我的故事讲完了。茉莉花笑笑说。我感叹说，人生无常啊。茉莉说，你那个朋友……老刁他怎么样，他和那女人最终有没有走到一块儿？我说失去联系了，不知道呢。茉莉花说，其实我早就清楚老刁就是所谓的兔子。我听了这话大吃一惊！我说你如果……不是编故事的话，那你能说说那前后的经过吗？

　　老刁是从南斯拉夫偷渡入境的。在意大利边防海关他和其他几个偷渡客被逮牢了。警察审讯偷渡者，他们只会眨眼睛，一句话听不懂。一个警察给茉莉花打电话，让她过来做下翻译。茉莉花驱车去了边防海关署。那是她第一次与老刁见面。茉莉花当时对老刁可说一点印象都没有，几个偷渡客全为男人，灰不溜秋的，相貌猥琐，茉莉花是不可能记得住他们特征的。被意大利警方驱逐出境后没多久，老刁再次偷渡入境成功，这次他直接去了乌迪内的北京楼餐馆。茉莉花不知道老刁是怎么获知她是北京楼的，反正老刁进入了意大利地盘后，就候在北京楼餐馆外头了。茉莉花戴个大墨镜从车上下来，眼前钻出个人影，她吓了一跳。未等茉莉花尖叫，老刁嬉皮笑脸说，是我呢，刁建国，上回……上回在边防警察局，是你给我们做翻译的呀。茉莉花定眼一看，似乎还真有几分面熟，她警觉地问，你……找我翻译？老刁说不是的，我又偷渡过来了……南斯拉夫那边工钱太低了，我想了想就又跑意大利来了，现在没处去……我想你人面善，会帮助我的吧。茉莉花扭头就走，说我没那能耐，你找别人去吧。老刁尾随其后，说我人生地不熟，睡火车站怕被警察抓，你就行行好嘛。茉莉花停下脚步，心想不能将这人给领进餐厅去，那样子会影响生意的。茉莉花折回头说，有个椅子工厂不知还收不收人，带你去那看吧。

老刁在那家南斯拉夫人开的椅子厂干了一年。他话听不懂，好在有个脑壳和白头翁给他当耳朵当嘴巴使。那一年里意大利大赦，老刁替南斯拉夫老板白干半年活儿，换取了一纸居留。老刁出事后，返回乌迪内，在一个夜里将破衣烂鞋什么的挖坑埋了。茉莉花那天夜里下班后没直接回家，而是开上车子胡乱兜风，她的车子拐弯时车灯照见荒野上一个人影。只那么一瞥，茉莉花还是看清了那人是刁建国。茉莉花当时即好生纳闷，这人三更半夜跑这荒郊野外来干吗呀？不多久，梁家辉便跑北京楼来询问兔子的事儿了。茉莉花在与梁家辉照面前，是先碰见搬运啤酒的老刁的。老刁对茉莉花低声说，等下你就当不认识我好吗？茉莉花说你这什么意思，老刁说看在我曾经送花给你的分上，你高抬贵手好么？茉莉花被逗乐了，虚荣心得到一点点满足。这个老刁，说来有趣，他昏头昏脑于去年情人节，捧了一大捧红玫瑰送茉莉花。茉莉花问老刁，这花儿花了你多少钱啊？老刁说半个月工钱哪。茉莉花说你太可爱了，不过从今以后不许再干这种蠢事了哦。因为有这层铺垫，茉莉花那天当真就没点破老刁的小伎俩。老刁在乌迪内混，头一年窝在南斯拉夫人工厂死命干活儿，为还账为那纸居留，极少外出走动。后来歇工，他也基本没与外界往来，深居简出。所以乌迪内这地儿认识他的人不多，就连茉莉花老爸张老板都不认得他。

茉莉花说，她实际上在当天即已开始怀疑上老刁了。她通过前后因果联系，再通过现象作一番分析，便认定梁家辉所要找的兔子就是老刁这人了。但茉莉花并没有声张，她在梁家辉面前装聋作哑，没露一丝口风。茉莉花知晓与命案相关联的事儿非同儿戏，是不可多嘴饶舌的。茉莉花日后和梁家辉成为恋人，也没将此事给捅破。茉莉花要的是大事化小、小事化了，过属于他们的幸福生活。

听完茉莉花所说的来龙去脉，我说你要是早些时间把这底儿抖出来，说不定米兰就不会那么乱了，梁家辉也就免于出事了。茉莉花说这问题我想过，那是无必然关联的。我年少无知，头脑不够冷静吧……他好高骛远……我们就这命，是祸躲不过，该来的就得来，认了呗。

车厢

一

　　进入车厢之前，春与三个素昧平生的男人只吃过一顿饭，前后算起来也就三个来钟头。春懒得记他们的名字，她在心里把左边下头的男人叫做男人甲，将右上角的男人叫做男人乙，右边下头的男人叫做男人丙。春和桃的铺位在左上角。车厢里一团漆黑，什么都看不见，春想不起三个男人的面貌，依稀记得男人甲与男人乙均为中年人，没多大特征，属于大路货，一条马路穿到头，像这类中不溜秋的中年男人比比皆是，分不清张三与李四的。倒是那个男人丙，让人过目不忘。男人丙脸色苍白，四肢柔软纤细，形同一根豆芽菜，二十出头吧，但看上去像是还未发育的孩子。

　　男人丙在进车厢前的三个来钟头里仅说过一句话。正是他的这一句话，把一路上气鼓鼓的桃肚子里的气放了（至少是暂时放了吧）。那是在他们去车站的路上，快到车站了吧（他们是从车站旁边穿插进去的），已看见铁轨了。桃突然来了兴致，她不管不顾地采摘起道旁的野花草。男人乙看见了说，都什么时辰了，还有心思摆弄这些东西……再说车厢里黑灯瞎火的，这花给谁看？蛇头小头目眼镜男倒没表示反对，说女孩子喜欢花是天然的，只是别耽搁太久了，此地毕竟不安全。男人丙不动声色地采摘了几枝白碎花，如影子般飘移至桃面前。男人丙说，闻闻花香也好的呀。眼镜男转过脑袋说，你到底开口说话了呀。没料到你一开口说话，说的就是诗的语言嘛。

列车是在傍晚时分离开波兰某站的。眼镜男说得没错，这车皮是有许多缝隙的，透气不成问题，光线也能挤进来一些。列车开始蠕动时，那一丝丝的光线已是弱如游丝，夜幕马上就要掩盖下来了。春发现两个中年男人，男人甲与男人乙，其性格、做派还是有很大不同的。男人甲好大喜功，喜好咋咋呼呼发号施令；男人乙说话尖刻，牢骚不少。那天晚上在车厢里吃的第一顿饭，他们的表现就迥然有别。男人甲在底下叫，吃饭吧，只能摸黑吃了。桃从铺位上坐起说，干吗要凑一块儿吃啊，我们在铺上吃点算了。男人甲道，还是下来大家一块儿吃吧，这底下有个木箱子，可以当餐桌的，主要是说说话，我嘴巴都含糊焦臭了呢！男人乙从右上角爬下来，说还只半天时辰，就叫苦了？男人甲道，人是群居动物，需要亮光……现在亮光没有，就像世界末日到了一样，别提多难受了。男人乙道，为什么就不让带电筒呢？我一直想不通。男人甲道，他们不是说过的么，亮光会暴露目标的，为了安全，什么困难都要克服的。男人乙道，这跑着的火车，也会有人瞧见？那人是神仙啊，千里眼啊。

春与桃睡一张双人铺海绵垫。躺下后，春想与桃说说话，刚有那点子意思——桃许是察觉到了吧，身子一转屁股朝向了她。春心头冒上一股无名火，牙齿都咬紧了。但当她脑子里闪现出刀鱼时，她心头的无名火便熄灭了。春咽下一口唾液，轻声叫，小桃，这么早就睡，睡得着吗？桃没吱声，呼吸声有变化。春说，你哥交代过了，叫我路上照顾你一点……有些话我也不知该不该讲，我们出门在外，嘴巴不要太好强，对人谦让点，讲礼节点，总吃亏少些……其实我也没经历过这样的事儿，心里没底儿，我有什么做不妥的地方，你也给我说说……花了那么大本钱，我们一定要平安啊。桃瓮声瓮气说，完了没有？我现在什么都不想听，就想睡觉。春说，你是不是对我有看法？有什么看法你说出来嘛，这样子闷着，我实在没法受！桃说没有呀。只是，我提个醒，那头的那个男人，贼头贼脑的，没怀好意，你最好注意点儿。春差点又被激怒了，强迫自己停顿片刻，然后没好气地说，我晓得你嘴里是吐不出象牙的！

列车停下来。应该是一个车站，远处人声喧哗。这是春进入车厢后第一次听到外头的人声，分外亲切。虽说，她不知外面的人讲的是哪国话，在她听来全属"鸟语"——但这毕竟是人话，是裹有人世间暖意的，让人有一种春回大地的感觉。

车厢里的人不再说话。本来刚才，男人甲与男人乙还发生了一点小摩擦，你一句我一句地互不相让，现在全闭口了。眼镜男曾交代，每逢进站或过海关，千万不能出声！这话儿不开玩笑的，他们必须听。春从上头下来，碰到了男人甲。原来男人甲撅屁股趴在门缝往外看。男人甲嘟囔，狗屁，狗屁都没瞧见呢。这时传来脚步声，由远至近，男人甲吓得身子软在车门旁，如一挂鼻涕。春自然无以免俗，身子颤抖个不停。男人乙在上头压低嗓门说，你们就地坐下，不能再有动静了……

来的人十有八九是搬运工。

在关键时刻，看来男人乙要比男人甲沉得住气。情况的确是如此，来者为搬运工，他们是来卸货、装货的。货运列车到了此站，一批物资得卸下，一批物资得装上，这是再正常不过的作业了。那几节车厢中的一节就在隔壁。搬运工打开隔壁车厢门时，发出了很大的声响，然后就有几个人说着话爬上来。搬运工开始搬运物品，想必是些笨重家伙，他们齐心协力，嗨哟嗨哟的，好像还动用了什么器具，咯吱咯吱响，金属与金属的摩擦声，钻入耳膜和神经，让人很不舒服，浑身起鸡皮疙瘩。趁着混乱，春爬回铺位。春心里到底记挂着桃，怕她担惊受怕。

春上来未坐下，便听到了喘气声。喘气声虽然不怎么响，在隔壁的吵闹声掩盖下都可忽略不计的，但春还是立马就捕捉到了。春厉声问，谁？春是明知故问——男人乙鸭子样说，是我呢……我是来提个醒，不要害怕，没事的，我们这节车厢绝对不会卸货的，这是定好的。春说你回去，我们晓得轻重的。男人乙说，我没其他意思，你们晓得轻重就行了，我就放心了。

一个下午，春都处于高度紧张中，大气不敢出，手心都是冷汗。夜幕四合，列车重新开始走动，车轮声大作，轰隆隆响。这时可以活动活动筋骨，说说话了。春多少有些讨好口气地对桃说，下午我要是上来迟了，还真不晓得那家伙会怎么样呢。桃用玩世不恭的口吻回应，不至于吧，苍蝇是不会叮没缝的鸡蛋。桃这等神态（虽然看不见，但能想象得出来的），这种话，春实在是受不了。要是按照她过去的脾性，是非让她吃耳光子不可的！但是现在，怎么说呢，春立地成佛了。她苦涩一笑，将那团攻心之火抑制住了。

次日，车厢里人再度围坐木箱子吃饭。桃冲着男人乙说，这位先生，请你识相点，不要轻举妄动哦。男人乙的脸上，想必会写上"委屈"两字，他说我怎么啦，哪儿得罪你了，哪儿轻举妄动了？桃说，你心中有没有鬼自己有数的！男人乙声音大起来，这个理我还真要和你辩到底，你让你嫂子说说看，我是不是好心好意，我是怕你们女人家经不起事……怕要误事，所以才过来对你们讲的，让你们把心魂定下来。男人甲发挥他的"小组长"作用，在黑暗中摆了摆手说，大家在一个车厢里，同舟共济嘛，有话好好说，千万别伤了和气噢。春对喘气声粗重的男人乙说，她孩子气，不懂事儿，你就不要和她顶真了呀。男人乙肝火旺旺的，说下回再碰到这种情况，就是贴我一万块钱我也不会费这个心思了！桃说有本事你就和他换，你睡下面去。男人乙拍起木箱，高声叫，你算老几？你有什么资格指挥老叔公！

二

晚上睡觉，桃睡到那头去。春为缓和气氛，以轻松口吻说，脚都没洗，你就不嫌臭啊。桃照样爱理不理。过了会儿，春挪到那头与桃并排躺下。春推桃后背，说你转过来嘛，我有话要说。桃说你说你呗，我又不是聋子。春说你说话能不能心平气和一点，砍头不过碗大个疤，没什么大不了的事。桃说我晓得你有能耐，见过世面的。春冷笑道，由你怎么想怎么说。桃说那就别说呗。春说，你清楚的，这一路上，我吞声忍气，我是实在憋不下去了……才发作几句的，我是说，不管在你眼中我是个什么样的人，我配不配当你哥老婆，你愿不愿意认我这个嫂子，都没关系的，但是，现在我们是在途中，到处都是危险，讲白了我们现在就走在钢丝索上，随时随地有可能掉下去摔死……看在你哥面子上，你能不能先把一切放下来？桃说那行啊，我又不是故意的……我要学会数数，碰到心烦我就数数，从一数到一百就没事儿了，这是一本心理学的书中说的。

说起来，桃对春三番五次地"出口伤人"，那是有原因的。春在与刀鱼交往之前，认为自己是个堕落的女人，见钱眼开，没心没肺，已是无可救药。春谈过两三场恋爱，做过小三，使得她对所谓的爱情彻底厌倦和绝望。包括所谓的真情实意，在她看来都是虚假的，是人们互相利用的一块遮羞布罢了。春为夜总会里的坐台小姐，颇有几分姿色。她在夜总会那半明半暗的灯光里，一如鱼儿般游刃有余，玩弄男人于股掌之中。

那年的冬天，刀鱼从意大利回乡探亲。刀鱼回到老家的首要任务是讨老婆。那年头华侨还是颇为吃香的，前来刀鱼家说亲的媒婆媒公不少，所介绍的女孩子都还过得去。刀鱼一直没上心。这其中的原因有两点，一是刀鱼觉得离自己明年春上出去尚有一段日子，不急的，不妨再看看吧；二是他在现有的人中没碰到特别中意的，那种让人眼前一亮马上可以"一锤定音"的女孩子没有。刀鱼和朋友去外地散心，有天上歌厅唱歌，在一溜儿花枝招展的坐台小姐中，他一眼就看上了春，于是他点了春。刀鱼接连好几天去那家歌厅，每次点的都是春，而且每次付的都是双倍的小费。春有次说，我要是今后能嫁到你这样的老公就好了，心肠好又帅气，有钱又大方。刀鱼说，此话当真？春赶紧摇头，我开玩笑的，像我们这些人哪敢有非分之想哦。刀鱼说我是认真的，我要讨你当老婆。春自然是不信的。歌厅里像这种痴情男，春可说每隔一月两月就会碰到一位的，她们小姐妹之间将这类男人称为"袁大头"，逮着机会宰你没商量。因为"痴情男"都是暂时性、阶段性的，他们终究会有一天一觉醒来，把什么都推翻掉，理清思路，决不允许自己娶歌女为妻的。

正月里春收到刀鱼的一封信，里头夹着两张纸币。春不认得那钱，估摸是假钱或小面额的钱。春半信半疑地将那两张纸币拿到银行给人辨认，银行的人说这是意大利里拉，值一千六左右人民币。春深信甜言蜜语是假的，不能当饭吃，钱是真的，可以买你想买的东西。对于刀鱼寄钱过来这件事儿，春心里头着实感动了一下，她想这个男人会不会是个例外呢？刀鱼在出国前给春打电话，让她过来玩。春一思量，不玩白不玩，就去了。刀鱼说，我要把你带意大利去，结婚，生子。春没当真，笑笑。刀鱼领春去宾馆一个房间，交了十五万块钱给那个男人。男人说，你放宽心，这事儿我保证做圆圆的。从宾馆出来，春仍像是在梦里似的，走起路来深一脚浅一脚。难道这是真的？她真的要到意大利去了？

刀鱼走后，春听从他的话，不再去歌厅上班。

跨出国门的春，人生轨迹可说发生了重大改变。与此同时，她的内心似乎也亮堂起来了。春发现这个世界，"爱"这个玩意儿还是存在的。至少从目前来看，春对刀鱼的所作所为，是找不出其他原由来解释的，她只能将其归结于"爱情"了。当然，春是有过困惑的，自己普普通通，又是在娱乐场所混的，凭什么会让华侨身份的刀鱼看上眼呢？刀鱼的心思令人费解，不过刀鱼的行为却是货真价实的啊，十五万人民币啊，如是一时心血来潮，怕是谁都不会下此血本的吧。

头一次过海关是在夜里头，那灯光贼亮。列车停下时，刺眼的亮光把春给弄醒了。这亮光像一把尖刀，划破了沉静的车厢。春凭感觉知晓，桃也醒了。桃与下头的那个男人丙，倒是有相同之处，躺着能够纹丝不动，气息自如，究竟是醒是睡还真难以分辨。春说，这灯光好亮。桃说是啊，好舒服，就像洗了个澡似的。春依稀记起《圣经》里有将光比作万物之源的说法，再结合眼前的情景，觉得千真万确。

许是有了光的缘故吧，"硬邦邦"的桃变柔和了，手像是剔了骨一般，有气无力地翻倒在春的手背上。春一愣，顺手捉住了桃的那只手。

桃不无忧伤地说，我的花……枯萎掉了。

春着实吓了一跳。像这种口气，这种话语，会是从桃嘴里说出的么？春条件反射般地将桃的手捏紧了，她触摸到桃脉搏的跳动。春想，或许自己对桃不是太了解吧，每个人都有好几面的，桃作为一个正常不过的女孩子，理应具有柔情的一面，怀春的一面……春尽量将音调放缓和了说，那么一些野花，不算什么的，到了罗马，你哥会捧着鲜花来迎接你的，你是要哪些花呢？要不要到时我打电话对他说说？桃说什么花都行，我不晓得这外国都有什么花儿。春说肯定比我们中国品种要多，外国人爱花嘛，肯定种的也多啦。

底下有了动静。春和桃心情好，就爱管闲事了。她们从里头爬到口上，看见男人甲跟以往一样撅起屁股趴在门缝上的影子。她们还瞧见了男人丙的一只脚，在门缝的光照下，苍白的脚趾依稀可辨。一会儿后，男人甲转过身子提起男人丙的那只脚，问，醒了么？男人丙说，我醒的。男人甲说，你是不是练气功的呀，怎么连个泡都没有。男人丙没说话。上头的春和桃倒是被逗乐了，吃吃发笑。男人甲继续说，要你说句话比金子还贵是吧？男人丙说，我怕说话不好。男人甲说，外面也不晓得是什么鬼车站，灯泡好像特别亮。男人丙说，不是车站，是海关口岸。男人甲一下子醒过神来，说对对对，我怎么就没想到海关啊！

右边角落也有了动静。借助光亮的折射，她们看见男人乙匍匐前行，如同一条蛇样地游出来。桃没好气说，他出洞了。过后听男人乙问，你们说这儿是海关，那么到底是哪个国家的海关啊？男人丙说，奥地利吧。男人甲问，你怎么知道是奥地利？男人丙说，我猜的。男人乙说，猜想？你凭什么猜想这儿就是奥地利？奥地利是圆的还是扁的你晓得么！男人丙再度无声。男人甲说，真是急死人了，你这人怎么这样子的哇，关键时刻就不吱声，再说一句就要你命啦！男人乙说，他胡乱猜的，我也可以说这儿是德国，或者还有一个什么国家，很小的，哦对了，卢森堡还是什么堡的，听说那儿风景如画，房子就像火柴盒一样精致漂亮，你刚才都看见什么了？男人甲嘀咕，屁都没看到。

三

春想起蛇头眼镜男的话。眼镜男当时抽着根烟说，那个小站无比偏僻，这些都是我们事先挑选好的，你们一旦从车厢跨出去，脚下踩的就是意大利的土地，鱼儿可以在水里游，鸟儿可以在天上飞！

春不禁哑然失笑。

列车如时进站。先是降速，后是滑行，停下来时动静颇大，摇晃得厉害。春和桃先后从上头下来；一会儿后，男人乙磨磨蹭蹭下来，踩在了男人丙身上。男人丙显然被踩痛了，哎呀了一声。男人乙假装没搞清楚，说我踩着什么了，是条布袋吗？桃说，布袋你个头！男人乙阴阳怪气说，哦，原来是踩着你尾巴了呀。男人甲专心致志趴在门缝往外看，说见着一片绿影呢，绿莹莹的，怕前面就是树林吧，这太好了，一脚跨出去就是树林，人就没踪影了，水滴进水塘里了！男人乙说，越是接近成功的时刻，越是不能大意，你还是把声音放小些吧。男人甲说，那是，我听你的，屁都不再放一个了。

大约半小时吧，外头终于传来脚步声。这半个小时，是何其难熬啊，像是半个世纪，又像是时间凝固住了，天地万物一动未动。随着脚步声的临近，便有了说话声。男人乙说，他们说的是意大利话。男人甲问，你懂意大利话？男人乙嘿嘿干笑，他说在这意大利地界不讲意大利话，难道还讲中国话不成？男人甲说，你脑子太好使了！外头的人拿拳头敲车皮，可能是搞错了，他们在前两节车厢敲；这边车厢里人按捺不住了，使劲擂响车厢铁皮，男人甲尖着嗓子叫，我们在这儿呢！男人乙嗔怪，傻瓜，他们听不懂中国话的呀。

从声音中分辨，外头是两个人或三个人，不会超过四个。

双方对应上后，却迟迟没有下文。

春心里头既焦急又纳闷，开把锁哪有那么难么？只要掏出钥匙，插入锁孔，一扭不就得了！可是，春并没有听见钥匙开锁时的那清脆、悦耳的声音。

外头的人大声说话——很显然是冲着车厢里的人说的，可是车厢里的人谁都听不懂，只会猴子样眨眼睛。男人甲不管三七二十一地嚷，你们说什么啊，我们听不懂。对方继续叽里咕噜，越说越急，恨铁不成钢的口气。车厢里的人乱了套，大家不会说话就胡乱拍车厢门，你拍几下他拍几下，乱成一锅粥，好像多拍几下车门就会打开似的。

外面传来以物击物的声音，方位就在铁将军的位置。先是试探性的，犹豫不决的一下两下，而后加速，雨落芭蕉般密集，声响也水涨船高，一浪胜过一浪。到了后头，对于车厢里头的人来说，简直都已震耳欲聋了。待在角落没挪身的男人丙说，他们钥匙丢了。春听了此话，心头顷刻间凉凉的。男人甲问男人丙，什么钥匙丢了？男人丙不语。男人乙突然哭出声来，断断续续说，这可怎么办啊……他们是怎么搞的哇……钥匙怎么会丢的呀……男人丙说，我在书上看到过，意大利有许多酒鬼和吸白粉的人，这几人说不定就是那种人。男人甲一把抓住男人丙，急切问，你是说……他们把钥匙丢了？男人丙说是的。男人甲再问，那么现在，还有办法吗？他们能砸得开锁吗？男人丙说，那种锁，咱们进车厢时不看见了么，没有工具肯定是打不开的。

这时，远处传来喊叫声和跑步声，只听车厢外头叮当一声（许是扔下手头的家伙吧），那几人便跑远了。由远至近跑过来的人，估摸有三四个吧，他们在车厢前叽里咕噜一通，没有进一步行动。大约五分钟后，这些人的脚步声远去。男人乙问，这是什么意思？没人吱声。春碰了下男人丙的肩膀说，你给说说嘛，这到底是怎么回事儿？男人丙说，他们大概是把那几人当盗窃的人了，认为他们是要砸锁盗窃物资。

列车走动后，男人甲说，这下子完蛋了，这下子完蛋了……这火车要往哪儿开，要把我们拉到哪儿去哪……男人乙说早知如此，刚才……刚才就叫嘛，大不了被解回中国嘛。春脑子一片空白。慢慢地她回过神来，前前后后一思量，不禁倒吸了一口冷气。是啊，这车要开到哪儿去呢？又要开多长时间呢？她闭上眼睛不敢再往下想了。

好在列车行驶的并不远，也就小半夜时辰吧，停了下来。那是凌晨时分，车厢里愈益漆黑。春躺在铺上没挪动，心里头乱麻一堆。她不晓得等待她的是什么命运，既想出去又怕出去。其他人历经千山万水偷渡到外国，主要是到外国赚外国银。于她来说，赚钱固然重要，更为重要的是，她要和刀鱼团聚。

男人甲再度发挥"小组长"的作用。他说大家过来吧，开个小会商量一下，接下来该怎么办。坐齐后，男人乙问，这是哪儿？男人甲心烦意躁地说，你问我我问谁啊？人关在这铁牢子里，哪怕现在上了月球都不晓得。男人丙说，还在意大利。男人乙说意大利是圆的扁的你晓得啵？又搞你那套猜想了。男人丙语气平和地回答，意大利地形不是圆的也不是扁的，是靴子形的。男人乙嚷，靴子你个头，是雨靴还是皮靴呀……男人丙说是不是雨靴或皮靴不重要，那是材料不是样子。意大利的地形像一只高筒靴。

男人甲问男人丙，你是怎么晓得的？看来你肚子里真有货嘛。男人丙说我出来前查过地图的。男人甲说，我真服你了，打有准备的战斗，晓得查地图……这么说来，像靴子一样的意大利，就是说很长喽，火车可以尽管跑喽？男人丙说，是这个道理，所以我认为我们现在还在意大利。男人甲说，既然在意大利，那我们不妨就破罐子破摔吧，先出去，管它关牢还是遣送回去。说不定放我们一马呢，总比关这黑牢笼子好。男人乙说，我同意，先出去要紧，这里头的日子我一天也不想再过了！男人甲说，你们几位什么意见？别不吭声了，接下来外面人一来，我们就说话、咳嗽，引起他们注意。春说我还没考虑好，我心里很乱。男人乙说，等你考虑好了，黄花菜都凉了，这回我是不想再失去机会了。什么外国不外国的，人命都没了，把钱赚来又有什么用！

春和桃上去后，春问桃，你的意思，接下来怎么办？桃嘟哝，怎么办怎么办，能怎么办嘛！进了这棺材车厢，关得死死的，一条命拿捏在破车厢手掌里嘛。春说操之过急不好，我们还是劝说他们再等等吧，说不定还有转机的。桃说那是白日做梦。春说，你的意思是不管情况如何，出去？桃说，我再不想过这种人不人鬼不鬼的日子了！

桃从包里摸出梳子，摸黑梳头。自从进了车厢，她们都没梳过头，头发乱如鸡窝。

你不梳理下头发？桃自己收拾停当后问了春一句。春说我没心情。

上午十时左右，周边有了动静，哐当哐当的，不是一般的动静——是几节车厢脱钩了，被什么东西带着走，速度不快，七倒八转后停了下来。车厢里，除了春一言不发，其他人没停止过磨嘴皮子，猜度这是把车皮拉至货仓好缩短距离，下一步必是打开车厢要卸货了。他们废话一篓一篓的，无所顾忌。这期间是有人走近过，怕不是车站管理人员就是搬运工了，他们所说的话，车厢里的人听到了，只是不晓得他们说的是什么。男人乙咳嗽，嘴上说这些意大利人是聋子啊，怎么就听不见我咳嗽呢。男人甲说，该来的都会来的，你还愁人家不请你？只怕这个"请"是要戴手铐喽。男人乙鸭子嗓子发出干笑声，说到时只怕是手铐脚镣双全呢。男人丙说，那不会的，人家讲民主的，我们又没犯重罪，不会上手铐的。男人乙说，都一样，遣送回去就是一个水里爬起的人，一屁股债，日子是没法过啦。

　　尽管车厢里的几位已做到肆无忌惮，随便说话乱咳嗽，不知何故，就是没有引起外面人的注意。外面那些说着话的人，不知什么时候消失了，再没听见声响。男人甲说，难道这车厢是隔音的？不对嘛，既然我们能听到他们说话，他们理应就能听到我们说话的嘛。男人乙说，就是让人抓也这么难哪。桃突然大声喝道，不许动，举起手来！男人甲和男人乙都叫了一声妈。桃哈哈大笑，说我让你们练习一下，等下好派用场。春说，小桃，都什么时候了，你还有心思开玩笑！桃说，不开玩笑干吗呢，反正三粒板两条缝的事儿。男人甲说，大家的心都吊在那里，你就行行好吧。桃说，他们去叫警察了，百分百的，先把行李收拾收拾吧，到时手忙脚乱落东西。男人乙说，你这话说到点上了，想想对的，铁路人员是不好抓人的，就是不晓得这儿的警察局近不近，像这样坐着等还不如干脆点好呢，太折磨人了呀。

四

事情的进展出乎所有人的意料。自从那天车厢外头有人走动有人说话之后，就再没人走动了。一连好几天，车厢外面异常安静，听到的除了鸟叫声还是鸟叫声。男人乙这回学乖了，或者说他是晓得男人丙的厉害了。他问男人丙，你这个半天师给说说看，眼下是怎么回事儿？男人丙说，我不清楚。男人乙说，你就别保留了，说说嘛，人闷在这棺材里都急死了！男人丙说，我真不清楚。这回是老革命碰到新问题了。

桃插嘴，我晓得是怎么回事儿，铁路工人闹罢工了。男人乙问，这是你猜想的吧？桃说，谁跟你说话了？男人乙说，你有什么怨气等以后再发吧，我们现在是同在一条船上，要一条心才对嘛。

过了一会儿，春问桃，你说是铁路工人罢工，有根据么？桃说这可以分析的呀，这外国不是三天两头闹罢工的么，工人们只要有诉求，工会组织就会组织工人们罢工，上街游行，到市政府门前静坐什么的。我们在中国，不是每天都看这些电视镜头的吗？

一日，大家围拢吃饭的时候，桃说，今天我生日。春听后说，本来按日期算，我们是到罗马了，本来可以让你哥给你过生日的呀。桃只管自己说，我二十岁的生日，你们愿不愿意为我过啊？春说小桃，依我看，你就再等几天吧，说不定运气好，还是到罗马让你哥给你过吧。桃说，生日日子又改不了的。男人甲说，过就过吧，我皮箱里有葡萄酒，可惜没家伙打不开，本来过生日应该喝点酒的。男人乙说，要开瓶子我能做到。男人甲嚷，老兄你怎么不早说呢，害得我没酒喝！男人乙吞吞吐吐说，不过嘛……总得有个交换条件吧。男人甲问，什么交换条件？只要不是让我割肉粒我都会答应的！男人乙道，君子一言，驷马难追，你说话可要算数哦。男人甲迭声说，算数，算数，快快拿家伙来吧。男人乙说，条件都还没谈，我拿什么家伙？我的意思是，我给你开一瓶酒，你给我一瓶水，成不成？你不是喝酒了么，水就省下来了，让我这个不喝酒的人喝，公平合理嘛。男人甲爽快答应，行，没问题！

原来男人乙携带了一把瑞士军刀。酒瓶子打开后，男人甲给每人杯子倒上一点酒。男人乙不要。他说我喝水，这是我的本分。

虽然什么都看不见，除了黑还是黑，桃却执意要将那束枯萎的野花插在塑料杯里，摆放在木箱子上。

男人丙不动声色地展开手心，手心里是只夜光表。光斑虽弱，此时却已足够耀眼。所有的人，在那一刹那间，全都屏气静声，眼睛贪婪无比地注视在了那只比大拇指指甲大不了多少的夜光表上。那是光，那是实实在在的光啊！十二个小点，分针短秒针长，在游移，在走动，如梦如幻，似是而非。

男人丙把夜光表交到桃手上。他说这是生日烛光，你许个愿吧。桃面对夜光表喃喃说，许愿……我该许什么愿啊……男人甲说，还用得了犹豫吗？当务之急就是能让我们大家出去，在意大利平平安安，打工，赚钱，还债，兴旺发达！

桃忍不住呜呜哭泣。春鼻子酸涩，差点儿也哭了。

"分田到户"的时候，每人分到十瓶水和若干面包、火腿肠，水果没分到，都已经烂了。男人甲为开酒瓶子，不知给了男人乙几瓶水。后来他们两人为抢水打上了架。他们肉搏时，春斜靠在木箱上没动，隔岸"听"火。从声响中分辨好像男人甲占上风，男人乙两条腿乱踢乱蹬。男人甲厉声问，你把水藏哪儿去了？说！桃幸灾乐祸，说把那家伙卡死就好！突然听到男人甲一声惨叫，人随之滚落到了底下。春料定男人乙的瑞士军刀派上用场了。混乱中，春又听到一声重重的声响，紧接着她听到底下男人乙的呻吟。春一摸身旁，桃没在。

男人乙第二天从下头爬上来，在她们铺位前说，我与你前世无冤今世无仇，我想不明白你为什么要对我下此狠手？桃一声不吭。春说你可能有误会了……男人乙说，我不傻的，你今天不给我一个明确答复，我实话对你说，我要送你见阎王的！桃钻进被窝，身子颤抖。碰到这种局面，春一点儿都没慌张。她有板有眼说，这位大哥，请你话别讲绝了哦，你送人家见阎王，你有几条命？

五

桃发起高烧，整日价昏睡说胡话。要命的是她们的行李中并没带退烧药。春问男人甲，问男人丙，都说行囊里头没退烧药。春现在自己节约喝水，尽量将水省下给桃喝，但桃的高烧依然如故。有天男人乙说，我有药。春爬过去拿。男人乙摸索了半天，冷不丁地就哭了。春丈二和尚摸不着头脑，连着问了几句药找到没有。男人乙都没作答，只是哭个不停。

男人乙哭腔难听，比农村里死了人那种假哭的老娘还要拖泥带水，还要让人心生烦躁。春耐着性子按兵未动。男人乙将一个药瓶子塞到春手上，他的另一只手同时抓住了春的衣服。男人乙哭着说，我高血压的药没了，本来还有一瓶的，可怎么都没有。没那药，我就等于坐着等死了。春明白过来，安慰他，你想开些，没那么严重的，高血压是慢性病嘛。男人乙说，你不晓得……我一直来是靠药降压的，现在没药，血压一上去，什么症状都有可能的啊。

过后两日，车厢进入无声状态。桃的身体时好时坏，有时体温如常，就像是一个熟睡的人；有时身子滚烫，像是烤箱里的一条鱼。水没了，春拆开仅有的一包湿纸巾，取出一张贴在桃干裂的嘴唇上。

春爬到男人乙铺前，问能给两瓶水吗，小桃烧得厉害。男人乙有气无力说，我很孤单，怕是要死了。春说你不孤单的，我会过来陪你说说话的。男人乙说，水我自己也不多了。春说你这个时候了，心胸要放开些哦，要做善事积德，那样子对稳定血压有好处的。你自己另外还带了水，我晓得的。男人乙说，这些天我一个人，没人说话，就一个人胡思乱想，觉着做人很空很空，流了不少泪。这人活着，到底是图什么呢？这样子千辛万苦跑到欧洲来，却要死在车厢里，怎么想都想不通啊！春说只要你心肠好，保证没事的，自己心安理得了，血压就会稳住的。男人乙说，我脑袋发涨，晕乎乎的，血压肯定上去了……我有个要求……你别骂我流氓，我想，你能不能抱抱我……我真的好孤单好难受，就像人从半空往下落抓不住东西。人一紧张，那血压好像就上得快……春说行啊。

与男人搂搂抱抱或怎样的，对春来说轻车熟路。春和男人乙搂抱在一块儿时，心里并没有负罪感。春歌厅小姐出身，接触最多的就是形形色色的男人。为了利益和需要，她是连眼睛都不会眨一下的。春已经习惯成自然。而此时此际，春更是有充足的理由和男人乙拥抱了。在她看来，她既可以通过此方法从男人乙手上获取多余的水救桃一命，同时又给予了男人乙温暖，说不定还真能起到对他血压的稳定作用。两全其美，何乐而不为呢。

桃醒来那日，春在第一时间即发现了。桃射过来两道光柱，嘴上念念有词，天光光，地灵灵，我家有个夜哭郎……春随之吃了一惊，她居然能看见桃！桃披头散发，目光呆滞，脸色苍白。

短暂的惊悚过后，春镇定如常。她心想，自己问心无愧。春在心中暗自叫着刀鱼的名字，并对他陈述，你如真爱我，是个大气的男人，那么就该理解我原谅我。春没推开男人乙，她对浑身颤栗的男人乙说，咱们心里坦荡荡。男人乙说，我……心里有鬼啊……春说，那是小鬼，泥鳅掀不起大浪的。

种种迹象表明，桃精神错乱了。

车厢外雷声大作，下起瓢泼大雨。男人乙不知于何时用他那把瑞士军刀在车厢顶部钻出了一个洞。男人乙做成这件事儿之前，车厢里已没有一滴水。

春用瓶子接雨水拿给桃喝。

桃突然唱起歌来。那是他们老家民歌《采茶舞》——

溪水清清溪水长

溪水两岸好呀么好风光

哥哥呀　你上畈下畈勤插秧

妹妹呀　东山西山采茶忙

插秧插得喜洋洋

采茶采得心花放

插秧插得匀又快呀

采茶采得满山香

你追我赶不怕累呀

敢与老天争春光

争呀么争春光

　　桃在这个时候唱起这歌子来，春心里五味杂陈。那年她随刀
鱼去他老家，在乡村的晒谷坦上，她看见过《采茶舞》的演出。
村姑村嫂们穿红披绿，提着花篮边模拟采茶动作边唱歌子，且歌
且舞。桃此时唱这歌儿，是否说明她脑子是好的呢？她是不是想
起家乡了啊？让人匪夷所思的是，底下那个沉寂良久的男人丙，
在桃唱歌时，也附和着哼起了调儿。春认为已经死了的男人甲，
歌曲结束后，却突然有气无力地冒出了一声好。

　　春心里头翻江倒海一般，她真的没法子说出是一种什么滋味。
春转身碰到男人乙的身子，发觉他已经僵硬。男人乙的手上，仍
紧紧握着那把瑞士军刀。春略感意外，这第一个上西天的人，怎
么会是他啊。

西西里女人

一

入夏之后，景朋远住进山里。

这处叫茶木淤的地儿，是一位曾经在此地待过的艺术家朋友介绍的。艺术家朋友瘦高个儿，他说，车不能开到，没手机信号，不通电。景朋远没矫情到标新立异的份上。只是城里太热了，空调房里待久了胸口发闷，他想找一处自然凉的地方。景朋远去了后，倒是有点儿喜欢上这三个特点了。车子停在林场总部，大概有十多里山路吧，走的是那种伐木工人踩出来的羊肠小道。景朋远出了一身臭汗，蒸过桑拿似的。手机没信号，景朋远认为也不赖，至少耳根清净了，所听到的是山林的涛声和小溪的叮咚声。艺术家朋友曾特意提及这支比箸粗不了多少的溪流，他说这是三条江的源头。他所指的三条江，赫赫有名呢。没有电，景朋远背上了一包蜡烛。起初几个晚上，他点上蜡烛，很快，他就不点了，没那个必要。日出而作，日落而息。一般情况下，天欲黑未黑之际，景朋远与这儿的一对林场工人夫妇一样，已是洗漱完毕上床了。

景朋远背来了一捆书。他手持一本，穿梭于林间草地，或坐在岩头背上瞧流云飞渡。林场工人夫妇种了地,菜的品种不少,辣椒红艳艳的,水芹绿莹莹的……景朋远有时帮他们干点活儿,但基本上也就碍手碍脚而已。景朋远在工人夫妇那里搭伙,吃的菜蔬沾着露水,喝他们自酿的烧酒,肉食也丰富,野猪肉、野兔肉、獾猪肉,腌制的、酱干的、新鲜的。

这样子过了半月余,景朋远有一天觉得寂寞了。他询问工人,林场总部要有事,怎么通知你们啊?工人说,爬上左首那座山,能接收到手机信号的。景朋远爬上那座山,手机一如知了被捉住一般鸣叫个不停,半个月里的未接电话与短信息蜂拥而至。其中有驴皮电话,景朋远问他什么事,驴皮说他们驴队想过来露营。人真的是群居动物呢,驴皮的驴队要来,景朋远有点小小的高兴。

事先,景朋远为驴队寻觅下一块搭帐篷草地。驴队一行七八人,是晚在草地上搞篝火活动。喝酒吃肉,谈笑甚欢。驴皮说,景大哥在欧洲闯荡多年,肚子里有故事呢。一个做护士的女孩说,听听故事好的嘞。另一个做会计的女孩说,景大哥,那我们就洗耳恭听喽。景朋远说,你们别听驴皮乱说了,我一凡夫俗子,走路都靠边,怕被车撞了没处理论……肚子里除了酒饭,没其他的了。景朋远这样子说,连他自己都觉着造作得不行。小护士说,景大哥你是对人生已经彻悟了哎,天热了跑凉快的地方待,天冷了跑暖和的地方待,这不是躲避,这是人生的境界啊!这话让景朋远脸红如猴子屁股。小会计说,最好是一个浪漫的爱情故事。景朋远脑子里盘旋的话是:我这个岁数的人……他说出来的话是:我讲一个西西里女人的故事吧。大家稀稀拉拉地鼓起掌。

那年春天,景朋远去了西西里岛,省会城市巴勒莫的一家中

112

餐馆。与景朋远搭头的人是餐馆老板许元青。他跨进餐馆第一个碰到的人，却是老板娘何田田。景朋远说，请问，老板在吗？何田田在喝咖啡，手指间夹支细烟。她像是没睡醒似的，眼神飘在酒吧柜台上方的红脸关公塑像上。景朋远眼光没在关公那张红脸上，他眼角的余光在看何田田。何田田说，他买海鲜去了。何田田的答话与景朋远的问话，间隔有一分钟，致使景朋远愣了下，方反应过来。景朋远弯了弯腰说，我从罗马过来，我和老板谈好的……过来办居留。何田田说，他下午才回来，去海鲜码头了。在洗手间搞卫生的女跑堂提着桶和拖把出来，何田田对她说，奕荔，问下这位先生喝点什么。跑堂提一桶脏水和拖把到景朋远面前问，你要喝什么？景朋远说，来杯苏打水吧，口渴了。跑堂说，瞧你这样子，那就两杯喽……

一个教中学体育的男老师接嘴道，这位叫何田田的老板娘，就是西西里女人的主角是啵？好几个人怼他，彭爱民，你脑袋瓜好使哦。景朋远说，无所谓了，包袱抖出不要紧的。体育老师一根筋，他说女主角出场，景大哥你一句描述语言都没说，她究竟是个怎样的人，圆的扁的我们都没数呢。一个会写两句诗歌的小文青说，景大哥怎么没描述？咖啡、细烟、似醒非醒，还有与俗气的财神爷作的对比，还有景大哥用眼角余光对她的偷看，这人物的气息全有了啊！景朋远说我讲细点，有一次我看见何田田，她上身穿短袖白衬衫，下头是一条黑色筒裙，脚上穿皮凉鞋。这套行头，是中餐馆跑堂的工作装，穿在何田田身上，就穿出了味道，穿出了职业女性的庄重和妩媚，穿出白与黑的简约风格来了。何田田站在餐馆大门口红灯笼下面，脸上没有表情，像是若有所思。我对红灯笼没有好感，觉得俗不可耐。可那时，红灯笼却成了何田田的绝佳搭配。两盏大红灯笼高高挂，底下一个白净女孩子，无悲无喜，如同天边一朵浮云。驴皮击掌道，好！这下子何田田形象在我脑子里扎下根了！老景你接着往下说。小会计打岔，景大哥，我觉得西西里这座岛屿，很神秘哎。景朋远说，行，那就先讲那天来的路上呗。

景朋远是从罗马乘火车去西西里的巴勒莫的。火车基本上沿意大利半岛的海岸线走，蔚蓝色是基调。阳光下，海平面上映照出一种光波，闪闪烁烁，欲沉欲浮，变幻莫测，说不上是一种什么样的视觉效果。景朋远觉着美，美得窒息，不真实，犹如童话世界里的一个场景。火车跑到意大利半岛南端，不能再跑了，再跑就跑到海里去了。大家从列车上下来，走向码头。一艘大船停靠在岸边，庞然大物。火车在这儿被拆解，一节节车厢由火车头推进硕大无朋的船肚子里。旅客踏上甲板，海风拂面，海鸟盘旋，海天一线。乘了一小时左右的渡轮，景朋远领略到了什么叫心旷神怡。

渡轮横过海峡停靠在码头，火车组装回去，旅客上车各就各位。火车抵达巴勒莫火车站，自然无人接站了，景朋远勾着脑袋从火车站出来。没走上几步路，他身上的挎包被两个骑摩托车的年轻人抢走了。景朋远连同手上皮箱跌翻在地，尾骨震得生痛。起身徒劳地追了一段路，一边追赶一边喊叫，路人司空见惯，一脸漠然。

又是体育老师按捺不住插嘴，怎么，刚一到，就遭遇黑手党了？景朋远说，我当时也这么认为的，西西里岛的黑手党臭名昭

114

著，我相信每一位初来乍到的人，都不可能忽略掉这点。过后我与餐馆老板许元青讲到这事儿，说西西里岛这个黑手党老窝，治安太差劲了。许元青笑我幼稚，说他到巴勒莫五个年头了，连黑手党的气味都没闻到！许元青说，他们都是做大生意的体面的高级人士，头发丝锃亮，苍蝇都停歇不牢的，轮得到我们这些平头百姓见着？就算他站在你面前，那么文质彬彬的人，你怎么可能会把他与黑手党挂上钩呢？许元青说我碰到的是街头小混混。最后，许元青眼睛盯着我问，钱没被抢走吧？我说我防了一手，把钞票缝在短裤头里头了，这钱是付给许元青为我办居留的工夫钱。

驴皮说，彭爱民你接下去不要打断景大哥的话了，这样子磨蹭下去，女主人公猴年马月才出场走两步哇。景朋远笑着说，驴皮，心急喝不了热粥的哦。

当时的情况，意大利政府实施大赦，大批非法移民涌入，景朋远为其中一分子。意大利北部地区到罗马一带，已是人满为患。边远地区的西西里巴勒莫，仍有门缝可钻。作为餐馆法人代表，许元青可替人做担保。景朋远与他事先电话谈妥，居留办成，他支付许元青三个美利翁。那时欧元尚未流通，意大利里拉三个美利翁，约莫人民币一万八。

一个月后居留到手，许元青少要了景朋远半个美利翁。这可是天下奇闻了。每天祈求红脸关公保佑财源滚滚的中餐馆土老板，居然把吞进肚子的一块肥肉吐出来，太不可思议了啊！景朋远疑惑，傻傻站着，没伸手接那沓钞票。许元青说，半个美利翁，可买一套行头了，你得把自己包装一下，人靠衣裳马靠鞍嘛。景朋远仍旧没接，脑门沁汗。他甚至怀疑拿到手的居留真伪是否存在问题。许元青笑着说，看把你紧张的……我对你说哎，你的思维是对头的，无功不受禄，世上怎么可能钞票像树叶一样从天上掉下来呢……事情是这么个事情，有个人长相跟你蛮像的，他人在中国老家种田，护照在我手上，意大利不是大赦么，鱼目混珠，这是公开的秘密，事例多了去了。我的意思是你再去一趟警察局，同上次一样签个名，签上贺茂盛的拼音就行，事情就这么简单。

景朋远多少有些明白了，许元青是让他冒名顶替。景朋远摇头说，不可能有一模一样的人的，这事太危险了。许元青指着窗外走过的两个男人问，你能认出他们谁是汉斯，谁是马蒂芬吗？景朋远没响。许元青拍他肩膀说，我们认不出外国人谁是谁，外国人看我们中国人照样差不多的，他们根本分不清谁是张三谁是李四，所以说，危险系数等于零嘛。

景朋远身上所穿衣服，从里到外、从上至下，全是国内带出的。这些衣服，在国内穿穿还行，在意大利不行，人家有没有拿你当土鳖暂且不论，自己便觉着别扭和不自在了。走在大街上，深一脚浅一脚的。

第二日，许元青领景朋远逛商场，替他挑选了一套浅灰色西装和一双带花头的黑皮鞋。许元青说，西西里岛一年到头没几天冷的，浅色西装合适。过后一日，景朋远穿上那套行头，自我感觉一下子膨胀了。他吹着口哨，跑到海滨大道闲逛。恰巧许元青从海边码头买海鲜回来，他将车子停下探出脑袋说，大老远就看见你了，像个新郎官哎！

去警察局办事那天早上七点整，许元青来到景朋远房间。景朋远毛巾毯子捂脸上，纹丝未动。许元青面上和气地叫，景朋远，起床了。景朋远身子蠕动，露出半张脸，说，一个晚上上吐下泻，被鱿鱼吃坏了，浑身没一点力气。许元青说，严肃点，约好的八点半，现在该起来了！景朋远艰难地从床上爬起，尚未站稳，就往外头洗手间跑了。许元青跟过去，敲了几次洗手间门。许元青急得直跺脚，团团转。

为了与景朋远处好关系，昨天许元青领他出来溜达，在菜场口鱿鱼摊前，请吃鱿鱼杂碎。一口大锅，里头翻滚着鱿鱼头、鱿鱼须什么的，热气腾腾，十分诱人。摊主拿叉子叉起鱿鱼下脚料，大块剁了排进碟子，撒上盐花。挤柠檬时，景朋远说我吃不来柠檬的。许元青便叫摊主有只碟子不要柠檬了。摊主耸耸肩，将半只挤过的柠檬抛向身后，准确无误地落入两丈路外垃圾桶里，表演节目似的。就是这么一桩微不足道的小事，没料想酿成了一个事儿。许元青肠子都悔青了。

好不容易等到景朋远从洗手间出来，许元青说，吃海鲜是要放柠檬的，你偏不让放……今天你就是撑也要撑到警察局去，这不是开玩笑的！景朋远有气无力点点头。两人走出几步路，景朋远又往洗手间跑，这回是吐，一口口酸水，上头漂浮着黄灿灿的黄胆水。景朋远扶住洗手间门框说，我怕撑不到警察局了。许元青说我开车送你去。

出发时，许元青把景朋远同房间的梅荡军带上了，万一不行就让他顶上吧。梅荡军与照片上的贺茂盛相貌有距离。没盐，卤也好哇，许元青心里嘀咕。

车子到警察局旁近后，景朋远脸色益发白了，嘴唇没一点血色。他如一根面条一样瘫在座位上，双目微合。梅荡军扶他下车，景朋远膝盖不听使唤，差不多是由梅荡军拖着走进附近一家酒吧的。还有半个小时，许元青说喝杯咖啡吧。三杯热乎乎咖啡端上，景朋远碰都没碰，他的脑袋钟摆似的晃来晃去，最终趴在了桌子上。许元青点上烟，琢磨一番后说，梅荡军哪，这事没退路了，你出马吧，我不会亏待你的。

梅荡军被逮进去——人家警察没问三句话，他即尿裤子了，一五一十作了交代。当天夜里，警察来餐馆带走许元青。一个月后，官司败诉，许元青和梅荡军被警方押上飞往中国的班机，遣返回原籍。

二

景朋远留在了巴勒莫，替代被遣送回中国的梅荡军炸油锅、打杂。那天在警察局边上的酒吧，许元青对景朋远大发雷霆，他说你把老叔公的钱拿去买衣服穿，事情不办！太不地道了吧！景朋远勉强抬起脑袋说，钱花掉了，我替你白干半年工吧。

厨房里一共三人，大厨老唐是个没多大出息的老好人；二厨洪建国刁蛮，尤其是梅荡军与他沾亲带故，他对景朋远态度很不好。洪建国不叫景朋远名字，叫他害人精。景朋远问，我把谁害了？洪建国说，你装什么死狗哦？本来那个押送回中国的人是你而不是梅荡军，你不是害人精是什么？洪建国又说，梅荡军为出国欠账累累，现在好了，待在家里坐吃山空，我表姑妈眼睛都哭肿了！

在这件事上，景朋远觉得还真有点亏欠人家。景朋远送大红袍茶叶给洪建国，他板着脸孔问，你什么意思？景朋远说，我不喝茶的，这茶叶留着没用，送你喝。洪建国对那包大红袍是喜欢的。他生硬地问，既然不喝茶，你带茶叶出来干吗？景朋远说，本来是想送罗马一个亲戚作见面礼的，人家连我面都不见嘛。洪建国的话软了一些，他说欧洲的人情世故，很淡薄的哦。

一天下班后，景朋远从浴间出来，在廊道碰到端面盂过来的洪建国。景朋远说，二师傅，等下喝点酒吧。

酒是在洪建国房间喝的，一瓶五粮液，老唐也凑上了。三人撮着切成薄片的萨拉咪喝酒。关键是酒。那年头在国外，尤其是在西西里岛这处天涯海角，能喝上正宗五粮液，是相当难得的。洪建国被酒精软化了，笑着问，你这酒，是不是也是"见面礼"啊？景朋远说，差不多。洪建国说，这酒就该请我和大师傅喝！老唐趁机说，梅荡军的事，与景朋远无关，你把牢骚发他头上没道理哦。洪建国呷口酒说，我晓得。我对你们说呃，老板出事，是事出有因的，你们晓不晓得原因出在哪里？老唐说，运气不好呗，人运气不好，喝水都噎着的。洪建国说，错！大师傅，老板他出事，是有人事先对警察局告密了。老唐问，有人告密？你从哪听来的？洪建国说，那个经常来我们店吃饭的警察，留八字胡的，你记得吗？老唐说，留八字胡……你是说彼得？洪建国说就是他了，有天在酒吧里我碰到他。上次我换居留的事他帮过小忙的，我请他喝酒，他那天怕半醉了，大着舌头对我说有人告密的事儿。老唐和景朋远两人眼睛瞪得大大的。洪建国说，原因出在老板娘身上。老唐和景朋远齐抬头，疑惑重重。洪建国说，一个人讨漂亮老婆，到底是福是祸还真不好说！老唐说，你说那

119

告密的人是谁嘛？洪建国说，女人是祸水，特别是漂亮女人，绝对是祸水。老板命中不该拥有这么漂亮的老婆，讨这么个漂亮老婆，这不是引火烧身！停顿片刻后，洪建国继续说，鲜花长在这里，那些蜜蜂啊蝴蝶啊，能挡得住它们么？根本没法子挡住的。少说有三个怀疑对象，他们当中肯定有人和她有一腿，或者两个，或者说三个都上了。漂亮女人本身是公共汽车嘛……老唐打断洪建国话头说，别东拉西扯了，快说告密的那个人吧！洪建国说，告密者在三个怀疑对象当中啊。老唐失望地说，这么说来，彼得……没告诉你告密的人？洪建国说，人家喝得再醉，终归是警察呀，纪律不允许警察把告密者说出来的，泄密要吃官司的哦。

这回驴皮自己先插嘴说，我真替何田田捏一把汗呢，身边围着这么多虎视眈眈的狼。体育老师早已憋得不行，趁机说，景大哥，既然告密者在那三个怀疑对象中，你不妨把他们的情况说说呗。驴皮道，要当福尔摩斯了是啵？体育老师说，谈不上，从小喜好分析罢了。

先说涂一兵，此兄人到中年，头发稀疏，鼓小肚腩。在劳苦大众的华人圈中，有几分斯文样子。当年巴勒莫这座城市中餐馆不多，仅五六家吧。俗话说同行带三分怨气。巴勒莫虽说就这么几家中餐馆，在此地讨生活的中国人就这么几拨，但几家中餐馆却是老死不相往来的。许元青出事被押送中国后，香港楼老板涂一兵有次来餐馆借便携式绞面机。何田田领他走进厨房，两人有说有笑，好像他们两家餐馆本就和睦相处似的。何田田先叫景朋远把绞面机擦拭干净，再叫他给送到香港楼去。涂一兵说我店里有工人的呀，搬到车后备厢就行了。显然，何田田这个平日高冷的人，那天的言行超出了常态。有天午后休息时段，景朋远盲目逛街，他看见一只纸鸢，逗留在蓝天深处。仔细辨认，没错，纸鸢的形状是个孙悟空。这就怪了，在外国人的地界，怎么会有孙悟空的纸鸢啊？景朋远不觉来了兴致。他没花多大工夫便寻到了那个公园。放纸鸢的人在公园里，一个七八岁上下的中国小女孩。她专心致志，目不错珠地看着头顶方向。旁边两个大人，是涂一兵和何田田。他们在草地上悠闲地踱着步，谈笑风生。小女孩嚷，爸爸，我看不见风筝了！涂一兵笑着说，怎么可能呢，它不在那儿吗？你把方向搞错了，头转过来呀。对了，现在看见了吧。小女孩欢天喜地。景朋远将所见所闻在厨房里说了，洪建国说，不稀奇的，涂一兵他早和老板娘一块儿乘坐过火车的。景朋远问，他们乘火车去哪儿？洪建国说，去哪儿重要吗？重要的是那个夜头，他们在一个包厢里头，门反锁上了。

再说陈碎同，这人做挈卖零碎生意，身背双肩包，塞满形形色色温州产廉价打火机，在大街小巷走动。陈碎同当兵出身，运用部队那套动作，向兜售对象行标准军礼，摆出立正、稍息姿势，能逗人一乐。人家因此买下一两只打火机玩玩。陈碎同最初是与许元青认识，还是和何田田认识的？不得而知。他每次从罗马进货过来，就住在他们住处小间里。何田田有次对陈碎同说，来餐馆吃点吧，多个人多双筷子罢了。陈碎同从此不用啃面包喝路边水塔的自来水了，在餐馆吃热饭热菜。老板娘爱睡懒觉，经常午饭不来餐馆吃，在家吃桂圆汤什么的。陈碎同上午出工很迟，他说大清早的谁会买打火机呀，所以上午他也睡懒觉。但问题来了，因为在那个时间段里，住处就只剩下他和何田田孤男寡女两人。

这等现象，在许元青被遭送回中国后，显得尤为突出了。

最后说保罗，这个外国人拥有一家会计师事务所。餐馆的账本是在他那里做的。景朋远曾有事跟何田田去过一趟那会计师事务所。中国人都说外国人的动作夸张。这个保罗自然不例外。他们刚一进门，保罗从办公桌后快步走过来，将何田田抱住，老半天不见松手。这就不是通常意义上的礼节性的了。何田田咪咪发笑，格外娇媚。保罗一边翻找表格，一边和何田田说话，三心二意。他说，今晚请你吃饭。何田田说，今天不行。保罗说，那明天！何田田说，我明天给你打电话吧。保罗经常骑摩托车。这种摩托车，胚壳大上几号，据说价钱不菲，大功率，酷得很。且是经过改装的，起步时轰鸣声特大，飞机腾空而起一样的气势。自从许元青离开后，何田田坐保罗摩托车后头招摇过市的镜头，成了巴勒莫的一道风景。摩托车沿着海滨大道呼啸而过，风驰电掣，何田田长发飘飘，何等的拉风啊……

体育老师陷入沉思之中，一副苦思冥想样子。驴皮说，别神神道道了，福尔摩斯不是哪人都能模仿，管谁是告密者呢。老景，继续往下说呗。

轮休日那天，景朋远懒得走动，在住处睡懒觉、看电视。傍晚的时候，景朋远窝在客厅沙发看录像片，突然听见楼上有细微的动静。这套房子，是幢旧楼，怕有百多年历史了。房子的骨架是牢固的，墙体厚实，但外表已十分破旧。房间里头墙壁和地板，同样破损不堪，石灰大面积脱落，楼板露出原木的本色。除去这些，这幢楼的另一个特点是房间布局混乱。如若一个生人进这幢楼，走错房间门，当为正常不过的。

景朋远人在客厅，他听到声响的那个"楼上"，不是完整的一个楼层，是一个阁楼，面积不大的。阁楼外头有个大阳台，三分之二露天。此处为老板、老板娘居住场所。此时为餐馆上班时间，何田田人在店里，上头本应没人的，怎么会有声响呢？

阁楼的位置在客厅上面，但楼梯却不从客厅过。要上阁楼，得转到那个堆放杂物的小间，小间门开出去，那儿有架户外楼梯通到阁楼。

没过多时，景朋远从那个小间的门口探出头来。他到底没按捺住好奇心。但他心里又是不愿意承认的。景朋远想，这房子太稀奇古怪了，过来看上一眼何妨呢。这时他又听到了声响，是从阳台那儿传来的，声音比刚才要大好多。景朋远缩回脑袋，再次坐到沙发上。录像带已放完，屏幕定格在音像出版单位的字幕上。景朋远起身去翻找下两集录像带，几个柜子翻遍，没找着。景朋远索性关闭了电视机。

景朋远这次出现在小间楼梯口时，手中拿着一把外国的菜刀。外国的菜刀和中国的菜刀大不相同。外国的菜刀更像是一把尖刀，不同之处是尖刀两面开锋并嵌有血槽。景朋远怎么会抄起刀来的呢？这个问题只有天晓得了！

景朋远手中捏着刀，从户外楼梯一步步上去，越是接近阁楼门口，他的心跳越快。景朋远站户外楼梯平台上，将耳朵贴在门板上听里头动静。阁楼门突然打开，一个身穿淡绿色睡袍的男人站在他面前，似笑非笑。景朋远妈呀大叫一声，从楼梯上滚落下来。好在户外楼梯的护栏蛮结实的，景朋远并无大碍。

小护士的小手蝴蝶翩跹一样晃动，她说，景大哥你停停，你先别说，让我来猜那个穿淡绿色睡袍男人好么？景朋远说行呵。小护士说，其实我也没想好，那三个男人，涂一兵、陈碎同、保罗……洪建国应该排除在外的，他这个时候是在餐馆里上班。到底是哪一个呢？他们三人谁都有可能，好像又……我猜保罗，因为保罗是个外国人，样子肯定古怪，才会把景大哥吓得从楼梯上滚下来的吧。

体育老师听得最为认真，他说你说的几个都不是，这点我可以打赌，所以刚才，我才没有草率地指出谁是告密者。这人应该是潜伏着的，说不定景大哥还没提及呢。

小会计说，我毛孔竖起来了。

驴皮说，姜是老的辣，就让老景自己说吧。

景朋远笑笑说，阁楼门口站着的人是许元青。

大家不约而同地发出啊的一声。

三

许元青当时的表情，很难形容，不像是一个真实的人的表情。像什么呢？难道说他鬼附身了吗？这还真有点说着了。当时的许元青像是一个浮在空中的人，高高在上，主宰着凡间的大事小事；一如阎王爷，只要他朱笔一勾，人头就得落地的。

许元青这个人在景朋远脑子里已然成为了过去时，一个遥远的符号。然而现在，他却活生生地站在他面前！

景朋远和许元青坐阁楼外阳台上。阳台够大，种植了许多花花草草。这些都是由何田田侍弄的。花草精致，很有风格，别具匠心。如扯远了说，从这些花草上头，怕是能窥探出何田田内心世界的某种奥秘吧。

阳台上的视野并不好。这后头是一条窄街，一排灰不溜秋的旧洋楼，高过了他们这幢楼房。站阳台上，只能看见斑驳的墙壁，以及几个房间的窗户和窗户里头的摆设。景朋远抬眼间，看到窄街对面房间一个赤条条女人身子。定眼一看，是个白发苍苍老太婆。

许元青泡了两杯茶。景朋远看茶罐上字眼：绿谷伯温茶。茶罐画面几片茶叶及半棵茶树，一位仙风道骨的古人双手负于身后仰头眺望。许元青说，茶是老家带出的，在捷克待了几个月，算今年的新茶了。景朋远小心问，老板去捷克了？许元青说，是啊，东欧国家的签证好办些，到了东欧，便可以借那块跳板过来了，一路上蛮曲折的，冒了点风险。

许元青端起茶杯和景朋远碰了碰。他说最近还不能请你喝酒，我不能暴露。今天要不是你上来，我是不会露面的。你不会听到什么风声了吧？景朋远摇头说，没有啊，我每天在厨房里，跟个聋子差不多，连外头天晴落雨都搞不清楚呢。许元青，我当初没看走眼，你是一个值得信赖的人，怎么说呢，你这人身上有古人的传统，讲信用，讲义气，忠心耿耿，这年头像你这样的人不多了噢。景朋远丈二和尚摸不着头脑，一脸呆相。

许元青说，我这样子赞扬你，你不用觉得奇怪的，我这人不会随随便便说人好话的。这么说吧，你刚才听见楼上有声响，你肯定想到了某一点上了，你能够拿起刀上来，说明你勇气可嘉，能为朋友两肋插刀。你这个朋友，我交定了！

许元青的一番话，云里雾里，景朋远不得要领，他张皇失措，心头发凉。景朋远缩了缩脖子说，老板，我刚才脑子不是很灵清的，你可能不晓得，我平时胆小如鼠，不喜欢舞枪弄棒的。你说的那些优良品德，我真的没有，或者说很不够的……许元青大幅度地挥舞着手说，你就别谦虚了，过分谦虚等于骄傲哦。我今天临时拿定主张把你叫来，是有重要事对你说的，你是我托付得起的人哪。

景朋远心头愈发哇凉，心想祸水又要向他泼来了啊。一阵死一般沉寂后，许元青反问，我这次被解回中国，谁最得意忘形？谁最兴风作浪？谁最无事生非？景朋远摇头。

许元青掷地有声说，那个人，就是告密的人！

景朋远脱口而出，还真有人告密哇？

当然了！许元青点上烟继续说，世界上没有平白无故的事，我是遭人暗算了！不过，他的如意算盘打得不怎么样，以为把我许元青解回中国了，就一了百了万事大吉了，可他没想到我是会回来的呀，有仇不报非君子，这口恶气我不可能咽得下去的！

当许元青说出告密者为洪建国时，景朋远愕然，心脏狂跳。虽然当时把洪建国定性为告密者，景朋远尚持半信半疑态度，但许元青所指出的三点，确实是能够扣在洪建国头上的。许元青被解往中国，不说洪建国得意忘形，至少是幸灾乐祸吧。他唯恐天下不乱，排列出三个男人作为怀疑对象，叫人没头苍蝇一样地乱猜疑，把池塘里的水搅浑，这是否有贼喊捉贼的嫌疑啊？另外，许元青说洪建国对何田田早有预谋，这点似乎也立得住脚。

不晓得洪建国是怎么获得何田田信赖的。从某一天开始，何田田去码头海鲜市场，把洪建国叫上了。去码头海鲜市场，得起大早赶路。何田田好几次说过，她一个女人家天光早开车，有一截路前没村后没店，路灯没一盏，心里慌兮兮的。于是有一天，洪建国陪同她去了。这样的日子，一礼拜里少则一次多则两次。他们两个人，一男一女单独相处，供人想象的方面可说多了去了呀。

许元青嘿嘿冷笑两声说，我晓得，你是做梦都不会想到他头上的。知人知面不知心哪，一开始，我也不信，我怎么会信呢？我对他那么好，算是亲如兄弟了，他在碰到我前，就只差个流落街头了。没料想这家伙吃饱穿暖就思淫欲了！他想得倒美，既占我餐馆又占我老婆！景朋远摇头说，老板娘不会看上他的。许元青咧开嘴笑了，他说你太有智慧了，这鸟人也不拿镜子照照，就算我人不在意大利，就轮到他舔老板娘脚后跟了么？我对你说，我老婆是一个心气很高的人，谁人会在她眼目中哇，洪建国那鸟人为了达到浑水摸鱼的目的，扯进来那几个歪瓜裂枣的男人，简直是对我老婆的污蔑，是往我身上泼粪水呢！

景朋远一声不响坐着。

许元青说，景朋远，你肚子里有几条蛔虫我清楚，我对你是充分信任的。当然，皇帝没白差，我这次支付你两个美利翁。

根据许元青安排，景朋远的任务是把洪建国引到非洲营去。所谓非洲营，那是郊外一处北非妹的扎营地。该地儿乃低档娱乐场所，北非半黑白妹子在树林子的掩蔽下，撩上裙摆撅起屁股即开始营生了。许元青说，我会在那边布局排阵，叫这个洪建国神

127

不知鬼不觉地死在不光彩的烂泥潭里，成为一桩永世不得解密的无头案。许元青又说，你先前不是提起过黑手党的事么，我这次还当真跟他们搭上头了，不过级别比较低。那些大佬，还是神龙见首不见尾的。就这么低的级别，杀个人比杀头狗还容易。

嚯嚯，黑手党都扯进来了，接下来得有一场恶斗了！体育老师有滋有味地啧啧嘴说。

怎么会是洪建国呢……我想不通。小会计道。

一开始没多久，我就把洪建国列入怀疑对象了！小护士一副先知先觉的神色说。

洪建国这人我讨厌，心术不正，为民除害当为好事。小文青说。

驴皮说，老景你接着讲呀，你女主人公讲得少了，要让那位何田田多走几步的哈。

景朋远点上烟，灌了几口啤酒。景朋远说，这大半夜的，喝啤酒已觉着凉了呢。一个昏昏欲睡的家伙说，我这儿有白的。景朋远说，算了，不喝两样酒，保险点。小护士说，我保暖杯里有热茶，景大哥要啵？景朋远摇头。驴皮说，大家静下来，听景大哥讲下文呗。景朋远说，今晚就到此为止吧，不早了，明天不是要去探险明朝的银矿，有一段山路的，睡觉吧！

第二日，景朋远和这伙人一块跑去探险明朝银矿。

那地儿归淤上乡管辖。这一带，用"淤"作为地名的颇多。从茶木淤到淤上，车子得开一个小时，爬矿山又得一个小时。

这是一个古矿洞，早已废弃。担当向导的林场工人拿瓶矿泉水倒在一块石面上，字迹渐渐清晰，"成化"两字跃入眼帘。在这深山老林，仿佛有一根线，将岁月串了起来。林场工人说，这块大岩壁上，如除去上头杂草，还有许多文字和图案。他们那天看到了一个图案：三根均匀斜线，旁边是一个半圆。究竟是什么意思呢？这谜团令人兴奋，让人遐思无度。明朝的矿工们，他们许是山中日子寂寞，刻下这些的吧。

进矿洞前，林场工人说，这是个野矿洞，里头像迷宫。人们头戴矿灯，身穿迷彩服，背包里塞实矿泉水、压缩饼干，且每人编了号。矿洞里头是蝙蝠的天下。在矿灯的照射下，蝙蝠们倒挂在洞壁，像是洞壁上长满了黑蘑菇。受到惊吓，蝙蝠飞来掠去，离人的距离很近，翅膀振动的风力能感受到。蝙蝠的粪便遍地开花，厚厚一层，人踩上去软一软，如同棉絮般。小文青说，"蝠粪"两字可读成"福分"的，今天大家都沾福分了。矿洞极不规范，大处可跑车，小处就得匍匐前行了。林场工人说，古人挖矿是靠火烧的，沿着矿脉，从一根细线开始，将岩石烧爆后撬下来，矿脉走到哪儿挖到哪儿，有时越挖越大有时越挖越小，全看矿脉粗细，故而矿道时宽时窄。在一处叠了几层矿道的地方，林场工人晃着脑袋说，迷路了呀。气氛骤然紧张。驴皮颇老到，他说大家原地待命，把灯灭了，节省电能，留一两盏好了。结果并无大碍，他们有惊无险走出矿洞。

下山路旁有两个巴掌大的村庄。林场工人说，这儿出过事的，当年这里是矿工及家属住的地方，矿工起义失败后，明朝官兵毁了道路、烧了村庄、封了矿洞，斩草除根了。刚才林场工人提到过，当年的矿工起义闹出了大动静，浙西和闽北一带成立了一个独立王国。

四

回到茶木淤，燃起篝火，昨晚的氛围有了。小文青说，今天的矿山经历，依我看与景大哥的故事，气息是对应的。迷路后疑似山穷水尽，却又柳暗花明。体育老师说，我的判断，故事未必是大团圆结局哦。小文青说，从文学的角度，我极度反感拖着一条光明尾巴，从人性的角度，我祈求人人安好，除了那位洪建国。几个女生尚在屋里擦洗身子。小护士从窗口伸出脑袋叫喊，景哥，要等我们啊！人齐后，景朋远接着昨晚段落讲。

夜里餐馆打烊前，景朋远干好厨房卫生工作，和洪建国抬垃圾桶出来倒垃圾。倒了垃圾，景朋远手拎垃圾桶一只把手，叫住了洪建国。走出几步路外的洪建国站下问，什么事？景朋远不好意思笑笑，二师傅，要不晚上……我们去非洲营吧。洪建国乐了。

两人没回住处，直接打车去非洲营。巴勒莫属于意大利最南边，海洋性气候。这气候的特征是气温舒适、温润，夏无酷暑，冬无严寒，十分宜人。他们的车窗是全打开的，空气两头通，夜风习习吹。但是，就是在这样畅通无阻的空气对流中，洪建国还是捕捉到了一股子气味。洪建国厉声问出租车司机，你车上装过什么呀，臭气熏天！司机翕动鼻翼嘟囔，是臭哦。洪建国道，你车上到底装过什么了？司机耸耸肩说，没有呀，就是载人嘛。洪建国大声大气嚷，载的是什么人哎，是不是从医院里拉的快要死的病人？景朋远轻咳一声，拿手肘捅了下洪建国腰眼。景朋远声

130

音低到不能再低地对洪建国说，我放屁……把屎带出来了。洪建国转过脑袋看景朋远，眼珠子瞪成牛卵一般大。景朋远可怜兮兮说，我不是故意的，放了个屁，就拉出来了，裤裆里全是了……洪建国干呕几声，捂住鼻子瓮声瓮气对司机说，立马调头往回开！

小文青情不自禁叫嚷，停！景大哥，我搞不懂哎，你为什么要保护洪建国？他何德何能使得你非要冒风险保他小命？景朋远说，面对生命，得有敬畏心。我救不了他命，起码他的命不可以经我手丢掉呀。体育老师说，可是，你这个祸闯大了啊……许元青还有黑手党，他们会放过你吗？小护士舒口气说，还好，景哥就在我们眼前呢。挨身旁坐的小会计煞有介事地握了下景朋远的手，似乎以此证明景朋远的存在。

一连好几天，景朋远都是在惶恐不安中度过的。景朋远想到了一个笨到不能再笨的办法，将一瓶麻仁丸揣进口袋随身携带。景朋远心想，许元青要是责问他到底是怎么回事，他就把这瓶麻仁丸拿出来，说自己便秘，而泻药有时是很难控制的。麻仁丸是从中国带出来的中成药（临时上哪去找?），上头说明书写得分明，是通便用药，这是伪造不出来的。

许元青迟迟没找景朋远。不管是餐馆还是住处，均风平浪静。景朋远特别用心地观察过何田田，她依旧老样子，照旧每周一至两回地前往码头买海鲜。也就是说，她与洪建国依然有单独的相处机会。

世界一派太平，景朋远内心里头不太平。何止是不太平，简直是波涛汹涌啊！景朋远如履薄冰，战战兢兢度日如年。起初的数日，景朋远虽说不安，但自认为可以有理有据地对许元青说清楚的。只要他把事情说清楚了，相信许元青会放他一马的。故此，景朋远的不安尚属浅层次的，他饭照吃，觉照睡，只不过心里头存了个小疙瘩，触碰到时才会心慌意乱一阵。现如今，那个许元青不露脸，让他有理没处说，有苦没地儿吐……哪怕许元青把他痛骂一顿，狠狠揍上一顿吧，只要小命没丢，他都是心甘情愿的。而且，说不定，心里的石头反倒落地了，不用像现在这样每天提心吊胆了。

如惊弓之鸟的景朋远，为保险起见，他现在要求自己做到两点，一是尽可能不与洪建国在一起。先前上班下班路上，景朋远与洪建国常常勾肩搭背，可说是形影不离的。景朋远想到许元青曾经对他说过的一句话，外国人认中国人都差不多的。洪建国现在是个命悬一线的人，哪时吃刀子挨枪子不好说的，自己和他搅和在一块儿，万一黑手党搞不灵清杀错人了呢？抑或说，人家顺带多宰一两个也是家常便饭呀，岂不遭殃！二是，他现在轮休，往往比上班的人还要早就溜出了住处。虽说景朋远也想到过，死狗避不了热烫，迟早是要面对许元青的。明明晓得许元青人在阁楼上，自己独自一人待在住处，那份惶恐，他仍然是承受不住的。

有天深夜，客厅的座机铃声大噪。离客厅最近的是跑堂奕荔的房间，她起来接上电话，敲洪建国房门说，洪建国，中国电话，赶快！当年越洋电话话费昂贵，没特殊情况不打电话的。洪建国一听中国来的电话，慌乱中赤脚跑出来。不出所料，果然不是好消息，他父亲死了！洪建国如猿猴一般啼叫开来，声声凄厉，一声接连一声，把一屋子人都惊醒了。

按景朋远的估算，到了这步，许元青该要出手了吧。再不出手，洪建国回中国后，说不定就有变数了。景朋远思忖，只要事情往前推进，那该怎样就怎样吧，总比这样子闷在高压锅里强吧！那几日里，景朋远心平如镜，静观其变。意料不到的是，洪建国居然平安走成了，乘飞机回中国奔丧去了。

洪建国前脚走，许元青后脚便出事了，他再次被警察拘捕。原来许元青早已没待在住处阁楼里，警察是在菜市场旁的一套房子里抓住许元青的。那套房子先前为餐馆住处，因面积小，菜市场吵，当时许元青要把房子退掉。租期未满，房东不愿意退房租，房子便空在那里。

许元青再次被解回中国后，何田田憔悴不堪。接班洪建国二厨岗位的景朋远，眼看何田田连走路都没一点儿声响发出来，不晓得有多揪心，多心疼呢。景朋远的"揪心"与"心疼"，得深埋于地宫里，不可以长出芽来的，纤细的绿豆芽都不行哦。景朋远烧点心的时候，花了点心思，在何田田的碗里多放青菜，少放通心粉。何田田爱吃榨菜，他将榨菜丝切得形同一根根牙签……

餐馆有个地下室，堆放货物用的。比如说从中国货行进的青岛啤酒、笋块罐头、荔枝罐头、橘子罐头、香菇、黑木耳、日本味精及一种产自福建的米粉和一种产自山东龙口的粉丝，统统码放在这里。景朋远有天和奕荔在地下室仓库理货，他负责搬货，奕荔负责打扫。景朋远口袋里一枚硬币掉出来，往一个方向滚去。钱再小也不能丢的，要不会失财。这是景朋远小时候听外婆说过的一句话。景朋远于是过去捡硬币。那枚硬币钻进纸板箱缝里，景朋远挪开纸板箱，看见了一顶帽子。景朋远捡起硬币的同时，捉起那顶水手帽。帽子有些脏，景朋远拿块干净抹布擦拭一番。奕荔抬头看见，说哪来的水手帽？好酷哦。景朋远问她，你说我戴会不会像一个水手啊？奕荔说，你戴合适的。景朋远将帽子扣在了头上。奕荔嚷，天哪，景朋远，你戴水手帽帅呆了，我喜欢上你了！景朋远说你少来，要让叶国伍听到，我头上还不吃拳头哇。叶国伍是个男跑堂，奕荔与他上过床的。奕荔说，怕什么，你们竞争呗。景朋远说，我甘拜下风啦。

　　景朋远从地下仓库上来，头上仍旧扣着那顶水手帽。景朋远是有意识的。奕荔那么随便一说，他定力不够飘飘然了。景朋远没直接去厨房，而是四处晃悠，果然另外两个跑堂女生看见后，发出尖叫，说景朋远你原来长这么帅的哇！这动静招引来了何田田的注意。

　　何田田在屏风后面的躺椅上闭目养神。近来她心燥体虚，一个混迹巴勒莫华人圈的年轻中医给她切脉，察看舌苔，开出十帖安神中药汤。何田田被尖叫声惊得坐起来，老大不高兴。她强忍住火气从屏风后头走出，面有愠色。女生们一见老板娘露面，吐吐舌头溜之大吉。景朋远原地站着。其实在他心里，最想让人看见自己戴水手帽样子的人，是何田田呢。何田田目光投在景朋远身上，睁大眼睛，张大嘴巴，一副手足无措的样子……

　　恢复常态后，何田田走到景朋远跟前问，这帽子，在哪找到的？景朋远摘下帽子说，楼下仓库里。何田田接过帽子，情不自禁地捧在胸口。何田田意识到后，凄凉一笑，她说谢谢你了，这帽子，先留我这儿吧。景朋远说，帽子本不是我的呀。

　　驴皮一拍大腿嚷，何田田啊何田田，千呼万唤始出来。这下子应该是正式登台了吧？体育老师说，我的侧重点在那个告密者身上，现在，洪建国没出场，许元青再度缺席，难道说……这么大的一件事，就不了了之了？小会计问，景大哥，我有一点没弄明白，餐馆里那么多女生，听你口气，你好像对她们的兴趣反倒不大。你在意的人是何田田，而何田田年纪比你大，又是已婚妇女，你为什么会是这样一种选择呢？小文青立马把话头拽过去说，沈红你这就不懂男孩子的心思了，我对你说，不敢说一律，至少有那么一部分男人，在他们的年轻时代，他们所喜欢的往往不是女孩子，而是风韵犹存的少妇哦。小护士说，难怪呢，你对我们连眼皮子都不抬一下呢。小文青说，我这是申明事物的本来面目，你干吗往我头上扣？联想太丰富了吧。小护士说，反正雨天早脱鞋，不自讨没趣了吧。驴皮再拍大腿说，一切无谓的争辩打住，听老景言归正传吧！

五

自那之后，何田田看景朋远的眼神有了微妙的变化。景朋远一打工穷光蛋，身为餐馆老板娘的何田田，平日里对他是不大在意的。景朋远虽说暗地里曾有过替老板娘"揪心"的事儿，烧点心时额外注意到她的喜好，但这些何田田是一无所知的。就算她有一天晓得有这么回事儿，恐怕她还是不会太在意的，小事一桩，含齿一笑罢了。但现在，情况大为不同了。何田田经常有事没事走进厨房。在以往，何田田嫌厨房油烟重，是能不进来就不进来的。何田田走进厨房，通常也就问上几个鸡毛蒜皮的小问题而已。

135

有时她问过了又进来问，说自己记性越来越差了。何田田站在那里，似乎是无意地看上一眼景朋远。景朋远当然不傻了，觉得何田田那缕目光比炭火还要烫，灼得他脸面火烧云似的，心口噗噗跳。景朋远是既紧张又幸福啊。只是这"幸福"来得有些扯不清门道，如晴天落白雨，如雨天出太阳，没根没据。景朋远忖度，这怕是自己的一种臆想吧。

有一天景朋远从吧台前经过，何田田叫住了他。在过去，何田田叫景朋远只叫二厨，或顶多叫他一句二师傅，从未叫过他名字的。这一回，何田田用非常好听的音色叫出了景朋远三个字。少见多怪的景朋远像是一屁股跌入了棉花堆里，浑身酥软。景朋远机械地站着，机械地转过身子，机械地问，老板娘，有事吗？何田田笑了，说没什么事，只是我觉得你戴那顶水手帽子很好看，能不能再戴上？景朋远从何田田手上接过水手帽，发现帽子已洗得干干净净，并上了浆。景朋远戴上水手帽。适时餐厅里空无一人，客人尚未进餐，跑堂们不晓得跑哪忙去了。何田田围着景朋远转上一圈，她已经不是在看而可说是端详了。景朋远心里头多少有些弄明白了，事情的根由，怕是出在这顶帽子上呢。

过后一日，餐馆下午的休息时段里，情况又有了递进。景朋远和工人们脱下工装换上自己的衣服，走出餐馆门口。何田田的车刚好停下，下车后冲景朋远点点头说，你先别走，有事。其他工人走了，景朋远留下来。

何田田说，我们进去吧。

偌大的餐厅，只有景朋远和何田田两人。景朋远从未在没上班时走进过餐馆的，所以在他看来，这熟悉不过的场所竟然有了几分陌生的感觉呢。何田田手上提一只购物袋，她从袋子里取出一套衣服。何田田说，景朋远，你穿上试试。景朋远第一眼便辨识出了这是一套水手服。想必是何田田刚从海员专卖商店买来的。景朋远双手摊开捧住那套衣服，仍原地站着。何田田说，你去换上啊。不要去洗手间换了，就到屏风后面换得了。景朋远心想，何田田是怕把这衣服弄脏了吧。

景朋远正要去屏风后头，何田田从吧台小跑出来，将那顶水手帽递到他手上。何田田说，换齐了再出来哦。

景朋远穿戴齐整从屏风后头走出来。那一幕，仪式感极强，俨然时装发布会上的模特儿走 T 台。虽然没有音响和灯光效果的配置，景朋远踩的亦非猫步，但是，气场已经足够强大了！但见何田田脸色苍白，浑身上下筛糠似的颤抖，上下牙打架说不成囫囵的话。面对此等场景，景朋远局促了。这套挺括的制服穿身上，或多或少有些碍手碍脚，使得他行走不太利索。景朋远走到何田田跟前站住，他不晓得接下去该怎样。何田田半是清醒半是迷瞪地说，你再走呀，没叫你停下你只管走就是了。何田田这副失魂落魄神态，倒是让景朋远找到了信心，吃进了一颗定心丸。他放松下来，行云流水般地从餐厅这面墙壁走到那面墙壁，如此反复，直至何田田喊停。

他们换了个花样，跑到餐馆的院子里。这家餐馆，有个不规则的前院。天气晴朗的日子，这里摆放上餐桌，铺上台布，供喜好户外进餐的食客吃饭。树木自然栽了一些，有座假山，呈现高山流水意境。何田田让景朋远从餐馆门口走进来，不能走得太快，也不能慢吞吞的。何田田自己倚靠在餐厅门框上，有点儿百无聊赖，朝向一棵樱桃树看……听到了动静，她脸面转到景朋远身上，娇羞一笑。几趟来回后，何田田摇脑袋说，感觉还是不到位，问题出在哪呢……何田田眼珠子转动，一拍手掌道，对了，鞋子不对！景朋远那天脚上穿一双旅游鞋。这旅游鞋配水手制服，肯定不伦不类了。

第二天，何田田买来一双皮鞋让景朋远换上。这下子像模像样了，可以以假乱真了。今天添上了台词，比如景朋远一进门，仰起下巴颏高声嚷，老板娘，有好吃的吗，小半年在海上没吃到正宗中餐了，馋死了！何田田露出经典性的"娇羞一笑"，说有呵有呵。景朋远走过来，他的眼神和何田田的眼神对上了，似乎都能听见电火花的噼里啪啦声了呢。景朋远大大咧咧地说，今天，我算是找对地方了！何田田拖尾音说，那是——景朋远尾随何田田进餐厅。幕落。

在人前，何田田仍然叫景朋远为"景朋远"。没人的时候，哪怕只是一刻工夫吧，何田田便叫景朋远为"廖晖"。傻瓜都明白，廖晖即那位水手了。

有一次，何田田对景朋远说，你真的很像廖晖哎，他那年就你这个年纪，嘴唇上有层淡淡的胡须，身上有股淡淡的烟草味，身高和体型全对得上号，唯一不同的方面，是口音不对，他天津人，普通话说得好好了。

那段时光，真称得上梦幻一样的日子啊。他们伪装得非常好，外人丝毫未瞧出破绽，哪怕蛛丝马迹都没发现。

他们双方心里头都已燃起熊熊烈焰，可面上，却是一潭死水，水波不兴。因为，有道无形的沟壑仍将他们隔离在两岸。

现在他们的范围扩大了，不再局限于餐馆里头了。何田田带上景朋远，驱车跑到海边，跑到那个远洋轮停靠的码头。码头一派繁忙，飘扬着万国旗帜的远洋轮进进出出。身穿水手服的水手们一拨拨上岸，他们在大洋漂泊多日，一旦双脚踏上陆地，别提有多兴高采烈了。水手们三五成群，吹着口哨搭上车辆，蜂拥着往市区奔去。

何田田一如梦游中的人，眼睛细眯起来，脸面柔情起来，喃喃自语，他就是从这儿上岸的，他说他过上一段日子还要来巴勒莫的，他怎么……就没来了啊？景朋远乖巧配合，他靠近过去说，现在，不是有我了么。何田田凄迷一笑，说，是啊，现在有你了。

有一家酒吧，何田田常去那儿坐坐。她要两杯黑啤，一碟腌制过的橄榄。何田田用牙签戳橄榄吃，老半天才吃一个。阳光从玻璃墙外投照进来，金黄色，毛茸茸的。一切都似曾相识，一切都刻骨铭心，但物是人非了啊……酒吧老板早已习以为常，这位女士喝一杯啤酒却要摆上两杯，一碟腌橄榄也只吃掉三分之一。酒吧老板心里认定，这是一位失落的忧伤女人啊。一日，这种状况发生了变化。景朋远喝掉了那杯黑啤。景朋远啧啧嘴说，原来黑啤这么浓香哇。何田田娇柔百态地说，你……捧住我手。景朋远十分听话地捧住何田田的纤纤细手，两人四目相对，一派含情脉脉。何田田拿牙签戳腌橄榄送进景朋远嘴里。景朋远含着橄榄含糊不清说，我不习惯的。何田田浅笑说，慢慢就会习惯的……我吃一颗，你吃两颗，这是规定好的。那日，那碟腌橄榄成了光盘。

海滨大道上有一段路，两公里光景，椰影婆娑，外头海面上，波光粼粼。这截路他们来回得走三趟。天哪，掐指一算要走十二公里呢！尚且，路还不是好好走的，时不时停下拥抱、亲吻。何田田犹如软骨动物，身子基本倚在景朋远身上。她放声大笑，指着天上的星星说，那颗是你！那颗是我！我们……永远不分离！景朋远入戏颇深，他连去天上摘星星的念头都萌生了。

六

他们是在一家宾馆临海的房间完成那桩事儿的。已是瓜熟蒂落了。同样具有极强仪式感，何田田一袭玫瑰红丝绸睡衣，景朋远紧身弹力背心，平角条纹短裤。何田田俨然霞云一样在房间里移动，眼神迷离，神思恍惚。她来到窗前，蓝色海面上正驶过一艘白色轮船，万顷碧波荡漾着一滴白，分外醒目。何田田黯然伤神，喃喃说，我害怕看见轮船，看见离开港湾的轮船。景朋远从身后抱住她，说，轮船驶离港湾，也会抵达港湾的呀，港湾那么美好，傻瓜才不留恋呢。何田田噘嘴说，人家担心嘛。景朋远说，那怎样才能让你安心啊？何田田晃晃脑袋说，你真是个傻瓜呢，你要我呀。景朋远喜出望外，他托起何田田身子，不疾不徐，一步一步走向松软的大床。那是怎样的一张大床啊，海涛一般松软自不待说了，床单上弥漫着阳光干燥的喷鼻香气，人可以在上头翻跟斗，可以施展任何想要施展的高难动作。杨柳枝一般纤弱的何田田，慵懒如波斯猫的何田田，白骨精转世摇身一变，雷厉风行，叱咤风云，凶猛无比……两堆燥透的干柴，无须火柴一根，便是烈焰腾空升起，火星子飞溅。何田田叫一声廖晖，景朋远应答一声；何田田叫一声老公，景朋远应答一声……何田田忘情地投入，在景朋远身上留下几多齿痕。

这个口子一开，可不得了，犹如溃坝的山洪，一发不可收拾。只要得空，他们便见缝插针。一次比一次配合得好，一次胜似一次……有一天，何田田沉静下来，她的脸上似乎有了冰霜般凝重的神色。

毋庸置疑，廖晖乃一位青年才俊。他毕业于某著名海运学院，年纪轻轻跑遍了五大洲四大洋，见多识广，学识渊博，谈吐幽默，举止得体。景朋远打小生长在山区小县城，十三四岁才乘坐过火车，二十出头乘坐上飞机（就是出国这趟）。他在国内为锅炉工，出国后不烧锅炉炸油锅，身上的油腻味，就是泡上三天的肥皂水，怕也难以剔除清爽的。从气质上来讲，更不可同日而语。廖晖走起路来头颅高昂，腰杆倍儿挺，两眼炯炯有神且秋波荡漾，就是躺在床上，照样是一道美不胜收的景观。景朋远走路不是低头看脚尖就是东张西望，两只走惯山路的脚踩高跷一般深浅不一。要命的是他那口南方山区蹩脚普通话，别说悦耳不悦耳了，表达清楚都成问题。最初的炽热情感退潮后，何田田的心无可避免地冷却下来，她为景朋远与廖晖诸多方面的天壤之别深感痛苦。

有一次吃西餐——那是一家上档次的意大利餐馆，坐落于郊外。那幢房子，古色古香，一排排有年头的老树及不甚明亮的灯光，将周遭勾勒出一幅暖色调的图景。临近了，便瞧见喷泉，中央为大理石美人儿雕像，一柱柱喷泉围着雕像冒上来，天女散花一般地均匀撒开，在若隐若现灯火映照下，煞是好看。

餐厅里的跑堂，亦别具一格。清一色半老头，发丝灰白，油光锃亮，脸膛红润，鼻梁挺拔；藏青色西裤，白衬衫外罩藏青色小马夹，扣黑领结。这些半老头们训练有素，动作敏捷利索，手举托盘走起路来一阵风似的，既快速又悄没声息。餐厅里弥漫着似有似无的音乐声，以及操持刀叉所发出的轻微金属声和耳语声。待在这等场所里，景朋远不用说是活遭罪了。为赴这场晚宴，何田田特意让他穿上一套新买的西装，扎上领带。景朋远人像是被捆绑住了一样受约束，浑身不舒坦。而且，话不能说大声，刀叉拿得外行吃得特别累，憋闷死了。偏偏何田田还要时不时缠绵一番，对对眼，摸摸手，时不时来个亲吻……景朋远勉强应对，顾此失彼，漏洞百出。

从餐馆出来，未待坐上车，何田田即脸色不好看了。景朋远赔小心，伸手帮她拎包，被何田田推开了。何田田说，你真不懂情调哎。景朋远沉下脑袋嘟哝，这种地方，我不太习惯，气都喘不过来。何田田只管打开车门坐上，将车发动。景朋远紧一步钻进去，说，你的用意和好心，我领情了，今后我们……还是少来这些地方吧，花钱……景朋远本想说"花钱找罪受"这句话的，后半句刹住了。

类似的例子还可以举出许多。何田田叹息、无奈、失望，甚至于喜怒无常。当然这其中也并不是没有欢乐的——实际上，他们还是如胶似漆的，棋逢对手的，此等"欢乐"是远胜于凡夫俗子的，大有一股高处不胜寒的凌厉气势。然而，太不稳定了呀。往往，何田田的情绪从巅峰跌入谷底，连一分钟都不用，比翻书快多了。何田田的情绪一跌落，景朋远的日子就不好过了，不说度日如年的话，至少也得如履薄冰了……过后，再度歇斯底里，再度花好月圆……他们沉浸其间，无法自拔。

一日，何田田对景朋远说，接下来，要么你就别上班了吧。景朋远眨着眼睛问，不上班……干吗？景朋远成人后一直都是劳动的，叫他不要劳动，那干吗呢？他还真想不出来。何田田说，人活着有好多事可做的呀，你以为就是炸油锅才算做事哇。景朋远不响。何田田说，我让你去读书。景朋远摸着脑袋说，读书？就凭我这么点语言水平，去意大利学校读书？何田田说，你人聪明的……这么说吧，去学校把语言学好，和意大利当地人有接触，你就不一样了，到时候就是一位风度翩翩的男士了。

说到学习语言，景朋远还真算有点儿天赋的。他的学习条件几近于零。既没人教他，也缺乏必要的交流环境，学习的时间也不充裕。景朋远靠一本《汉意词典》及随身听学习意大利语，一年半载下来，倒是能读懂简单的广告词什么的了，看电视结合画面，囫囵吞枣也能明白个大概意思。上街买个东西问个路，自是不在话下的。何田田说让他正儿八经地去学校学习语言，景朋远嘴巴上推了两句，心里头是满心欢喜的。

那个阶段，何田田和景朋远之间的关系，已属于半公开的秘密。至少在餐馆里吧，员工们都已心知肚明，只是没人捅破那层纸，装聋作哑而已。何田田索性将那层纸给捅破了，她另租下一套小居室，两人搬过去过起了同居日子。现在，景朋远无须再到餐馆上班，而是每天去一所语言学校上学了。没过多久，景朋远拿到驾照，何田田和他一块儿去二手车市场，买下一辆合景朋远意的二手车。这样子一来，景朋远就不用搭公交车去学校了，自己开车去。

日子一天天过，小河流水一般。对于景朋远身上的每一点滴细微的变化，或者说渐进式进步吧，何田田看在眼里，喜在心头。功夫不负有心人哪！何田田心想，只要像现在这样子下去，那位名副其实的"廖晖"回到她身旁，便是指日可待的事儿了啊。

他们重新拥有了"蜜月期"——而且，这一回相对来说要更为实码一些吧。在以前，何田田多少有点儿"睁一只眼闭一只眼"——通过丰富的联想和天马行空的幻想——来辅助抵达销魂蚀骨之境界。如今则大可不必了——起码，是无须太过牵强附会了的。

转眼到了夏季。何田田决定和景朋远一块儿去度假，但餐馆还得开。在这一点上，何田田终究没法步子迈大，这是身居国外的中国人的普遍做法。再说了，餐馆一关门，一堆不愿意走动的员工，连个吃饭的地方都没有。这样子开着营业，不光员工们有个吃饭的地方，不管赚多赚少，店租的钱总保得牢的。何田田将餐馆暂且交由奕荔男友叶国伍管理。

他们没跑远，就在西西里岛上。那处海滨，是在岛的另外一端，与莫勒莫有一定距离。海滩美丽至极，沙子细软、白净；海水蓝得耀眼，风平浪静。景朋远的游泳姿势，是改不过来了。他是在老家野江里学会游泳的。自然没有什么游泳教练了，跟在小伙伴们后头乱扑腾。学是学会了，但没套路，只会狗刨式。何田田试着教景朋远蛙泳、蝶泳，效果甚微。

除了这点小小瑕疵，其他都好。何田田躺在太阳椅上，看身穿海滩裤的景朋远走动，觉着好养眼啊。几天的太阳晒下来，景朋远身上的肤色已呈小麦色；胸大肌和腿部肌肉，小老鼠一般窜

144

动……这个景朋远，已和这方天地水乳交融了啊。

那天晚上，他们在一家富有情调的露天餐厅吃饭。露天餐厅颇大，怕有一百来张桌子吧。上头搭了个台，一个秃头戴墨镜的歌手在台上边弹吉他边演唱，歌声沙哑，具有感染力。

夜空洗过似的，星星在眨眼。

何田田捧住景朋远的手，梦游中人一般说，只差那么一丁点了，弥补上那点缺口，就是完美无缺的他了呀。景朋远觉得不真实，也不自在。何田田说，我今天……又看见轮船了。原来如此啊——景朋远再次鹦鹉学舌说，轮船驶离港湾，也会抵达港湾的呀，港湾那么美好，傻瓜才不留恋呢。何田田缓缓地摇了摇头说，还不够……景朋远没辙了，无所适从。何田田说，今天晚上，我们幸福吗？景朋远说幸福啊。何田田说，幸福来之不易，我们要巩固它。景朋远说，我会好好待你的，比自己生命还珍惜地待你的。景朋远搜肠刮肚，说出了两句鸡汤类话语。何田田嘴角荡开笑，吃了定心丸的样子。

台上现在换成重金属音乐，三五个辣妹在劲歌热舞。他们撤下来，往海边走去。起潮了，泛白沫的海浪形同一堵白色墙体推进过来，抵触海岸后，击打出巨大浪头，发出轰隆声。这种声音虽响，但谐和，起伏于耳畔，听着舒服。何田田说，我刚才说今天看见轮船，话只说了一半……景朋远抓头皮，他不晓得何田田闷葫芦里头还有啥药。何田田说，我突然产生了一个想法，我为自己产生这个想法感动了……真是太奇妙、太有趣、太有创新意识的一个想法啊！景朋远说，亲爱的，我在听呢。景朋远现如今说这些话，已是很溜顺。而在以前，那是打死他都说不出这等肉

145

麻话的。何田田说，亲爱的，我会对你说的，在说之前，我自己先享受了……我已经看见一个经过风雨、见过世面，具有沧桑感气概的男子汉啊！景朋远彻底被搞晕乎了，只有眨眼睛的份了。

何田田仍然沉浸于自我享受或者说自我欣赏的心情中，她一步三摇地走到海边沙地，浪潮袭来也浑然不觉。景朋远眼疾手快，一把将她拉上来几步。景朋远说，亲爱的，有话你说，我这人沉不住气的。何田田一笑，说，你终将会成为一位沉得住气的男子汉的，顶天立地，泰山顶上一青松，任凭风云变幻雷鸣电闪，我自岿然不动……景朋远索性闭嘴不吱声了。

回房间洗漱过——何田田换上玫瑰红丝绸睡衣，景朋远穿上弹力背心——在茶几摆放上两杯红酒后，何田田把她那个富有"创新意识"的想法说出了。何田田说，亲爱的，你现今是万事俱备矣，弥补上那一环，你就是名副其实的廖晖了。我的想法是，让你去轮船上做一名水手，当然，仅仅是实习了，我没那个能耐真让你做水手，也舍不得一年半载的见不着你……我认识一位船长，他是我们餐馆的常客，我让他带你上船，你力所能及地干点活儿，关键是要开阔视野，心胸像大海一样，跑码头，见世面，长见识！

那位船长，很像一位人们想象中的船长。不过他的轮船非远洋轮，只是在意大利本土几个码头转的货轮。有过一次特例，他的轮船驶到了北非的突尼斯。从巴勒莫去突尼斯，航程六小时。在浩瀚的大洋上，这点航程连小儿科都排不上的。何田田说，跑太远了，我会心里空落落受不了的，那种盼望、等待，我受够了，实在是太煎熬了啊。

那天一大早，何田田开车送景朋远去码头。景朋远煞有介事地穿上了水手服，登上舷梯，在甲板上向何田田挥手，你回去吧，我会照顾好自己的。何田田哪里肯走，直到轮船离开码头，融入洋面不见了踪影，她才依依不舍上了车。何田田泪流满面，但心里舒坦。

轮船离埠和归来，对何田田来说均为重大的日子。轮船离埠，她情意绵绵地与景朋远告别，望断秋水；轮船抵埠，她差不多提早一个小时就等候在码头了，望眼欲穿。何田田因此情感波澜起伏，所有的情感因子被充分调动起来。况且，她情感的器皿仍在源源不绝地续接着呢，溢出一点补入一点，永远盛得满当当的。

通过航海这种形式的锻炼，景朋远的形象逐渐丰盈、挺拔、坚毅、柔情似水。景朋远嘴角紧抿，目光如炬，却又春风漾溢。何田田别提有多美滋滋了！

景朋远在轮船上的情况，与何田田的想象天差地别。既然何田田神经兮兮的非要他当冒名水手，他不想违背，也违背不了，那就听天由命呗。好在轮船上的日子也不赖，起码最初那个阶段是这样的。清晨看日出，太阳在海平面的底下映出一层淡淡的薄光，光渐渐浓稠，露出了一层橙子皮样的红晕，一小半太阳已漂浮在了海面上，眨一眼浮上一层，眨一眼浮上一层，整个火球腾空升起，熊熊燃烧，太阳出来了！霞光万道喷射过来，直逼人眼目，深蓝色的海洋成了红彤彤的海洋……景朋远如痴如醉。黄昏的日落，丝毫不逊色于日出。那一派彩霞，气象万千，气势恢宏。景朋远目不错珠看着，觉着霞云里头，潜伏着高山流水，芸芸众生，应有尽有。那是一个混沌的世界，只要有心，心足够细，就能从那一团团模糊不清的图像里勾勒出一个个栩栩如生的人物，男女老少皆齐，还有动物，马、牛、狗、猪之类。山高水长，巍峨大树，屋舍错落有致，男耕女织，鸡犬相闻，桃花源里赏桃花……太阳沉入海底，天地静默，针掉到地上的声音都能听见……

景朋远帮忙干点活儿，在甲板上拖地，船长嫌他不得法，叫停了他。景朋远帮着干点其他杂活儿，船长嫌他碍手碍脚，制止了他。倒是水手们打牌、喝酒，会叫上他凑个数。景朋远好几次喝得烂醉如泥，钱也输掉了一些。初始阶段的新鲜感过去后，景朋远百无聊赖。这海上的日子，最难挨的是重复。什么都是重复性的，每天所见到的人，就那么一些，每天所吃的饭菜，大同小异，每天所见景色，除了大海还是大海。日出日落，观赏个三五次绝对惊艳，日日看，熟视无睹。还有，人在无边无际的海洋上，那份孤独和绝望，一言难尽啊！

何田田要来升级版的。这次景朋远独自先去了码头，他在码头公用电话亭给何田田打电话。景朋远说，田，我们的船一小时后开了，你过来一下吧！何田田驱车急匆匆赶过来。但见码头小广场的灯柱下立着一位孤单水手的身影，目光迷惘，神情忧郁。与往常略微不同的是，景朋远今天手上提着一只水手专用的中型手提皮箱。

犹如时光倒流，回光返照……何田田眼花缭乱，神魂颠倒，她深一脚浅一脚地走过来，临近了，不由自主地扑了上去，死死地抱住景朋远。何田田热泪盈眶，泣不成声。两人铁铸般地拥抱了许久、许久……景朋远低声说，时间到点了，我要上船了。何田田万般无奈地松了手，泪眼婆娑地看着景朋远，既一往情深又绝望无比。景朋远摘下帽子，说，留个纪念吧。何田田将水手帽紧紧地捧在胸前，犹如抱着救命稻草。她眼巴巴地看着景朋远一步步往轮船那边走去。

轮船汽笛鸣响。景朋远出现在船舷栏杆后，他向何田田拼命招手，喊出了何田田生命中最为刻骨铭心的那句话：我很快会回来的，我要来巴勒莫娶何田田做老婆啊！岸上的何田田滚下两行灼烫、五味杂陈的眼泪……

七

良久，虫子的唧唧声好似突然间从四面八方响起，围剿过来。实际上，虫子的唧唧声本来存在的，只不过他们过于专注故事情节，对虫声充耳不闻了。地上那摊篝火，由于无人记得添柴，仅余小块炭火闪烁着细碎的光斑。小护士喝一口暖杯里杭白菊茶水润润喉问，后来呢？景朋远显然走了神，听到小护士问话后说，故事……结束了。小会计说，怎么就结束了啊？结局没出来呀，他们……结婚了吗？生小孩了吗？入戏深的小会计把故事里头的景朋远与现实中的景朋远剥离开了。

又一阵死一般沉寂后，驴皮激情十足地说，千古绝唱啊……天地哭鬼神泣的一场旷世之恋啊！体育老师环顾左右说，你们别见笑，我的问题和沈红差不多，按理来说，那轮船肯定会回来的是呗，景朋远这个男主角他仅仅是去船上实习水手，迟早是要回到陆地生活的。现在的问题是，怎么可以就这样拦腰截断呢？

小文青一副少年老成的样子说，我瞧你是支着耳朵在听了，可你没听进去，你不高兴我也这样说，你的理解能力有问题，对人生、对人性的解读存在大问题……我们可以先从景朋远这个人物形象着手,剖析他的人物性格。性格决定命运,一个人是由什么样性格组成的,他的人生轨迹大致不会偏离。这么说吧,这位男主角虽为微不足道的小人物,可他毕竟是一位心智健全的人,自我意识肯定是存在的了。试想一下,景朋远他并非吃软饭的小白脸,他主观上肯定是要做个自食其力的人,然而现实中,他成了一只被女人养在笼子里的金丝鸟,这对他而言是痛苦的,是厚颜无耻!另则,景朋远哪怕再渺小,算他是只蝼蚁吧,但站不改姓坐不改名总得做到的吧?他怎么可能心甘情愿扮饰他人的角色呢?由此可见,景朋远心里头是压抑和痛楚的,特别是随着时间的推移和情节的加重,他不堪重负,摆脱开眼前的所谓体面、甜蜜生活,是水到渠成的事罢了。

小会计抬头问,依你这么说,景朋远假戏真做……真的如那位廖晖一样一去不复返了?

小文青不屑口气说,你脑子呢?小会计说,这也太过狠心了吧,何田田对他那么好,对他爱得那么深,他怎么说走就走啊?小文青说,叫我怎么对你解释好哦,我不是早就指明了,何田田她爱的人不是景朋远,而是廖晖,而恰恰因为景朋远不愿意当人家的替身……一走了之了,如此符合逻辑性的事儿,你怎么就转不过弯来呢!

小护士啜泣着说,何田田她太悲催了呀……怎么每一次的轮船开走,她的梦就要粉碎哇。

小会计没哭,她忧伤地说,像何田田这样爱情至上的人,在今天的社会,已成大熊猫了啊。沉浸于对何田田命运唏嘘之中的小护士，颇具几分代入感口吻幽幽说，优雅、唯美、纯真、纯粹、高贵、一尘不染……上苍为什么如此残忍啊！

驴皮总结说，女人改造男人呢，这么说吧，从初出茅庐、懵懂的景朋远，到现如今以书为伴、气定神闲的景朋远，何田田起到了至关重要的作用噢。

体育老师搓手说，我的侧重点……我的侧重点在告密者身上，谁是告密者？小文青愈来愈见底气，他的掌形同一把切菜的刀往下一劈说，告密者是洪建国呀，他前脚走，许元青后脚就被警察抓进去了，而且，那家伙做贼心虚人间蒸发了。我现在猜疑，他所接的那个电话都有可能是做出来的，叫人家给他打这么一个说是父亲死了的电话，他好脱身。这个人物，从一开始我就讨厌，他千方百计想要勾引何田田，手段极其下三滥，先把她搞臭，散布谣言，兴风作浪……就是有一点我没搞明白，许元青既然已经晓得他是告密者，为什么后来的行动就跟不上？凭他许元青的人脉和财力，做掉洪建国还不是掐死一只螳螂那么易如反掌哇。小会计说，你说的未必就对，值得怀疑的人很多，涂一兵、陈碎同、保罗，他们为了达到自己的目的……他们谁都会成为告密者的，因为许元青对他们来说，是个障碍物，必须要消除掉的。小护士说，除了洪建国，我还怀疑到那个女跑堂奕荔了，何田田老使唤她干这干那的，她心里肯定有怨气的。小文青嘲笑道，无稽之谈，我真佩服你的胡思乱想哎，居然完全不搭边的事情能让你沾上边，服了！服了！小文青说过向小护士作揖。小护士鼓起腮帮不高兴。体育老师说，大胆假设，小心求证，这没错的。李建帅你不要挖苦人了吧。小文青说，彭爱民，既然你对告密者这么上心，你说呀，到底是哪人？你干吗老是问人家自己不大胆假设一下啊？体育老师说，你以为我心底没谱呀，我对你们说，今天晚上听得最用功的人是我，对告密者最关注的人是我，一分汗水一分收获，我是先让你们说，看你们跑题跑得有多远……我郑重其事地对你们说吧，最不可能的人是最有可能的，告密者乃何田田也！

鸦雀无声。

驴皮说，本人从今往后，必须得对彭爱民刮目相看了！一语点中死穴！何田田爱廖晖深入骨髓，此生注定逃脱不了了，这是宿命。而那个许元青，俗气透顶一小商人，甚至可说是小奸商，一点小心思都放在坑蒙拐骗上头了，毫无情趣可言，毫无境界可言，何田田夜夜身边躺着这么一个满身铜钿臭的俗物，与那位清风明月一般俊朗的廖晖一比较，恐怕跳楼的念头都会萌生的。但现实是无法改变的，她是许元青的老婆，许元青是她老公，她有义务要和许元青过夫妻生活，我实在无法体验那是一种怎样的折磨。铤而走险抹掉许元青，对何田田来说，这是没有选择的选择！小文青摇头道，我持保留态度。驴皮说，李建帅，你这个有慧根的人，有人文情怀的人，这次马失前蹄喽，应验了那句话，一世英明，一时糊涂哪。小护士说，我们干脆直接问景哥好了呗……

火熄灭后，天地一派漆黑。景朋远何时离去的没人晓得。刹那间，一股强大的空虚感偷袭了在座诸位的心。缓过神后，小会计说，我们去屋里问，景哥肯定还没睡的。驴皮摆手道，往事不堪回首月明中啊。这场旷世之恋，老景虽说充当的是一个冒名者，但水边走多湿鞋，人掉进炉膛里哪有不烤焦的道理哇……老景今天伤及神了，元气大伤，让他好好休息吧。

单纯的心

一

留白在小宾馆里足不出户待了两日，每天看武侠片录像带，看得头重脚轻，迷迷瞪瞪。在走廊过道上，留白碰见赵福莲和杨显微。这两人和留白不同县，隔壁县的。在餐厅吃饭时，留白和她们搭过几句话。留白了解到她俩为亲戚关系，赵福莲是杨显微嫂子。赵福莲说，我们上街，你去吗？留白说，不是说了么，尽量不要出去嘛。赵福莲说，又不是坐班房，是个活人总是要走动的啊。

赵福莲在街角电话亭给家里打电话。她手势颇丰富，边说话边舞着手，做出好些动作。她打了个越洋电话，自然是打给她老公的，她手上的动作没了，脸部的表情有变化……赵福莲对杨显微说，磁卡里还剩点钱，你打吧，出境后这卡就不能用了。杨显微说该说的话你都说了，我就算了。赵福莲把磁卡塞到留白手上说，你给家里报个平安吧。留白说到的当天他已打过电话的。赵福莲说，你这个人真古板哎，打过了就不可以打了？留白给家里打电话，没说上两句便"叮咚"一声断了线。

那之后，留白和这姑嫂俩有了交往。他们爬上小宾馆楼顶，

153

这儿有个废弃的小游泳池，杂草从破裂的瓷砖缝里顽强生长出来，有几株小草头上顶着细碎的花朵。他们坐在废游泳池的边沿，看远方的山峦，以及浮动的白云。赵福莲说，我出来前看过地图的，罗马和米兰距离不太远。留白说，那是的，毕竟是同一个国家嘛，不过，那意大利的地形，很像一只靴子哎，长度很长的。赵福莲说，罗马在中央，不远的。

熏风拂面，一时间他们沉浸于对远方未知世界的憧憬中。

留白点上一根烟。赵福莲说，你学会抽烟了？留白说，在工厂里，大家都是大老粗，不抽烟……被人瞧不起的。赵福莲点点头说，这倒也是。一会儿后，赵福莲带笑意问道，你在工厂里，是不是把什么都学会了呀？留白看了一眼赵福莲，他不晓得她指的是什么。一旁没说话的杨显微，像是明白了，她条件反射一般地迅速瞥了留白一眼，脸颊微红。

杨显微将目光停在了下头戳上来的一个树梢头上。

留白从杨显微的神态上猜出了一个大概。

赵福莲看看留白，又看看杨显微，说你们……懂我的意思了？那么留白我问你，你在老家有女朋友吗？

留白没说话，摇了摇头。

赵福莲笑着说，我们家显微人不错吧？

杨显微自然急了，她说现在是什么时候哇，扯那没用的干吗！

赵福莲道，好人有好报，一切都会顺的，留白你有没有觉得我这"福莲"的名字与佛有缘啊？

留白想了想说，是的。

154

类似的场景有过几次。应该说，赵福莲对留白是欣赏的；而杨显微，她对留白是有点喜欢的吧，至少心里头是那样的。有次赵福莲说，留白你要是待在罗马不自在什么的，你可以来米兰，有我们一碗饭吃，总不会饿着你的啦。杨显微说，我哥已经把店开起来了。

　　留白在意大利除了那位不咸不淡的远房堂亲外，别无他人可投靠。她们这般说，于留白来讲，自然是蛮暖心肠的。

　　一星期后，他们成行。

　　为什么要在这座边境小镇的小宾馆里待上个把多星期呢？原来，这偷渡团伙是有规矩的，那就是每趟必要凑齐十人以上。这里头有个经济核算问题，好理解。实际上到第四天时，人数就已经有九个了。头目不让走，说再等等。第八天上，有两位男人风尘仆仆地抵达，这样子便有十一人了。

　　负责这次带队的叫麻长平。他把大伙召集到一个房间里。普通的标间，涌入一堆人，显得十分拥挤。麻长平说，都找地方坐下，我说几点注意事项。有人掏出烟来，麻长平咳嗽一声说，烟就不要抽了。

　　房间里霎时静了下来，鸦雀无声。

　　麻长平讲那些注意事项时，留白走了神。留白主观上肯定是想要把"注意事项"项项记牢的，但他就是走神了。那当儿，他觉得自己是待在一艘船上，有种漂浮感，而四围则是一望无际的大海。

　　大家放心好了……麻长平话要讲完了，他对今天所说的话小结道，这条线路，我们放出了不晓得多少人，无法统计，没有一趟走不成功的，出去年头早的人，现在都已经在欧洲发大财了……大家晚上一定要放心落胆地睡个好觉哦，明天才有精神头的。

不能不说，麻长平的话颇鼓舞人心，让人插上了理想的翅膀。

留白躺床上，脑子一刻没停，胡思乱想。事到临头，他到底还是有些心慌了。说来也是奇怪，当他脑子里头出现赵福莲的人影时，他的心便没那么慌乱了。留白挖空心思地启动脑子，让自己的脑屏中出现一幅画面：一条悠长的林间小径，赵福莲身穿裙子，从小径那头往这头走来，十分地轻盈，老走不到头的样子……留白长舒一口气，手心上的汗干了，他渐渐入睡。

第二天醒来，留白自己问自己，为什么会是赵福莲而不是杨显微呢？留白想了想后认为，许是"福莲"这名字在起作用吧。赵福莲说得没错，"福莲"这名字与佛有缘呢，能起镇静作用。

吃早餐时，留白和赵福莲、杨显微同桌。赵福莲问，昨晚睡得好吗？留白说还行吧，后半夜睡着了。杨显微说，我们一个晚上……就没怎么睡，盼着天亮又怕天亮……赵福莲说，心里头七上八下的。

留白觉得有点不真实。他是因为"看见"赵福莲才定下神的。而赵福莲本人，却紧张得一夜没睡好。这似乎说不通嘛。

赵福莲道，留白，我是拿你当兄弟看待的，我们两个女的……路上还要你多多照顾的噢。留白觉察到，有股热流从尾骨那搭儿涌上来，直抵脑门。留白咽下一口唾液说，我尽量吧。

那是一个天高月小的夜晚。他们这拨人背着沉甸甸的双肩包，悄无声息地从小宾馆侧门鱼贯而出，上了一辆面包车。

156

向导已经在车上，此人肤色黝黑，小个子，本地少数民族。

麻长平与向导交谈过几句后，车子上路。

车子跑出小镇，沿着一条小公路开去。灯火越来越稀少，到后头就没了。

留在留白脑子里最后的一抹灯火，是在一座寺院里。寺院建在山脚，高出公路一截，庭院里的蜡烛光清晰可见。

这个印象非常深刻啊。

车子开始爬山，崎岖的山路，窄、陡、弯道多。破旧的面包车老牛拉犁般地喘着粗气，累得半死。这样子持续有一个多小时，上头天幕宽敞了——应该是到了山上的一定高度了吧。

一会儿后，车子停下，车灯立马熄灭了。麻长平压低嗓音对大家说，前头是个村子，我们不进村……向导先去看下，没什么情况就走。

向导下车没走上几步，他的人影子即被黑暗吞噬了。

几袋烟工夫后，向导如一条鱼从暗地里游回来，他打了个手势，大家依次下车，跟上他走。

向导打头，麻长平殿后，每人手执一根树枝削成的拐棍，走进树林子。这里头愈发地暗，漆黑一片，名副其实的伸手不见五指。此时走路，靠的已经不是眼睛，而是耳朵，以及其他方面的触觉。

问题是走的还不是平缓的路，而是没路的山坡什么的。而翻过山梁往下走，也不好走，有些路段，只能连滚带爬滑下去……

行程中的其他就不扯了。说两件事。第一件事是一个叫孙祖耀的男人，行走时掉到了坎下，卡在一棵树上，被向导和退伍兵出身的吴光达下去拉上，无大碍。第二件事，可说不算事儿。但留白认为这算事儿。留白他身体素质一般，平日没怎么锻炼，虽年轻，一路上还是走得蛮吃力的。爬坡时，有人揪住了他衣摆。这样子一来，留白不用说是更够呛了。

留白没有甩开那只手。那只手，下山的时候松开，上山的时候伸过来……如此反复。留白"拖重"前行，口干舌燥；而他的心头，却泛起了一阵阵漪澜。留白坚持没回头看（可能也看不清）。走在他后头的人是赵福莲和杨显微，这点明白无误。但是，究竟是哪一位揪住他的衣摆呢？

这个不算秘密的秘密，留白从未解开过。

到了一处流水淙淙的谷地，他们停歇下来。此地树木相对不稠密，能见着天空了，那饼铜钿大的月亮，洒下了一层淡薄的光。有了光，人的感知随即恢复过来，原来周围全都是虫子的唧唧声呢，风吹过树梢头的哗哗声由远至近。

那位刚才拣回小命的孙祖耀，没顾得上喘匀气，便凑到向导跟前问道，那国境线……快到了吗？没等向导回答，麻长平抢先道，早就过来了呀。孙祖耀问，那……那铁丝网呢？我们没有翻越过铁丝网啊。麻长平掏出香烟，一个个询问过去，会抽的丢一根，不会抽的接着问下一个……赵福莲说，也给我支吧。麻长平说，哦，我们南方人，会抽烟女人不多的噢。赵福莲说，压压惊呗……你说，那铁丝网是怎么回事呢？麻长平笑了，他说这崇山峻岭要都拦铁丝网，那还得了！我对你们讲哎，我们中国和缅甸关系铁，国界线很宽松的。

向导插话道，我们这儿的边民，做个小买卖或走亲访友的，相互走动方便得很。

所有人都喜出望外。一路上的辛苦，值了啊。

与此同时，那疲倦感阵阵袭来。人的精神一松懈，如堤坝溃崩了一般，浑身上下一丁点力气都没了。大家就地瘫倒，名副其实地"放心落胆"睡上了一觉。

二

就是到了缅甸这边了，他们还是不能大摇大摆行路的。他们避开城镇和乡村，仍然行走于鸟不拉屎的荒山野岭中。为什么要这样子呢？这个问题在事先，麻长平就已经讲过的。按他的说法（事实的确如此），缅甸这边治安不好，趁火打劫的散兵游勇多如蝗虫，一旦和他们遭遇上，身上携带的钱财不用说要归零了，而且男的得吃拳头，女的得遭强奸。这是一个方面。另外一个方面，来自缅甸的政府军。缅甸的政府军，如若逮到偷渡者，必定是要将之遣返，亲手移交到中国边防部队手上。此乃惯例。

麻长平喟叹道，正因为缅甸和中国关系铁，他们才会对我们狠呐！

夜幕降临，他们在一处地儿过夜。

刚卸下沉重的双肩包，麻长平便问道，你们说说看，我们为什么要选择在这儿过夜？吴光达说，这儿有水，水是生命之源呗。麻长平说，你答对了大半，还有一小半，其实也是蛮重要的部分，你们再想想……大家面面相觑。

麻长平嘿嘿一笑说，这里头是有名堂的……

留白转头寻找向导——向导在不远处砍树——留白多少有点儿讨厌麻长平卖关子。他本想直接问向导的。

留白问道，向导在干吗？有人弱智一般答道，在砍树。留白问道，树砍来干吗？另外一人答道，树砍来派用场。留白再问道，树砍来派什么用场……麻长平不禁恼羞成怒，他说留白你是不是故意打岔？太不懂规矩礼貌了吧！

好几人发出笑声。

麻长平正色道，我这是在传授知识经验，是我这些年摸爬滚打得来的，你们当儿戏……你们太好高骛远了！

麻长平一如一只青蛙般气鼓鼓的。赵福莲笑笑说，麻先生，留白只不过是个嫩头孩子呀，你跟他计较干吗。麻长平脸色好转，他说，我不会跟他计较的。

赵福莲说，麻先生，你这个问题……我刚才想了想，就是不晓得说得对不对，如果说错了，你别见笑噢。麻长平来了精神，说，你只管开口！

赵福莲说，这地方口子小里面大，应该说是既隐蔽又空旷吧，至于它的好处么，我想得还不是很清楚呢。

麻长平频频点头，他手拍大腿嚷道，福莲居士，你真是福莲居士呢……我就喜欢像你这样的聪明女人。你其实已经说得八九不离十了，说到那个点上了，我仅作补充一句，这隐蔽，是防止不可预测的意外，我们毕竟待在深山老林里是啵，又是别人的国家，不可预料的情况时有发生的……而空间宽敞，是为了防止野兽和毒蛇的侵袭了。

向导搭棚子，麻长平生火，其他人去附近溪潭洗澡。

溪潭不大，深不见底。

吴光达学麻长平腔调说，福莲居士，你真是福莲居士呢……我就喜欢像你这样的聪明女人啊。赵福莲笑着说，吴哥，我这人……是不是有点卖弄了呀，下次一定注意。有人说，你为什么叫麻长平是"麻先生"，而叫吴光达"哥"呢？这里头有没有名堂？赵福莲说，那要问吴哥了，吴哥，你是愿意我叫你先生呢，还是叫你哥？虽然月亮很小，能见度低，但谁都瞧出来了，吴光达一脸美滋滋的。

她们三个女的，是"全副武装"下的水。也就是说，她们是穿着原先身上的衣服下到溪潭水里的。现在，她们上来要换衣服了。有人便说，你们只管换呗，这黑天黑地的什么都看不见。赵福莲说，那可不行。另一人说，你们要是离开我们的视线，碰上野兽什么的，我们就没法子相救了噢。赵福莲说，不会的，你们肯定会救我们的。

三个女人往那头走了几步，站下犹豫了……那里头是个死角，可避眼目。但是，面对一派的黑洞洞，她们着实害怕了。

溪潭里的男人嘻嘻哈哈，乐不可支。就有人问道，需要站岗放哨的吗？

赵福莲道，行啊。

一溪潭的男人，除吴光达和留白外，全都举起手来，他们嚷道，请把这项光荣的任务交给我吧！

赵福莲道，你们别闹了……留白还是你过来吧。

向导搭起了两个棚子，材料为树干和一种类似于芭蕉的叶子，有模有样。棚子一大一小。向导说，男左女右，晚上方便可别走

161

错哦。

麻长平燃起了一堆火，火光飘忽，茫茫黑夜一滴红，煞是好看。

接下来，向导在火堆一侧搭起一架晾衣竿。大家把洗过的衣服一一晾上。在火光的映照下，衣服上的水蒸气一缕缕冒上来。

留白坐于火堆旁，觉得这种场景让人着迷。

麻长平携带有一只精致的紫铜水壶，一只保暖杯。麻长平道，本人没有酒瘾有茶瘾呢。麻长平吃片饼干喝口茶水，十分惬意的样子。麻长平问，你们……谁要喝茶就吭一声，我这可是上好的普洱茶哦。有人说又没有杯子。麻长平道，在这荒郊野外还穷讲究呀，本人虽然面黄肌瘦，但绝对没毛病的。有人接过杯子喝了两口，一抹嘴巴道，喝热茶和喝冷水，真是天差地别啊！麻长平脑袋朝向赵福莲问，福莲居士，你不喝几口？赵福莲说，我没喝茶习惯的。麻长平道，这你就不懂了哦，你说自己和佛有缘，我对你说，这喝茶和佛的缘分才叫深呢。

那天晚上，麻长平另有一个举止，让人觉得稍许意外。麻长平带上水壶烧水泡茶什么的，虽说名堂多了点，但尚属合情合理之范围。可他随身携带了一副三十二张的骨牌，这就有点不那么好解释了。大家吃过东西，正提了屁股要去棚子睡觉，麻长平在后头说，哪位愿意留下来吗？陪我玩把骨牌九。有人站下转身问道，你带扑克了？麻长平道，正宗的骨牌，扑克牌不行，容易作弊……我这副骨牌可是老货呢，过去大户人家玩的。麻长平边说边从双肩包里摸出一只小布口袋，将里头的骨牌和骰子一股脑倒在一张旧报纸上。麻长平道，小赌怡情哪，吃饱喝足，物质享受

162

过了，该当精神享受一下了啊。有几位敷衍道，明天吧，明天晚上一定陪你玩，今天困死了啊。

按照"路线图"，他们这拨人于第二天的傍晚即可抵达那座小村庄。在小村庄的一户人家睡上一觉，次日搭乘交通工具（先牛车，后汽车）前往仰光。到仰光后，他们将搭乘班机经由德国柏林转机，飞往匈牙利的布达佩斯（当年匈牙利为免签证国家）。有了匈牙利这块东欧跳板，那么，一切都好商量了。届时八仙过海，各显神通，各奔前程，投奔你该去的地方就得了。

事情的变故发生在第二天的中午。

经过一夜的深度睡眠后，每人的精神面貌颇好，脸色红润，神清气爽，手脚麻利。简单吃了点东西后，他们即出发了。

留白落下了几步，回头朝"露营地"张望。今天早上起来一看，昨天搭的两座棚子，别说有多好看了，绿莹莹的，棱角分明而规整，俨然如童话世界里头的一道景观。留白毕竟少见多怪，难免多看了几眼。

向导转过头催促道，跟上，天黑前要到目的地的哦。

向导是个不善言辞的人，可那天在路上，他却没少说话，人也较为活络。向导道，你们说，白米饭好吃吗？大家众口一致地说，好吃。向导道，红烧肉好吃吗？这回大家整齐划一地叫道，好吃！向导道，我们加紧赶路，早到早吃白米饭、红烧肉，大家说好不好啊？大家吼道，好！吴光达说，我当兵出身，要不我们就来部队的那套吧，唱唱歌，唱几首嘹亮军歌，保证精神抖擞，能提速前进！

麻长平道，那不合适吧。

吴光达问，有什么不合适？

麻长平不语。

向导说，主要是万一被人听见，通风报信的话……要误事。

这的确是个理由。但吴光达脸上仍显示出了不爽和不屑的表情。

再说那位向导。前面提及过，向导是个做事比话语多的人。一般情况下，他做事前不解释，默默地去做，做完事同样不多话，不喜好宣扬。但那天上午他的情形，却不大相同，他变得喜欢说话，而且是和女人搭讪。

向导落下数步，凑近三个女人问道，你们想吃水果吗？那个瘦高个儿的梁秀彩扬脸反问道，你说什么……水果？向导不无得意地说，这有什么好奇怪的呢，这林子里头，本身就是个天然果园嘛，你们说好了，是要吃甜水果还是酸水果？

三个女人如白痴一般地欢呼雀跃。

向导跑进树林子，没多大工夫即采摘来一兜野果子。野果子有好几样，大多微甜带酸或微甜带涩。有一种野果吃了满口乌牙，形同大烟鬼；有一种吃过后则"口吐鲜血"，十分骇人。

男同胞很快加入了行列，在向导的指点下，辨识野果子，狼吞虎咽吃野果子。树林子里头充盈着不尽的欢声笑语。

当事情发生之后，留白脑子里头常会回忆起这一幕。

留白没法子弄明白这些事情之间是否存在因果关联，或者冥冥之中，是否当真有个什么物什在掌控芸芸众生？但诡异的气息肯定是有的，看不见摸不着，它弥漫于空气之中。

接近中午时分，他们遇到了一条溪流。对于溪流的出现，向导自然无一点意外了。向导曾说过，这条线路他跑了不下五十趟。对于这一带地形，他早已烂熟于心，哪儿有条沟壑，哪儿有道溪流，以及方方面面的地貌概况，他均胸有成竹。然而今天，老革命碰到了新问题，这溪流膨胀了，水的流量增大了……许是前几日这带下过暴雨的缘故罢。

大家还是累了，一见眼前横着一道无法跨越的溪流，索性一屁股打在地上，七嘴八舌说到吃饭时辰了，吃点东西再作计较吧。向导恢复常态，他闷声不响地往溪流的上游走去，山势陡峭，但见他猿猴样地攀爬了上去。没多大工夫——也不晓得他是怎么下来的——向导走到了大家跟前。向导说，我再去那头看看。

向导回来说，底下有段树木横在溪道上，可以过人。大家抬起屁股跟随向导往底下走。到了那里，大家看见有截七八米长度的树木卡在溪流乱石堆里。有人不无担心道，那木头一半在水里，水流这么急，怎么过得去噢？向导照样没开腔，他三下五除二下到了坎下。

向导踩在那截木头上试了试说，不会滑动，我先过。说着向导身轻如燕，蜻蜓点水一般地就过去了。向导在溪流那边道，没事，一个一个来吧。

溪流这边，一堆人你看看我、我看看你，迟疑不决。底下的那截木头，因卡在岩石缝里，牢固应当是不成问题的。但至少有一半木头吧，是戳在水下面的，水流湍急，浪花翻滚，令人眩目。

片刻后，吴光达一拍胸膛嚷道，让我做第一个吃螃蟹的人吧，谁叫老叔公是当兵人出身呢！吴光达"胚架"大个，他铁塔一样地往前移动，顺利过去了。

这个头一开，便有人接着跟上了。

向导对每个过"独木桥"的提醒道，朝前方看，别看底下。

杨显微小腿肚子发抖，一脸冷汗——这样子就出事了。如同慢镜头似的，随着杨显微的一声尖叫，她的身子缓慢地倒向了水里——眨眼间——她即被白花花的水流给覆盖了。

大家不约而同地"啊"了一声，倒吸了一口冷气。

赵福莲身子一软，瘫倒在地。

留白当时脑子尚算清醒，他拔腿就往下头跑，跑出十多米吧，他看见了杨显微的头发在水面上半浮半沉……这儿的水势没那么凶猛了……留白拢嘴大声喊道，显微，有根树根，就在你前面一点点，你抓住它……杨显微死命一蹬，仰起脸，眼睛仍紧闭，嘴巴似乎仍在"咕咚"吞水。她无意识地张牙舞爪……倒是让她阴差阳错地抓住那根裸露在外的树根了。

眼前的难处是那地方下不去，是处峭壁。向导跑过来看上一眼，说得从上头下去。向导边往上头跑边脱去衣裤，动作紧凑麻利。向导从那截木头的位置下去（仅那儿有个缺口），蹚入水中。向导一下水，大家几乎同时松了口气。

三

向导入水时，但见他嘴巴咧了一下，而后打了个趔趄。向导说，吃岩刀了。所谓"岩刀"，指的是锋利的石头，向导的脚怕是踩到锋利的石头上了。麻长平赶忙问道，要紧吗？向导朝岸上的人笑笑，没有作答，但似乎又回答了一切。留白凭空就看见了

166

一丝丝红色液体随了水流往下游飘去……不过，他当即便想到了，水流如此奔腾不息，水量如此充沛，难道能看得见血吗？

留白跑回原处，见杨显微仍然老样子，死死抓住救命树根，身子漂浮于水面，略有下沉样子。留白凑近瘫倒在地的赵福莲耳旁说道，没事了，向导马上会过来救显微。

当时，留白可说是目不错珠地盯在杨显微身上。故而，对于向导是怎么"消失"掉的，他一无所知，一头雾水。

大概有个一两分钟吧，有人突然嚷道，向导人不见了！留白抬起脸，眼睛往溪流上扫，溪流上当真空空如也，除了翻滚的水浪还是翻滚的水浪。

片刻沉默过后，麻长平问道，向导人呢？

吴光达用见多识广的口吻答道，玩了呗。

麻长平将信将疑语气问道，玩什么？

吴光达道，捞鱼呗，说不定我们中饭就有鱼汤喝了哈。

足足十分钟过去，向导连个人影子都没有。赵福莲再次瘫倒，她这次是软绵绵地跪在了地上。赵福莲说，求求你们了……救救我妹妹啊……赵福莲那双哀伤的眼睛从每个人的脸面上带过。留白脊背发凉，他认定赵福莲的眼睛在他脸上停顿了一下。

留白事后想，自己当时是从哪儿来的勇气和胆量啊！留白是个胆小如鼠的人。但另一方面，他的性情中又有一种可说"浑然天成"的东西。或许，正是他身上的这种说不清道不明的东西，使得他站出来的吧。

留白说，莲姐，我去。

留白迈着坚定的步伐，走向那个缺口处。留白一点没慌乱，

167

他有条不紊地脱下衣服和裤子，并褪下了手腕上的手表。留白没有如向导那样蹚入水中，而是直接扑了进去。借着水流的冲力，没两下子，留白即到了杨显微身旁。

留白镇定自若，他试着拿脚尖踮了一下，居然水只到齐胸深。留白托住杨显微，用一只手使劲划水，两人鸭子一样移动。压根儿谈不上有何惊心动魄，连让岸上的人吊一吊心都没有——他们轻轻松松地上来了。

大家的心情依然是压抑的。但到底杨显微上了岸，人们的脸面柔和了许多。赵福莲和杨显微紧紧地搂抱作一团。杨显微抽泣；赵福莲笑一声哭一声，一惊一乍。

吴光达拍拍留白肩膀道，你小子看不出来嘛。

有人接腔道，这叫真人不露相哦。

麻长平哭丧着脸从那头走过来，他说这下可以肯定了，外头那里……是断崖，有支瀑布……向导他太麻痹大意了啊。

向导这个"大山之子"，没料想竟在小水沟里翻了船。

孙祖耀讲了句良心话，他说向导好人哪，默默做事，走前还教了我们怎样认野果呢。

有人轻飘飘道，认识野果用处不大吧，这辈子谁还再来这深山老林哇。

麻长平道，话不要说满了……有些事可不好说的哦。

吴光达道，我提个建议，我们全体对向导默哀三分钟吧。

大家自觉地站到溪道旁，列成横队，垂下头颅静默。

留白的担心成了事实。虽说，那层纸仍未捅破，麻长平也强撑在那里，该干吗干吗的，担负起了领队和向导的双重责任。但事实摆在那里，当天晚上他们没能抵达那座村庄。

在一处"符合露宿条件"的地儿，麻长平道，我们在这儿过夜吧。

说来也怪，一路过来，竟没人问过麻长平认不认得路。这或许是出于两种原因，一种是对麻长平的信赖，麻长平不是隔三岔五带人过来的么，他理应认得路的，就没必要多问了；另外一种，是已经明白麻长平不认得路的。但是，在这叫天天不应、叫地地不灵的深山老林，麻长平可说是他们唯一的依靠——哪怕他并不靠谱——可总比完全"见底"强吧。既然心里还抱有那么一丝丝不成希望的希望，那就让这一丝"希望"存活下去吧。

现在，他们要在这儿过夜了——而不是在那个有"白米饭、红烧肉"吃的村庄里——终于有人忍不住问麻长平道，我们今天，有没有走冤枉路啊？麻长平道，是走冤枉路了，本来翻过那边那座山是对的……没事，多待一天就多待一天呗。

棚子是没人搭了。麻长平照样生起一堆火，泡茶喝。

有两人不晓得是出于何种心态（是讨好麻长平?），提头道，麻长平，你不是带骨牌了么，玩儿盘呗。

麻长平道，也是，山里夜头长，玩儿盘就玩儿盘啦。

留白和其他人正要离去找地儿躺下，那两人中的一位把他叫住，说留白你凑个脚吧。麻长平说他小年轻，就别叫他了吧，可以空一门的嘛。那人道，空门没人抓牌玩不爽的。

玩骨牌九，留白并不陌生，甚至可以说他还有点小贪头的呢。留白在工厂里，抽烟喝酒学会了，骨牌九也学会了。他们工友之间赌的是饭菜票，赢了端两碗肉吃，满嘴油腻腻的；输了买两毛钱小白菜下饭，清汤寡水的。

麻长平舞着手再三强调，我们娱乐、娱乐，消磨时间为主，不要押大了哦。然而赌博这等事儿，是不太好控制的。尤其是输的一方，脑子里头顽固不化地想着要翻本，不知不觉中，就渐渐押得大了。

自然是庄家麻长平赢了。

留白输最少，一张百元美钞没了。留白肯定非有钱的主了，他身上共有三百美金，是凭护照去银行兑换来带在身边以应急用的。现在其中的一张被麻长平收入囊中了。

留白仰天躺在草堆上，无比沮丧。

第三天上，有人所带干粮吃完了。他们开始采摘野果充饥。

而他们仍在山上打转。每一座山皆大同小异，巍巍然庞然大物，森森然树木茂盛，要翻越过去需花九牛二虎之力。翻越过来了，眼前横亘着的还是一模一样的大山。在高处放眼望去，大山波浪般起伏，连绵不绝。此等情形，叫人绝望！

第四天上，赵福莲她们没吃的东西了。赵福莲和杨显微，均为弱女子，背不动，双肩包里塞的食物比较少。好在她们吃的也少，才坚持到了第四天。

杨显微自从那天落水受惊吓后，一直病恹恹的，有气没力。赵福莲愁眉苦脸，她对留白说，显微身体虚弱，如再没东西吃的话，怎么得了噢。留白背包里剩下最后一筒月饼，他拿出两只，赵福莲伸手接时，他却将左手的八只递给了她。

第五天上，几乎所有人都"弹尽粮绝"了。

这天午后，他们翻越过一座山，没走上几步——看见对面半山腰处有幢黑乎乎的屋子！大家如同打了鸡血针似的兴奋不已，一张张缺少血色的脸上泛起了红光。

花了两个来小时，他们抵达那幢屋子。

毕竟是人间烟火的地儿啊！那流水声听来是柔和的、亲切的；鸟语之啁啾，清丽、清新，带有一股淡淡的暖意。山上树木密集，但那都是疯长的野木，让人望而生畏——而这儿的庭院里，长着两株分明为人类所种植的板栗树（可惜树上没栗子）。这样子一副格局，其居家的气息无疑是浓郁的了。

可屋前屋后没见人影。没人不打紧，有吃的东西就行，但吃的东西也没有。他们急不可待地搜遍了屋子每个角落，连灶前的灰烬都翻了一遍，弄得满屋子尘土飞扬……到头来，竟没寻到一粒粮食。

这户山民搬迁时，把所有吃的东西都带走了。

附近有开垦出来的山地，杂草已齐腰深了。大家一窝蜂地跑过去。他们拿脚猛踩一气杂乱无章的野草，在坚硬如铁的地皮上用手刨、用木棍撬或抄起其他什么物什，寻找落在地里的一切能填肚子的东西，收获甚微。吴光达将一颗业已长芽、发绿的小土豆丢进嘴巴里，咂嘴道，这是大猫（老虎）吃只蝴蝶呢。

晚上，大家住在屋子里。留白另辟蹊径，睡在屋子边上的棚屋里。这座由茅草搭建的棚屋，先前想必是关畜生的吧，有股淡淡的牛粪气味。在那个时辰里，留白竟觉得连牛粪的气味都是好闻的，好像与粮食也有搭边似的。

棚屋已坍塌大半。留白缩于靠岩墙的一侧，上头的茅草刚好可将身子覆盖住，不用吃露水。

说来真是造化呢。留白夜半翻身放屁时，被一个物什硌了一下……他自然就处于半睡半醒状态了。半睡半醒的留白受本能驱使，心里想：要是个吃的东西那该多好哇！于是，他顺手一摸，摸到了个扁圆家伙。留白猛地一激灵，弹簧一样地弹了起来。

还真天上掉馅饼啊！

留白双手捧起那只沉甸甸的金瓜（南瓜），浑身筛糠一般抖个不停。这只金瓜的瓜蒂上，尚连着枯萎的瓜藤。按推测，山民在棚屋旁边栽种了金瓜秧，瓜藤爬上棚屋屋顶，昂首怒放金黄花朵，结果累累。山民搬迁走时，这只金瓜要么还未生成，要么顶多拳头般大小，被忽略掉了。金瓜越长越大，压垮了棚屋（也许没那么厉害吧），落在了棚屋里头。这只金瓜皮相完好，没有破损，没有腐烂。这许是金瓜刚好掉落在草堆上，再加上没有风吹雨打的缘故吧。

留白饥不择食，他捧着金瓜二话不说即啃吃起来。金瓜里头那些丝丝缕缕叫瓤子什么的物什，连同金瓜籽，留白全没吐出来，一股脑地吞进肚子里去了。留白心想，这叫吃蛇不吐骨，彻底干净呢。

吃了一半光景，留白喉咙突然被东西卡住了似的，不蠕动了。留白的眼前走出两个人影儿——不用说，这两人便是赵福莲和杨显微了。

留白放下剩余的一半金瓜，拿袖口抹了一把嘴巴。留白从棚屋出来，睁大眼珠朝远方眺望，以为能寻找到天边的朝阳冒顶，屁都没有。这时他才想起抬腕瞧夜光表，早嘞。

早上，大家陆续爬起，几乎都挂着张苦瓜脸。麻长平来回走动几步，他显然在搜肠刮肚寻找词儿。麻长平道，我已经把话对大家讲明了，讲清楚了，我们目前……迷路了……我们待在原地不动是个死，走也是死……但走的话，那死的比例要小，活的比例相对就大了，世间的事情说不定的，古人还说嘛，柳暗花明又一村，对了，只要碰到有烟火的村子，我们就可以吃饱饭，吃饱饭不就有办法了么。

有人说，主要是走不动了呀。

另一人说，我两天只吃几颗野果，肚皮贴到后背上了……实在是没一点力气了啊。

麻长平道，要不这样吧，今天我们集体行动，能走多少算多少，我是这样子想的，既然这里有幢屋子，总不是孤立的吧，不可能一户人家单独住这儿的吧，说不定旁近就有其他屋子的……要是运气不好，今天没碰到人，明天、明天我们另作安排，分头出去找，走不动的人留在大本营，那样成功的概率要大一些，你们认为这样子行吗？

有几人说也只能这样了啊。

麻长平发觉在场的人少了，便问道，那赵福莲姑嫂，还有那个留白，人在哪里？

留白和赵福莲姑嫂，躲在附近的一片树林子里头吃金瓜。严格来讲，是赵福莲和杨显微在吃，留白望风，留意着屋子这边是否有人过来。

一大早，太阳刚露出一层橘子皮样的光芒，留白便去找她们了。赵福莲坐在山民丢弃的一只三条腿凳子上梳头，练瑜伽似的姿势。杨显微躺在乱草堆上，面色苍白，发丝枯黄。留白低声说，我在左边树林等你们，有吃的东西。

留白将半只金瓜掰作了数块。赵福莲和杨显微过来，一看是生金瓜，有点儿失望。赵福莲道，这金瓜不烧熟，怎么吃噢。留白道，保命要紧，金瓜营养好着呢，快吃吧。赵福莲道，我晓得留白你是一番好心，是从口嘴里省下给我们吃的……赵福莲边说边拿起一块金瓜咬上一小口，说甜丝丝的，蛮好吃。杨显微拿过来吃，吃得津津有味。杨显微吃了金瓜后，面色渐渐发红，眼珠子灵活了不少，不再是白的多黑的少了。

四

这第六天的行程，毫无名堂可言。不过话又说回来，像他们这拨饿着肚皮——早先又没经过"野外生存"训练的人——拖泥带水的能走出几步路呢？范围相当有限。既然身在弹丸之地，那奇迹自然也就不可能发生了。

对赵福莲和杨显微来说，她们在今天的路上，还听了一箩筐闲言碎语，受了半肚子的气。

孙祖耀饿得差不多只剩半条命了，但他的嘴巴还是没空闲，不饶人。孙祖耀道，有些人……就是害人精，碰到这号人，不晦气也得晦气。

孙祖耀一提头，便有人接嘴道，是啊，我们今天落到这步田地，生死未卜，不是我们自己前世作孽的结果，而是人家作孽连带上我们了啊。

孙祖耀挑明道，要是向导他不被人拖下水丢了命……我们早

174

已乘上飞机了，就是还没上机，人也早在仰光小酒咪咪了。

杨显微气得脸色铁青，要哭的样子。

赵福莲低声对她说，别理他们。

这话被孙祖耀听见了。孙祖耀道，是啊，不理睬最大是哦，连声道歉都没有，这做人做得太自私了吧，太没道德品质了吧。我把话讲明哦，我就是做鬼……也要拖个人垫棺材的！

赵福莲脱口道，你们不能……怪我们头上的，谁诅咒人谁不得好报！

这时，那位从未见他说过什么话的周鹏开腔了，他说情况已经是这么个情况了，让人发下牢骚也没什么不可以吧。

本来，留白他想帮腔赵福莲几句的，他嘴拙，一时还没想出妥当词儿，不晓得怎么说好。现在周鹏开口说了话，事情便有所不同了。

说句实话，在这拨人中，如果说有让留白畏惧的人的话，那么，此人非周鹏莫属了。

周鹏不苟言笑，面无表情。而且，他并非浙南一带人氏，属"外省人"。浙南一带往往把所有外地人统称为"外省人"，这里头包含了生疏、冷漠和无从捉摸的意味。

不过在这里，事情并没有那么糟糕。周鹏是和吴光达一块儿来的——他俩也就是最后那天抵达的那两个男人。吴光达为浙南人氏，这就有了某种关联了。

在这里，有关麻长平的"牌局"，也得拿出来说说。

留白本人，自那天输了一百美金后，他就不敢再碰了。况且，当有人叫留白凑个脚时，麻长平也会说，别叫他了，嫩头孩子输

175

了要跳崖的。

留白没参赌，大致情况他还是晓得一二的。麻长平这个坐庄的，赢为大面，输时输不多，赢时赢大把。参赌的人常有换动，今天这几位，明天那几位，反正夜夜都能凑齐的。谁输谁赢，第二天看脸色最清楚，一目了然。脸色灰暗，昨晚必定输了；脸色泛光或故作常态状的，不是赢了就是本保牢了。有句话是这么说的，打赌没输就算赢了。因为，免费让你娱乐了呗。故此，能够保本并非易事啊。

到了第十一天上，参赌者脖子上挂的，手上戴的金器、手表之类，以及内兜里头的外币等等，差不多全数归到了麻长平手中。

"牌局"自然而然地告一段落。

这桩事儿出奇不出奇？肯定出奇啦。但晓得这里头的田螺内底弯后，又不足为怪了。原来，麻长平是用食物来引诱他人参赌的。据说，麻长平的双肩包里，码实了压缩饼干。参与"牌局"的人，可以分到几片压缩饼干吃。在饥饿的日子里，所谓金器、纸币什么的，乃身外之物也，压缩饼干才是硬道理啊。

有关"吃"的问题，这里头有个秘密，留白一直蒙在鼓里（后来他知晓了）。麻长平用压缩饼干引诱他人打赌，参与打赌的人有压缩饼干吃，这点留白是晓得的。留白当时不晓得的是，那些没有参与打赌的人，他们同样也从麻长平那里得到压缩饼干了。没有参与赌博的人，除三个女的，另有吴光达和周鹏。麻长平分别给他们压缩饼干，说饼干不多，没法子都给，就不要对别人说了哦。

吃到饼干的人，除非脑子进水了才会对人讲呢。故此，他们人人都做到了守口如瓶。

唯一没有压缩饼干吃的人，只有留白一个人。留白事后分析，这大概与他曾经赌过后来又没赌的情况有关吧。因为具备这种"特殊情况"的，只有他一人。

好在天无绝人之路。在那几天，留白打死了一条蛇——足有四斤多净肉呢。

那天，三个女的踅入一处树林子小解。留白照例"站岗放哨"。突然，三个女的提着裤子没命地逃出来，嘴上嚷道，蛇、蛇……留白一听到"蛇"这个词儿，心花怒放！在饥肠辘辘的当口，"蛇"简直就美味佳肴的代名词啊。

对于打蛇，留白是有点小经验的。他当年在工厂下乡修机器时，田头地角常碰到蛇。而每次碰到蛇，留白犹如一只好斗的小公鸡，羽毛竖起，精神焕发。留白手执柔韧适度的树枝条，穷追不舍，非把碰见的蛇打死不可。打蛇的技巧，叫打蛇打七寸，其实也就是蛇脖子那搭儿。只要拿树枝条在那儿轻轻一抽，蛇即动弹不了了。

剥蛇皮的程序是，先将蛇头钉在木板上，再拿刀子围绕蛇脖子划上一圈，然后就可以把蛇皮利索地拉下了。褪了皮的蛇特别干净，泛着青白色的幽光，只有一溜肠子什么的，用手指一撮，即拿下了。里头的蛇胆，可不能丢哦。据说蛇胆具有"清火明目"之功效，故而留白每回都将蛇胆和白酒混合了生吞下去（白酒消毒，可杀死寄生虫）。

蛇肉的美味，妙不可言。

人家是怎么做蛇肉的就不去管了。留白的方法是将剁成一段段的蛇肉放清水里煮，搁生姜、大蒜，同时放上一把米。搁生姜、大蒜为去腥，好理解，但放一把米是什么意思呢？原来，这放米是测试蛇肉是否有毒的土方法呢。煮烂的米如变黑了，那就说明这蛇肉是有毒的，不能吃。

煮蛇肉的那锅汤奶油似的，稠糊，相当地鲜美，据说对皮肤大有裨益——那就先喝上一碗呗。煮熟的蛇肉拿来炒，爆炒几分钟，而后浇上酱油、黄酒，以及放少量的糖，盖上锅盖文火焖透。香气飘溢出来，挡都挡不住，冲出屋外，街坊邻居啧啧称奇，纷纷高声问道，这户人家烧什么好吃的哇，这么香，香死了！

那天的情形，自然天差地别了。留白将蛇切成几大段，拿树枝戳住放火上烤，连盐都没一粒。但那个香气仍然不得了，是一股子的焦香味，直扑鼻腔，经久不散。

三个女人一直没走，她们饶有兴致地看着留白忙活。留白将烤熟的蛇肉递给赵福莲，赵福莲含笑摇摇头；留白递给杨显微，杨显微摆手说我不想吃；留白递给梁秀彩，梁秀彩头摇得拨浪鼓似的说我不敢吃。现在看来，留白实在是个大笨蛋呢，简直傻透了！他当时怎么就没多打几个问号呀？要是她们饿着肚子，面对这香喷喷的蛇肉，能装矜持么？能假斯文么？原来她们是吃过耐饿、管用的压缩饼干的啊。

第十二天，他们终于见到了人烟——一个只有三户人家的小村子。

麻长平说，今天我做东请客，请大家饱餐一顿……不容易啊这段日子，居然没饿死一个人……真的是一个生命的奇迹啊！

麻长平拿赢来的一件皮袄和山民交换吃的。麻长平会这边的

178

话，交流不成问题。山民摇头道，这儿天气热，这衣服不能穿的。麻长平道，这皮袄是小羊羔的皮做的，又轻又软又暖和，可值钱了……另一个山民将皮袄拿过去穿在身上，一会儿便热得面红耳胀，额门汗星子点点。他说太热了、太热了，气都出不来，不能穿。麻长平说，这么薄的衣服这么热，说明这皮袄保暖性好呀，我对你们说，这皮袄你们穿可惜了，这山里头穿给谁看哇……赶集时，你们把这皮袄拿到集市去卖，保证能卖个好价钱，我不瞒你们说，这皮袄值一头牛的价呢！

值一头牛？三个当家的男山民眼珠子滴溜溜地转开了。

山民焖一大镬米饭，煮烂一只从盐缸里捞出的野猪头，附带四只野猪蹄。野猪头和野猪蹄子的毛没刮干净，黑不溜秋的。但那顿饭，还是吃得热火朝天。不论男女，嘴角全都淌油，喉管快速上下蹿动，为肚子里头的胃囊源源不断地输送原材料……那个赌输皮袄的家伙，吃噎住了，只有出的气没有进的气。麻长平拍他后背，使他缓过气来。麻长平道，你那天把皮袄押上，我就不要嘛，在这热带背着一件皮袄，还不是神经病啊……没料到今天派上用场了。那家伙道，我这皮袄……值三千、三千人民币呢，我老婆买给我带到……带到欧洲穿、穿的啊……大家吃得肚子鼓圆圆的，有了精气神——他们发出潮水一般洪亮的大笑声。

本来，麻长平和那三个山民商定妥的，麻长平给他们一块手表（照样是打赌的战利品啦），他们负责把大家带到通公路的地方。到了夜里，那三人来找麻长平，说手表不要了。其中一个说，我们山里头有的是时间，用不着手表来细算的。麻长平用三寸不烂之舌，又说了一通把手表拿集市卖的话，说这手表值两头牛呢。

但这回失效了，三个山民脑袋摇得拨浪鼓似的，非常坚决地说，手表我们不要。

麻长平抓了两下头皮，问道，那你们想要什么呢？说来听听。

三个山民互相看了一眼，紫黑脸膛难能可贵地现出一丝害羞样子。其中一个说，我们……我们想尝个鲜么，这么鲜嫩的女人三生三世没见过的……就是、就是想和她们睡上一觉嘛。

麻长平以为自己耳朵听错了，他问道，你是说……你们想和那三个女人睡一块儿？三个男人鸡啄米般点头道，是啊、是啊。

麻长平修养颇高，倒是不恼不怒，他笑着问道，你们老婆都在……这怎么可以啊？

一个男人说，我们老婆没事的，她们不管的。另一个插嘴道，她们要敢管，那还不把她揍扁！

麻长平到底不爽了，他斩钉截铁道，这是不可能的！

三个男人又相互看了一眼，其中那个眉毛浓黑的说，那我们不带路了，我们不带路，你们走不出去，在山里被野兽吃掉。

第二天麻长平叫他们做饭，他们装聋作哑。三个男人，一个抬头看天，嘴上叽里咕噜的，大概是说天要下雨或天要出太阳的意思吧；一个把自家的老婆孩子往家赶，同样嘴上叽里咕噜的；一个赶羊，没说话。麻长平见状，摇头叹气，他不得已从兜里摸出一枚金戒指。麻长平搭住那个赶羊男人的肩膀，捞起他那只板刷样的手，硬是将金戒指套进了他胡萝卜般粗细的手指头上。恰好一小片阳光打过来，金戒指闪闪发光，耀眼得很……赶羊男人的胳膊一如注了铅，沉甸甸的。他的胳膊不胜重负无力垂下后，紧接着，他又拼出吃奶的气力将之抬起来。黄金的光芒可真称得上万丈光芒啊——瞬间，这个三户人家的小村子如同扯过了一块火烧云——遍地金黄色。

山民照样烧了一大镬白米饭。与昨日不同的是，今天他们杀了一只羊，是由那个赶羊男人掌刀宰的。

麻长平重重地吐出一口气，显得十分吃力。他懒洋洋地问大家，我麻某人……做人做到这份上，应该说对得起大家了吧？有几人竖起大拇指道，麻长平好人哪，够仗义！麻长平接着道，这两天，我们把肚子吃饱，把油水添足，把身体养好……接下来，还得我们自己找门路啊。

昨天，当大家听说山民愿意带路，心情别提有多欢快了！当时麻长平道，山民说了，从这里到通路的村子，顶多一天半时间就能到，我们……就要熬出头了。

可是到了昨天夜晚，情况来了个一百八十度大转变。

当时三个山民离开后，麻长平即把事情一五一十对大家说了。没等大家议论开来，麻长平便咬紧牙关道，这怎么可以呢，三个女同胞虽说和我非亲非故，但我既然来带这个队，我就要负责到底的，再说了，大家乡里乡亲的，如果发生这种事，叫我以后回去哪有脸面见人呐……所以我一口回绝了，根本没有商量余地的！

当天晚上，发生了一场肉搏战。

应该说，从一开始麻长平他就已做了预防措施的。到的那天，麻长平即对山民提出，叫他们腾出一幢房子让他们住——不与他们住一块儿。山民同意。这幢房子楼上，一大半堆放杂物、木柴及农具，还有两具白木棺材；另一小半，是为粮仓。麻长平安排

181

三个女的睡楼上粮仓背。三个女的上楼看见两具白森森木棺材，吓得失声尖叫。麻长平道，棺材是木头做的，难道你们害怕木头？梁秀彩说，可……它是棺材呀。麻长平道，将就一下，我们男的睡楼下，楼上安全。

没想到的是，那三个狗急跳墙的男人，在夜幕的掩蔽下，搬来一架梯子，从外墙爬上来，通过窗口进到了楼上。

三个女的一字排开睡在粮仓背上，身上盖着自己的衣物。夜阑人静时分，她们睡得正香甜。三个男人依次站在三个女人跟前。夜色漆黑，他们看不见她们的脸部细节，只能辨识出一个轮廓，但这已经足够了。况且，这些女人身上的香气、肉味，都是他们老婆身上所绝对没有的——肉香扑鼻啊。

三个男人真是陶醉了，迟迟没有落手，他们忘乎所以……这时，其中一个女人翻了个身，含糊不清地说了几句梦话，把三个男人吓了一大跳，同时也给他们提了个醒，时不我待该动手了。

他们事先商量过的，同时出手，拿破布塞入对方口中，再扭转双手，用绳子给绑上；双手绑上后再绑双脚，这样就成一条冬瓜了，可以任意、尽情享受了。

然而，他们还是失算了、失手了。那塞入布团、扭住双手，包括绑上双手，都是可以一气呵成的，但绑上双脚的活儿，就没法子连贯了……三个女人不用说拼了老命挣扎了，两只脚乱踢乱蹬，弄得粮仓板咚咚响。

楼下的男人听到响声，接二连三地坐了起来。麻长平最先反应过来，他说不好，楼上出状况了！留白年纪轻，睡得最沉，醒过来也最晚，但他一根筋，一听麻长平说楼上出事了，他立马利箭一般地射出去，第一个跑上了楼梯。

楼上三个男人并没乱套，他们实施第二套方案，由一人拿把砍刀守住楼梯口，另两人该干吗干吗的。

穿条三角裤头的留白勇往直前，压根儿没在乎暗地里有道咄咄逼人的寒光。正当那道"寒光"劈将下来时，留白被身后的麻长平扯住了小腿肚子，随即他顺着楼梯滚落到了地面上。

跌落时，留白的脑袋碰到了楼梯旁，砸出了一个大包，眼前五角星直冒。留白一点力气没有，试了几回都没法从地上爬起。陆续有人跑上楼去，楼上的打斗声此起彼伏，后来听到有人从楼上窗台往下跳……留白只能干着急。

五

这次"肉搏战"，其他人安然无恙，但麻长平伤得不轻。麻长平倒不是被砍刀砍伤的，而是被棍子打的。据麻长平说，那家伙刀砍向留白时，他赶忙把留白拉下来了，与此同时，趁那家伙还没收回刀，重心不稳，他趁机一闪身子上去了，等到那家伙转过身来，他踹出了"飞毛腿"一般富有力度的一腿，致使那家伙当场在楼板上打滚。麻长平随手拣起那把三尺见长的大刀，此时其他人蜂拥而上，人多势众，三个小个子男人就根本不在话下了。

那你身上的伤……是怎么回事啊？

孙祖耀当时有意拖延时间，故等到他跑到楼上时，楼上的打斗已经结束了。但他又是个好奇心十足的人。

麻长平似乎是进入了某个角色，他不无伤感地说，这些……

还是值的啊。

坐留白身边的人当时在场，他对留白低声道，麻长平给她们女的解绳子，好像是给赵福莲解的时候吧，被躲在暗地里的山民暗算了，他用棍子砸中了麻长平背部……当时光线很暗，什么都看不见，但麻长平倒地的声音，我真真切切听到了，很重，像是一段木头倒下来一样。

麻长平要站起时，突然一屁股打在了坐着的椅子上，痛得龇牙咧嘴。麻长平自言自语道，这下子怕是完蛋了，没法子站起来了……坐留白身旁那人站起走过去说，不会吧，那楼梯不是你自己走下来的么。麻长平道，此一时彼一时呗，那时我能倒下吗……这一放松……我真的很痛哎，我是不怕痛的人，可能伤筋动骨了啊。

早上的时候，孙祖耀出去转了一圈，他回来说没看见那三个男人。坐在椅子上的麻长平说，这是意料中的事情。有人问道，怎么说？麻长平道，搬救兵去了呗，他们吃了这个亏，又是在他们的地盘上，肯定不会罢休了。孙祖耀急红了脸，忙问道，那怎么办？我们就这样……坐以待毙？麻长平道，不急的，这崇山峻岭方圆百把里没人烟，就算他们搬来救兵，也是明天的事儿了。

他们自己动手，取出粮仓里的米，焖了一大镬饭。那些羊，不晓得被山民赶到哪个山旮旯里藏起来了，四处跑动的鸡也没了踪影。有几个闯入另外两幢屋子，里头的女人和小孩，一如林中受惊的小鹿，眼中流露出不尽的惶恐，要多可怜就有多可怜。是啊，他们的父亲或者说她们的老公作孽，但他们是无辜的呀。这几人动了恻隐之心，从屋里退了出来。

好在灶头有油和盐。油为植物油，盐为大粒岩盐。油炒盐下饭也不赖，又咸又香。男人吃了三碗饭，女人吃了两碗饭。饭毕，他们将粮仓里的所有粮食全数装进了双肩包里。而后，就得考虑离开这处是非之地了。

赵福莲一直待在麻长平身旁，给他盛饭，陪他说话。赵福莲问道，麻先生，你、自己能走吗？麻长平没接她的话，对他人交代道，把镬带上哦，烧饭时用得着。有人将那口铁镬搬到外头洗刷，装入一只漏洞的玻璃纤维编织袋里。

一切停当后，麻长平试着站起，他身子摇晃得厉害，额头出汗。麻长平的下巴骨，长得本就如列宁的下巴骨那般往外突出，此时益发显得坚毅无比了。麻长平道，我一生做硬人，最反感被人照顾了……那样子成为一个废物，生不如死啊……未等麻长平话说落句，即身子一软，差点跌倒。赵福莲眼明手快，一把抱住了麻长平。麻长平仰天长啸，露出一缕无奈的苦笑。

好几人动手，砍树的砍树，割藤条的割藤条，一番折腾后，他们扎成了一副担架。麻长平痛苦万分地躺在担架上，他说，如抬不动，就把我扔下好了……赵福莲宽慰他道，抬不动可以轮着抬的呀。麻长平眼角挂下数滴泪水，他趁人没注意擦拭掉了。

第一轮抬担架者为留白和孙祖耀。留白是出于感恩，他心想如若没有麻长平在千钧一发之际的那用力一拉，他恐怕早就脑袋开花脑仁涂地了呀，哪还有人在这儿抬担架噢。因此，留白以为麻长平的没法直腰行走，需要躺担架上让人抬，说不定是上苍有意安排的呢，好让他留白知恩图报啊。自私自利透顶的孙祖耀，他又是缘于何故要争抢当首轮的抬担架者呢？这其中自是有原因的。孙祖耀他是对麻长平佩服了，不是一般地佩服，而是五体投地地佩服。麻长平凭着赤手空拳，却战胜了手举大刀的对手，胆识过人，武功不用说超群了。还有，为了保护同行的三个女同胞，他义正辞严拒绝了山民"癞蛤蟆想吃天鹅肉"的滑稽要求；当三个女同胞面临被强暴的险要时刻，麻长平临危不惧、挺身而出地赶跑了那几个獐头鼠目之辈，致使他们跳窗落荒而逃。故而，麻长平在孙祖耀心目中俨然已是一个行走于江湖的佩剑大侠了。可以这么说吧，经过那件事后，在这拨人中和孙祖耀持同一想法的人，另外还有几个。

傍晚时分，残阳如血。而此时，他们刚好行走于一处岩石居多的贫瘠山地上。贫瘠山地寸草不生，那是言过其实了，但高大一点的树木一棵没有，这是千真万确的。如血的残阳照耀在这拨人身上，照耀在裸露的乱石堆和低矮的灌木丛上，天地间呈现出了一派恢宏和悲凉相交织的气氛。

麻长平道，停下歇下力吧。

麻长平试着撑起身子，但仍不成，他脸形扭曲，嘴巴的两角咧到了耳根那搭儿。赵福莲道，你就好生躺着吧，你说，我们晚上在哪儿过夜啊？

好几人围拢过来。孙祖耀道，此情此景，让我想到了一个画面。有人问道，什么画面？说来听听。孙祖耀抬头看残阳，低头看麻长平那张痛苦不堪的瘦脸，他音色颇为低沉地说，英雄末路的画面……

麻长平道，不要说那些没用的了，这地儿太陡，暴露无遗，不适合过夜，我们上路吧，翻过这道山梁看看。

翻过山梁，底下为一处相对平缓的凹地——浙南一带将这种地貌叫做山岙——在这里权且以"山岙"称之了。大家首先看到的是一丘丘错落有致的山地；山地里，长着一秆秆玉米秆，而玉米秆上有玉米！这是何其令人振奋和喜悦的一桩事哇！大伙免不了手舞足蹈，争相奔走相告（其实谁都瞧见了的）。

　　麻长平要冷静一些，他说碰上村子，既是好事，也是危险的事呢。

　　留白和孙祖耀自告奋勇先下去探底细。

　　他们两人一溜烟似的下到了山岙，传来了流水声。留白断定，村子马上要到了。孙祖耀道，这不用你说的，人类居住的首要条件是得有水。眼前出现数棵巍峨大树。留白道，这是村口了。孙祖耀道，你又说废话了，这叫村口风水树。

　　只有一幢屋子，孤零零的。他们照样日本兵进村扫荡似的屋前屋后转了个遍，没人。留白道，怎么没人？这屋子打扫得还蛮干净的嘛。孙祖耀道，没人不是最好了么，麻老大还担心有人的话，怕和昨天那几个鸟人有勾结……这空屋子让我们来住最合适了！

　　不知不觉，包括留白、孙祖耀等人在内，便叫麻长平为"麻老大"了。

　　是晚他们住宿于这幢屋子里。那口千辛万苦背过来的铁镬，放灶台锅坑上，严丝合缝。在究竟是先烧米饭吃还是先煮玉米吃的问题上，大家产生了分歧。有人说米不会烂，先留着以备后用；另几人道，黑灯瞎火的，肚子都饿到后背了，苞谷还在苞谷地上，就不要那么刻板了吧。三棍子打不出个闷屁来的梁秀彩轻易不开口，一开口即说了句富有哲理性的话。她说，幸福的含义是什么？那就是有选择啊！

这儿真是个好地方哪！屋子可以遮风避雨，山地上的玉米，少说也能让这拨人吃上个把月。还有一点至关要紧，他们从那边过来时，把那罐粗粒盐给带来了。水为生命之源，盐为万味之王。有水有盐有粮食，他们完全可以过上一个月自给自足的好日子啊！

事实上，后来他们当真过起了这种"日子"。他们拿这搭儿当大本营，三五人组成一支小分队，背囊里装上煮熟的玉米棒子，每日里早出晚归，有时路远甚至第二第三天才返回——去寻找那条能通到仰光的道路。而坐镇大本营的，自然是伤了腰骨的麻长平及照顾他的赵福莲了。

留白相信，当时并非是他一人，而是好多人都已把这种"日子"当成自己的日常生活来过的。他们跑出去寻找"通往仰光的路"，那只不过是一个由头，一个使得他们的生活周而复始地持续下去的由头。他们把"通往仰光的路"理解成人生一个永远无法实现的宏伟目标，一个美丽的传说，可望而不可即的彼处——但它同时又给人带来源源不断的力量和盼头。

这真是一条奇妙无比的循环之道啊。

一天，留白走出没多远，即闹肚子了。留白肚子阵阵绞痛，撕心裂肺一般，大汗淋漓。留白先是趴在一棵树上，随着剧痛加重，他滑倒在地。杨显微从头到尾陪伴在侧，急得面红耳赤。杨显微拿小蒜拳敲留白后背，留白吃力地摆手，示意她别敲了。

估摸十来分钟后吧，留白肚子渐渐不痛了，他有气无力地从地上爬起。留白对他们说，我们走吧，耽误大家时间了。吴光达看了一眼留白脸色说，不行，你还是回去休息吧，这里回去反正不远的。留白说没事了，肚子一点不痛了。吴光达道，今天得在外头过夜，你还是回去保险，问问麻长平看，有什么草头药，他不是治百病的土郎中么。留白站着，犹豫不决。杨显微扬脸说道，要不，我陪你回去吧……我说吴哥、周哥，我陪留白回去好吗？吴光达道，由你啦。留白道，要回去……就我自己回去好了，我现在真的没事了。

留白往回走，走着走着，肚子又开始作祟发痛了。这次身边没人，留白踅进树林子里解开裤带蹲下，排山倒海一般泄出一大摊子黄稀泥样的物什，好像五脏六腑掏空了似的……带来的效果是一身轻松，人飘浮了起来，痛感逐渐消解。留白拿一块扁长形石头揩屁股，没用；他就近扯了几片阔叶草木叶子揩，屁股被划破了几道口子。这些都无所谓啦。

留白重新抬步走路。他将那只沾了稀屎的手僵硬地支在一边，但还是好臭。

抵达山岙，留白在小水沟里洗了手。站起时，发觉周遭真是安静啊。阳光软绵绵的，野花星星点点地绽放，一小群鸟，色彩艳丽奇特，在几棵树之间来回跳跃。

拐过小山嘴，就是那幢屋子了。留白突然想起，麻长平和赵福莲他们俩，现在在干吗呢？这个"问号"首次出现在留白脑子里。而在以往，他是从未想到过这个问题的。

答案马上摆在他眼前了。

那片草地，见了鬼、施了魔术似的，通体绿莹莹，且均匀、绵软、平整，一如公园里经由园艺工人精心培植的一片金丝草草地。这样子的草地，人当然是可以在上头打滚翻筋斗的了，一点不扎人，比棉絮硬实那么一点儿，比地毯柔软那么一点儿，尤为重要的是，这是大自然所赐的原生态产物，充盈着草木的芬芳和沁人肺腑的气息。而这一点，那是无论多高级的七星级宾馆床铺都望尘莫及的啊。

此时，这片草地，正被一丝不挂的他们俩占据着……留白眼睛好生刺痛，无数蜜蜂的刺扎过来一般，他不敢看下去，无力地闭上了眼皮子。

犹如一把锋利的刀子，直不笼统地插进留白胸口，鲜血飞溅。

留白调转头，发了疯似的奔跑，他被横着的一段烂木头绊了一跤，摔破了手掌上的皮，弄出了声响。

留白跑到那口杂草横生的小水塘旁，坐了下来。留白终究抑制不住号啕大哭，发出猿猴般凄凉且悠扬的腔调。

稍许，麻长平勾着脑袋从那头走过来（原来这家伙的腰是好的）。

麻长平挨留白身旁坐下，摸出香烟。留白没接，止住了哭声，将脸偏向另一边。麻长平道，你莲姐……她不好意思面对你……这话就由我来说吧，我们都是成年人了，人是有感情的，这些日子，我和福莲她……有了感情，日久生情嘛，这不足为怪的，你就不必……为这个难过了，你说是吧。

留白一声不吭。

麻长平再点上根烟。他说，你难过，你的这种情绪，我能理解……我也是打年轻过来的，年轻人单纯，眼里容不得沙子，都是正常的，也是好的……你晓得吗，你的行为，让我想起了年轻时的自己……那时我和你差不多，也蛮傻气的。

留白转过头看着麻长平，眼睛盯着他的眼睛，麻长平招架不住，垂下了脑袋。

留白一字一顿道，我、要、杀、了、你！

麻长平苦笑道，那没必要吧，我们前世无冤今世无仇……真的没那个必要哦。

六

第二天，留白没走（他的那个小分队昨晚没回来）。

留白从屋子里出来，又来到了那口小水塘旁坐下。朝阳从东边的山峦那儿冒上来，霞光万道，群山循序渐进地转换了色调。所有这些，于留白而言，全都是不存在的，比空气还空气，是浑然不觉的。一只蜻蜓不识趣地飞过来，转了半圈后停歇在留白眼前的狗尾巴草上。留白完全是条件反射的动作，一伸手还真捉住了蜻蜓的尾巴。活该这只蜻蜓倒霉，它被留白残忍地撕了个稀巴烂。

平心而论，留白这是第一遭啊。他的人生第一次遭遇到了"地雷"，第一次跨不过一道坎，第一次刻骨铭心地心里滴血，第一次尝到了那种一味往下沉的绝望苦果……与此同时，留白又死活寻觅不到那个理由，哪怕是个稍稍能站得住脚的狗屁理由，他都找不到。是啊，赵福莲与他又有何干系？是一毛钱关系都没有的呀。那么，他为啥要打翻醋罐子猛喝起醋来呢？还扬言要杀了那个麻长平……这不说他是脑子进水的话，至少也是莫名其妙的吧。

赵福莲从那头走过来，她穿上了一条碎花裙子，一如一朵彩云飘过来……应该说，这是留白预料之中的事儿，也是他所热切期盼的。

赵福莲来到留白跟前，没有马上坐下，她站在留白前面。赵福莲捞起留白的手说，你手受伤了呀……我包里有药，我去拿……留白甩开她的手，瓮声瓮气道，我不要。赵福莲又捧起留白的手，说严重倒没严重的……那就等会儿再说吧。这回留白没有甩开她的手。留白分明感觉到有股电流正从她的手上涌进来，刹那间遍布了他的全身。

赵福莲仍捧住留白的手，就势挨他身旁坐下。赵福莲说，我昨晚一夜没睡好，我也不晓得是怎么回事……我这事会让你那么难受，你难受我也不好受……我多多少少有点儿明白你心里的意思……但我真捉摸不了哎，你心里到底是怎么想的啊？

留白本想吼上一两句什么话的，但他丝毫没有力气。赵福莲的手捧着他的手，一种让人销魂蚀骨的东西正在他身体里循环，留白几近瘫痪。

赵福莲望着水塘上方。不知什么时候起始，塘面上飞舞着许多蝴蝶，蝴蝶翩跹，让人迷离。

赵福莲理了理头绪，清了清嗓子说，你一定是……以为我做人轻薄，不开心的吧？这话我今天对你说吧，我连显微都还没说……我对你说我心里的打算吧，我已经想好了，我要和我老公离婚……

这下子留白没法子再不声响了。他非常急速地问道，为什么，你这是为什么？

赵福莲缓缓道，我和我老公缘已尽……缘尽就不勉强了。

这不可能！留白几乎是在叫了，你这是胡说八道，在这深山老林里，你既不能和他通电话、通信，见面更不用说了，没有交往，你说的那个"缘"，怎么就断了呢？

赵福莲道，这你就不懂了，"缘"是一种感觉，是不需要面对面的，有些人一面没见但有缘，有些人老在一块儿但没缘……这些道理你慢慢会懂的。

留白道，我才不信你这些鬼话……你以为我看不出来这里头的名堂？你还不是被那姓麻的灌了迷魂汤……他是个大骗子！

这话怎么说？

还用得了说么？他假装腰受伤了，把你骗到身边服侍，这是傻瓜都看出来的鬼名堂噢！

赵福莲一笑说，你带烟了吗？抽上烟后，赵福莲说，麻长平他腰受伤一点不假，是我替他揉捏好的……他好了后还躺着，那是我的主张，你真不晓得，大家走后，这方天地里就只剩我们两人，两个人的世界……天空那么蓝，鸟语花香，我们有多快乐啊！这种快乐，是可遇而不可期待的，我很珍惜很享受，能多一天就多一天吧，这难道有错？难道你就理解不了？

留白恶狠狠道，狗屁不通！

赵福莲说，留白，你让我好失望呢，我一直以为你是个内心细腻善良的人，你怎么说出这种粗话来呢？你要相信我，我绝对不是一个胡来的人，但我要尊重自己，尊重自己的感觉，我这么对你说吧，我除了麻长平这个人，我也喜欢上了这种生活方式，远离红尘，享受大自然，享受这种纯粹的……男女之情，这就是我为什么要做出这个选择的理由。

留白道，你这是痴人说梦话。

赵福莲道，由你怎么说吧……说说你的事，你和显微进展怎么样了？

我对她没感觉。

赵福莲说，我有点明白……你是怎样一个人了。

这天傍晚，吴光达、周鹏、杨显微三人蓬头垢面回来。

第二天，麻长平人不见了。

那天晚上到底发生了什么事儿，留白一无所知。

吃过早饭后，杨显微把留白叫进树林子。她对他说了事情的来龙去脉。

他们三人，昨天在山上走的时候，看见了一幢冒着青烟的屋子。三人喜出望外，说总算见到人烟了。周鹏多个心眼，他说我们先观察，摸清情况后再进去。三人悄悄接近那屋子，听到院子里有好些人的说话声。他们不由得警觉了，便蹑手蹑脚地去了屋子后头山上。从那个角度看下去，院子里的情形一览无余……

说到这里，杨显微停顿下来，她一脸惊惶样子，大口喘气。留白看着她问道，是不是看见……让人害怕的东西了？

杨显微带着哭腔道，我撞见鬼了啊……

留白是个无神论者，从来不信世上有鬼的。见杨显微这副魂不守舍的样子，他觉得既好笑又疑惑，他说鬼是不存在的，我们要唯物主义……你们到底看见什么了？是戴面具的人是嘛？这没什么好奇怪的，在落后山区，为了某种宗教仪式，人们往往戴上青面獠牙的面具，来避邪驱鬼，祈求来年丰收，祈求人丁和畜牧业兴旺平安，这是再正常不过的事儿啊。

杨显微拼命摇头，脸都憋红了。留白抽上烟，心里头嘀咕道，是什么东西使得杨显微如此反常啊？留白想，干脆不要问了。他清楚杨显微迟早会说的。杨显微手抓住留白的手，说我心头到现在还噗噗跳，实在是太吓人了啊……面对杨显微，留白不晓得是怎么回事，心就是平静，哪怕她已经"惊涛拍岸"，或者说"情意绵绵"了吧，他均水波不兴，岿然不为所动。

杨显微说，留白你抱抱我好吗……留白道，这干吗呢……你说嘛，脑袋割掉疤口也就碗口大呢，至于么，你就痛快说吧。杨显微轻声道，我害怕，你抱住我好吗。留白抱住杨显微，他眼睛看着远处，两只手有些僵硬。

杨显微在留白温暖的怀抱里渐渐缓过气来，脸色由苍白转为潮红。

杨显微闭着眼睛道，我们看见……向导他在院子里……这下子轮到留白浑身发冷了，他脸色瞬间煞白。留白哆嗦问道，你是说，你们昨天看见……向导了？杨显微点点头，她的眼睛仍闭着。

根据杨显微讲述，他们昨天看见向导和那个三户人家村子里的三个山民及其他几个山民，当时正在院子里喝酒吃肉，谈笑甚欢。

留白身上冷一阵热一阵。

留白定定神问道，这事，你对你嫂子说了吗？

杨显微道，说了呀，我除了对她说就是对你说了……吴哥、周哥交代过的，说不要对人说，他们晓得我和你谈恋爱，就说除了你嫂子和留白，谁都不要说的。

山中无老虎，吴光达这只猴子就称起大王来了。吴光达对大家说，从今天起，你们要是想走出大山，那就听我的，如不听我的，请自便！

吴光达铁塔一般，周鹏是个冷面"外省人"，这两人搭一块儿，谁人敢吭声噢。不明底细的那些人，虽说是蒙在鼓里，但他们的"触须"是灵敏的，对整体气氛的感知和琢磨，同样也差不到哪儿去的。可以这么说吧，这数人已隐约感觉到麻长平的不见踪影，十不离八九是与吴光达和周鹏这两人有关联的。但没有人问这个问题，就连一贯多嘴的孙祖耀也没提这个头。

出发前，吴光达夸海口道，老叔公就不信走不出这树林子！但火车不是推的，牛皮不是吹的——他们这拨人在山中起早贪黑地走了三天，依然深陷于无边无际的林海中。他们的眼前，群山连绵，山外有山；树木疯长，每株树与每株树之间接龙一样，完全没个止境。而人间的烟火，连个影子都没有！

好在他们的粮食还算充足。他们离开那幢屋子前，把玉米地里的苞谷一管不落掰来装入旧麻袋，由人抬着走。对于这一点，吴光达相当满意，他叉着腰说，原先傻帽抬麻长平，现在明白抬苞谷，这就对了！

这数天对赵福莲来说可谓度日如年，放油锅里煎一般。留白看在眼里，没产生丝毫同情心，反倒暗自幸灾乐祸。留白觉得特别解气，胸中的郁闷之气一扫而光。

在这桩事上，杨显微属于"蒙在鼓里的人"，她以为嫂子身体不舒服了，故常常嘘寒问暖，关怀有加，用自己羸弱的身子来扶助赵福莲走路。

杨显微道，留白，你怎么就看得下去哇……你过来接一把呀。赵福莲道，不用。

留白时时刻刻都在留意赵福莲，他不管是走在前头还是落在后头，他的眼睛不看其他的，就看赵福莲。有时候看到的是她的正面，有时侧面，有时背影。坦白来说，留白看到最多的是赵福莲的背影。本来，留白是光明磊落的，坦坦荡荡的；而赵福莲可说是藏污纳垢，见不得天日。但是，在这时却反一反了。当留白和赵福莲的眼睛对上时，赵福莲表现得不卑不亢，该怎样怎样，而留白反倒心头"咯噔"一下，避闪开了。这是为什么呢？留白百思不得其解。

留白到底是个软心肠的人。当那股子"闲气"过后——再目睹赵福莲如杨柳枝一般摇晃的身子时，他不晓得有多揪心、多心碎呢。留白寻思找个平台，和赵福莲和好如初吧。

当杨显微叫他过去扶一把赵福莲时，留白心想可顺着走了，却不料被赵福莲"不用"两字给挡死了。

第三天的那个夜晚，这拨人里头终于有人说话了，那人说，吴光达，你让我们听你话，我们就听你话了，但我们走了三天，好像就在原地踏步……这该怎么办好哇……另一人接嘴道，麻长平他人在哪里？我们还是把他叫回来吧，他毕竟吃偷渡这碗饭的，对这条线路比我们总熟悉的吧。

吴光达道，那明天我们分头走好了。

孙祖耀道，那怎么行呢，人多力量大……哪怕暂时走不出大山吧，也总有个伴、有个照应……要是分开来，万一碰到狼群怎么办？还不被活活吞吃掉啊。

吴光达道，那就屁话少说，睡觉！

次日，填过肚子后他们再度出发。没走出几步路，打头阵的周鹏即发现了一个情况。

七

是个什么情况呢？

原来，周鹏在一条伐木工人踩出来的羊肠小道上拣到了一张骨牌。好几人围拢过来，纷纷道，这是麻长平的那副骨牌！这就奇了怪了，麻长平的骨牌怎么会掉在这里呢？难道说他曾经从这儿经过了？

吴光达和周鹏对视了一眼，他们似乎捕捉到了一个信息。他们没把心里的猜想说出来，尽由那几人叽叽喳喳个不停，扯些天不搭地的话语。

吴光达道，赶路要紧，别再磨蹭了。孙祖耀吐了下舌头，勾下脑袋跟在周鹏屁股后头。

果然不出所料，沿着那条羊肠小道走出五里地的样子，第二张骨牌如期出现了。这回是孙祖耀先看见的。孙祖耀紧跟在周鹏屁股后头，他的目光从周鹏身子一侧穿越过去，聚光灯一样一路搜索——他比周鹏早了五秒钟——看见那张躺在地上的骨牌。

傻瓜都明白，这是麻长平在给他们引路呢。有人不禁感叹道，麻长平啊麻长平，你真是个大好人哪！

黄昏时分，这拨人在骨牌的"引导"下，顺利抵达了道路旁的一座村子。有个会讲中国话的中年男人站在村口，他说大家辛苦了啊。好几人听了这句寻常话，眼眶酸涩，眼珠子发红了。是啊，从出发那天开始到今天，他们整整在大山里头待了二十九天。这是一言难尽的二十九天，出生入死的二十九天，说起来连鬼都不相信的二十九天呐！今天总算听见了一句人话，一句人世间暖心肠的话，这叫他们怎能不心潮澎湃、热泪盈眶哇！

中年男人自我介绍道，我叫李贤好，我父亲是从云南那边过来的，我出生在这村子里，我父亲从小教我中国话，所以，我会说两句中国话的。几乎所有人都和这位叫李贤好的人紧紧地握了手。

麻长平没有露面。李贤好说，麻先生有事忙去了，他把事情交代我了……明天的牛车已雇好，还有这盒子里的东西，麻先生都已写上姓名，物归原主吧。李贤好拿出一只盒子，里头是参赌者输掉的金器、手表、外币等。就连路上换食物吃了的几样东西都在。那件小羊羔皮做的皮袄，叠得整整齐齐放在凳子上。

夜里，留白一个人从屋子里出来，他要到外头透透气。赵福莲不和他搭嘴，连正眼都不瞧他，这使得留白如热锅上的蚂蚁，很受煎熬。于是乎，留白就从屋子里跑出来了。

村子照例不大，依山傍水。留白沿着那条一丈多宽的土道往外头走。有人在身后叫他名字，留白一转身，原来是麻长平。留白倒没意外。他原地站着，不说话。麻长平说，我们一块儿走走吧。两人并排走，拐过山弯后，村子里如豆的灯影消失了。

麻长平对留白讲了个故事。他说当年有个和留白差不多年纪的年轻人，和一帮人一块儿偷渡到缅甸这边。过后出了意外。他们被缅甸这边的散兵游勇劫持了，关在一幢房子里。这些缅甸散匪劫持他们的目的，是要把他们转手倒卖给另外一个偷渡团伙，好从中捞取一大笔赎金。

在没有寻找到卖家前，缅甸人就把他们关在山脚下一座孤零零的房子里。那幢二层小楼，先前怕是一个公家的什么场所，废弃掉了；房屋砖瓦结构，挺结实的。二楼一条走廊，三个房间。房间里头计有卧室一个、客厅一个，以及洗手间和厨房。麻雀虽小五脏俱全。他们十二人就关在这三个房间里。说是"关"，其实是不准确的，应该说"软禁"较妥吧。不过他们的自由千真万确被剥夺了。缅甸人好菜好饭招待他们，从未对他们凶过一句，更无动手打过他们。因为，说白了他们是他们手中的"财富"呀，除了不可以出差错外，还必须要善待的。缅甸人的头脑，说简单真简单，说复杂也蛮复杂的，他们认为，人被关在房间里，肯定是无聊透顶的，说不定憋出毛病来，或寻短见什么的，都是有可能的。但他们又不能放他们在外头，那样子万一逃走（或走丢）一个就是一笔不小的钱噢。所以关得关起来的，但得在其他方面想想办法，尽可能地周全一些，人性化管理一些……当时十二个人中，九男三女。缅甸人脑洞大开，他们按照三男一女的组合，将他们锁进了三个房间。刚开始的时候，由于语言不通，大家不晓得缅甸人为什么要这样子分配，为什么不让三个女人在一块呢？但世界上的事情，尤其是这类男女间的事儿，那是一点即通的，很容易让人明白其中的奥妙。

几个戴歪帽子的缅甸守兵，对他们叽里呱啦说上一通话——

他们如同水鸡听天雷，一脸懵懂。但是，他们丰富的肢体语言及油光可鉴的脸上所浮现出来的那种淫笑，已明白无误地告诉他们，眼下的安排是一种"自给自足"的娱乐模式。足不出户，人世间的一切需求皆有了啊。缅甸人从人性的角度来考虑问题——他们认为男人和女人光吃穿暖是不够的，得解决裤裆里的那点事儿。只有把"裤裆里的事儿"解决了，那才叫完美。既然"完美"了，那么，所有的沟沟壑壑就都抹平了，心理平衡了，这样子才会乐不思蜀。人都到了"乐不思蜀"的地步，谁还会吃饱了撑的惹是生非哇。

故而在缅甸人看来，这等安排实在是高明——让他们过"不是天堂胜似天堂的日子"，既好管理又不会出差错。

然而，天下的情况是不能一概而论的。

三个女人中，有两个本就性情孟浪，一路上和男同胞没少打情骂俏。对于她们来说，把她们和男人一块儿放在一个房间里，不说是正中下怀的话，至少也是没什么要紧的吧。顺水推舟便是了呗。所以没多大工夫后，那两个房间里差不多同时传出不可描述的声音来了。

年轻人这个房间"分配"到的女人名叫张素心，是个面容姣好的白净少妇。张素心和那两个女人大相径庭，她基本上没说过轻浮的话，笑不露齿，走起路来不疾不徐……总而言之，这是一个相对内敛、含蓄的女人。她的拿手好戏是用眼睛替代说话，来表达她心里头的意思。

在这"羊入虎口"的当口，张素心内心不用说是万分地焦急和惶惶然了。然而，她仍然保持住了表面上的矜持和镇静，没说话。张素心动用眼睛"搜寻"那根救命稻草，最终，她把目光落在了年轻人身上。

当年的那个年轻人，是多么单纯、善良啊！当他无意间抬头看见张素心那双眼睛时，他的心房猛地一阵颤抖——在年轻人的感知中，张素心的一双眼睛，既无望又无助，流露出不尽的哀怨和哀愁……一幅画面在年轻人眼前扯过。那是在路上，他们过一座相对狭窄的木桥时，张素心打了个趔趄，差点从桥上摔下去——年轻人一把将她抓住了。过桥后，张素心看了一眼年轻人，朝他羞涩一笑。她没说感激之类的话，仅仅只是一笑，但这一笑，值千金哪，直抵年轻人的心窝子，使得年轻人久远不能忘怀。

随着隔壁房间那"不可描述"的声浪渐渐高涨，这边房间里的两个中年男人，水涨船高地到了欲火中烧的份上，脑袋瓜子如同一只红头蚱蜢。胖子开腔了，我们还愣着干吗？瘦子道，那也得有个前后次序的呀，不能乱套的。胖子道，那按什么方法来？要不我们石头剪刀布吧。瘦子道，可以的，只要公平就行。年轻人道，还是不要吧。

胖子和瘦子同时抬脸说，你什么意思？他们又看了一眼张素心，见她苦着张脸，胖子便笑着说，素心哪，出门在外，有快乐就快乐呗，你不必有思想负担的，到了欧洲，大家各奔东西，不提这个头，这世上就从来没发生过这件事儿了。瘦子道，是啊，这种事只要老公不晓得就行了，我相信谁都不会多嘴多舌的……

张素心还是没说话，再次将眼光罩在了年轻人的脸上。

年轻人心里翻江倒海似的——在他看来，男女之间的事儿，是多么美好，多么神圣啊！而眼前，这算什么哦，这不成、不成动物了吗!

于是,年轻人暗暗下决心,他要保护张素心,不允许他们动她一根毫毛。

年轻人对那两个摩拳擦掌、跃跃欲试的中年男人说道,我说,大家乡里乡亲的,我看我们就不要那样子了吧。两个中年男人一如遭了雷劈似的,先是发蒙,而后大声嚷道,你这不是狗屁不通的话么,他们隔壁的……就不是老乡关系了?人家还不是照样热火朝天……人家缅甸人还讲个人情味呢,晓得把男女搭档起来,你小子作什么梗?你小子滚一边去,好狗不挡道哦……年轻人掷地有声地说,不可以就是不可以!

年轻人长得并不高大,但明眼人还是一眼便能看出他身上的劲道的。年轻人脱掉衣服,摆出一个扎马步的姿势。胖子嗓门低了下来,他问道,你什么意思嘛?年轻人道,我在少林寺塔沟武校混过的。胖子服软了,他说何必呢,不玩就不玩呗。瘦子道,我带扑克牌了,我们四人刚好可以凑起来打四十分的。

他们被缅甸人转手给偷渡团伙后,很快就去了仰光。到仰光后又出现了新问题,蛇头说目标大显眼,得分批次走,每次走两人。而仰光飞往柏林的班机,每隔八天才有一趟。当时的情况是,谁都想先走一步,怕夜长梦多嘛。但这由不得他们自己,得蛇头说了算。他们的命脉掌握在那个戴眼镜蛇头的手上。

第一趟走的人里头有张素心。过后年轻人从他人口中获知,张素心和那个走的男人都是花了"本钱"的。男人塞钱,女人献身子……这件事情对年轻人的打击何其之大啊,简直是灾难性的。说得严重一点,它改变了年轻人对人生的看法,他的人生观由此发生了巨大的倾斜……

当时，年轻人相当地颓废，精神萎靡不振。年轻人问自己，去欧洲意义何在？去了欧洲发达了又有何意义？总之，他陷入了虚无的黑洞漩涡里了。年轻人因此而待在缅甸不走了。

这个所谓的"故事"，自然是麻长平的"夫子自道"了。

停顿片刻后，留白问道，你是在报复？

麻长平道，刚开始的时候是这样的，所以我才大费周章地出了那么个馊主意……这么些年混下来，钱财对我来说已轻如鸿毛，女色也已看淡……可当我第一眼看见赵福莲时，我的魂立刻就被她给勾住了，倒不是说她怎么像张素心，而是说她这个年龄段，那特有的一种味道，那让人沉迷和依恋的感觉……都是我当年年轻时所体验过的，我也说不好，反正是那种深入到骨髓的喜爱，不能自拔，没有任何女人可以替代的，只要她在，其他女人就模糊掉了，完全可以忽略不计……但这种女人，又是不会让人心生非分念头的……当然，我在这里指的是单纯的年轻人，对单纯的年轻人来说，这种女人就是女神，近在眼前远在天边，如面纱罩了的一个人，能体味到那种种的妩媚甚至爱吧，阳光雨露一样地把人包住了，让人颠三倒四……而让人奇怪的是，不会产生那种……荷尔蒙，好像是被阉割掉的一个人，甚至于会把所有有关肉体的东西，都视为低级趣味的，认为只有脱离了那种低级趣味，才配得上彼此的相亲相爱吧。

留白咽下一口唾沫，他问道，那你为什么……要撕破那层面纱呢？

麻长平道，这就是我年轻时候留下的一道心理创伤……其实是我自甘堕落的一个借口了……不说也罢!

第二天起程,他们分乘两辆牛车。牛车摇摇晃晃地行驶在土道上,上头的天窄窄的,犹如一条蓝绸缎,发亮,光滑无比;两岸的山,沉默无语,生机勃勃且郁郁葱葱。正是这些大山,致使他们找不着北,让他们吃尽了苦头。不过同时,留白也暗自庆幸,这二十九天山中的日子,无疑使他跳跃式地成长起来了,他跨过了那道坎。成长是需要成本的,是有大风险的。有人因此走上了歧途,有人因此变得世故,更有人变得麻木和残忍……而留白觉得,自己没有走上歧途,也没有变得世故……他的心里头,反倒对这个世界添加了比过去多的爱和理解!

今天早上一起来,留白跑出屋子,深深地吸了一口山中发甜的空气,做了几下扩胸运动……杨显微从河边洗漱回来,头发上沾着露珠子,眼睫毛上似乎也沾上了……留白好生惊讶,原来这杨显微长得是如此美丽、如此楚楚动人啊。留白上前一步,双手一扣抱住杨显微。像是电流接通了一般,一股暖流顷刻间便在他身上持续不断地循环着跑了。杨显微嚷道,干吗哇,人家手里拿着牙刷、毛巾呢。留白道,我们马上可以去欧洲了,新的生活开始了啊。

浮光

上世纪九十年代中期，我在法国巴黎打工。这期间我认识了一个叫马士顿的人，因他比我年小，我通常叫他小马。小马是个有意思的人，头发长长的，眼神散淡中带点忧郁。这种人在校园或文艺群体里头比比皆是，可他不是那号人。小马只是个普通打工仔，在中餐馆炸油锅的。据我了解，小马出国前是学小五金的，也就是割玻璃配钥匙的行当，尚未出师，他便随了当年的出国大军偷渡到了法国。小马在巴黎有房远亲，这是他在巴黎落脚的唯一理由。

我认识小马的时候，他已辞去中餐馆的工位，一门心思在住处玩马票。小马有台袖珍电视机，摆在床头，他只看赛马和赛马评说等有关节目。我当时心想，小马他身上流露出来的气息，也许与他内心专注于某一点不无关系吧。

有次住处就我和小马两人，他让我帮他填一张马票。小马的意思是想试试我的手气。小马说，生手有时候会出彩的。我对赌马一窍不通，也没兴趣。小马丢根烟给我说，你凭感觉随便填好了，又不花力气的。我填上了自个儿的出生年月日，因为这是我最熟悉不过的阿拉伯数字了。这次没中，但小马却说"很接近了"。小马第二张马票让我填时，我抓了三下头皮，将马票还给了他。昨天，小马望着天花板说，再不中奖我要完蛋了啊。我说那就去打工呗。小马摇头道，"工"字不出头，没什么好打的，要想改变命运只有赌马这条道了……我觉得这责任太大了，我没必要牵涉进去的。小马换了一种态度，他说马票不贵的，我买了一打，你就帮着填一张吧。我随手捡起小桌板上一张马票，填上了以往日子里的一个女人的出生年月日。那个生活在国内的女孩，她的模样儿我基本忘干净了，可我阴差阳错记牢了她的生日。说起来我只矫情过一回，仅给她过过一次生日。女人的生日日期在遥远的巴黎发生了作用，小马中了个不大不小的奖。因这桩事儿，我和小马的关系走近了。

我由于和二房东发生摩擦，决定搬出去住。为找房子的事儿，小马没少帮忙。小马的语言能力和活动能力均比我强，何况他是上了心的。小马帮我在巴黎近郊的卫星城找到了一处搭铺的地方。这儿房租相对便宜，只是路途远些。不过还好，此地通地铁，是7号线地铁的终点站。正是因为我的这次挪窝，小马得以和房东女儿挂果认识，从而演化成了一个故事。

这家房东，人口众多，究竟有几口人我到现在都没搞清楚。我和小马去我新住处那天，正是春暖花开的季节。从地铁口爬上来，但见迎春花黄灿灿的，樱花晚霞一样浮动。小马说，这地方好，空旷，要是好我也搬过来得了。我说那你就搬过来吧。小马说，我不开玩笑的，我又没班上，远点清静。接下来我们就碰见了挂果。本来，挂果平日不在家的，她和人合伙开了家服装厂，因路途远就住那头了。那天她回来拿东西，又恰巧碰到房东有事要走开，她就留下来等我们了。我将当月房租和押金交给挂果。

挂果把钥匙递我后说，那我要走了，我工厂里忙。小马问，附近有超市吗？要买些日用品。挂果说那你们跟我下去吧，我告诉你们。

乘电梯下楼步出大门，挂果指了指街那头说，小超市就在那，大公司要走两步路，你们走过去就看见了。挂果丢下我们上了车。那是一辆看着还好的老爷车，挂果潇洒地钻进去后怎么都发动不起来。挂果摇下玻璃叫，你们过来帮忙呀！我和小马二话没说跑过去撅起屁股推车。小马说，我明天就搬过来！我说她皮肤这么黑，还一对虎牙呢。小马说这妞有野性。

隔上几日，小马当真搬过来和我一块儿住，两人一小间，睡地铺。小马人是过来了，但并未如他所愿。挂果压根儿就没再出现。小马想从房东口中获取挂果工厂的地址或电话号码。小马买了瓶红葡萄酒，炒了两样小菜，约房东过来喝一杯。房东拿起那瓶酒看了会儿，说要十多法郎了吧。小马害羞地说，二十多点。房东说，我在我儿子那边，二十法郎以下的酒不喝。房东明显在瞎吹，他平时连料酒都喝的。那段日子，房东儿子餐馆装修，房东基本上待那边帮忙，偶尔喝上一两瓶好点的酒也是有可能的。小马循序渐进，话头最终落在了挂果身上。小马说，伯父，挂果工厂生意不错吧？房东说，没名堂，快要倒闭了。小马做惊讶状，他说怎么会呢，挂果她事业心那么强，怎么会打理不好工厂的啊。房东说，生意场上的事儿不好说的。还是开餐馆好，看得见摸得着，我儿子餐馆虽说没开业，但生意百分百好的，这是个行业问题。当小马问及挂果工厂地址时，房东立马有所警觉，说出来的话十分难听。房东说，年轻人，我丑话说前头，我们家是有"十年头"的，你如果有歪心趁早歇了。所谓的"十年头"，是当年法国华人圈中对法国居留的俗称。

小马和我一样都属于非法入境移民，在法兰西大地是上不了桌面的地下黑人。小马碰一鼻子灰后，一个晚上都在唉声叹气。我说八字没一撇的事儿，你还真当回事了啊。小马说，我对她不说有感情，至少是有感觉的。我说，得，挂果要没居留，你会有这心吗？沉默良久。小马说，我承认我是有那个意思在里头，但我肯定喜欢她，要不我不会上心的。想想似乎有点道理。小马这人，你说他是个完全物质化的人，恐怕不妥。要不然的话，他的身上也就不会有那种忧郁的气息了。我说你觉得挂果她对你会有感觉吗？小马说她有的。我说但愿你并非一厢情愿吧。

过后，挂果服装厂倒闭。一天夜半，挂果和工人们将服装厂的机器等物什搬回了家，我和小马都被吵醒了。小马听到挂果的声音，兴奋得嗓子打颤，他说我出去看看。接下来这件事情和小马发生了关联。主要两个方面，其一是在好长一段日子里，小马不再赌马了，他把所有的精力腾出来跑腿，替挂果兜售那堆缝纫机什么的；其二是随同这批机器的到来，住进了一位肌肉男。"肌肉男"先前是挂果服装厂的烫工，就住于服装厂里。服装厂散伙后他没地方去，挂果让他住到自家的储藏室里。

储藏室在走廊一头，没有窗户，烫工躺里头睡觉时半开着门，鼾声如雷。白面书生的小马在烫工面前，总是挺不起胸脯，心里发怵。哪怕烫工已躺下睡死了，小马还是会受到他如雷鼾声的干扰。有一次我问小马，你干吗怕他呢？小马说我不是怕他，我是因为……好在没多久，烫工找到了烫工活，每日里早出晚归，小马和他很少碰面了。

　　小马陪同挂果出去兜售机器。小马所要做的第一件事，便是撅起屁股卖力推挂果那辆破车子。有时候推一阵子，车屁股就冒烟了，有时候推得脸发青，自个儿只有吸进的气没有呼出的气了，车子仍然是只死乌龟。小马发牢骚，这破车……下次还是坐地铁算了吧！挂果说，你还只推了几次呀，人家阿生一年多推下来了，一句屁话没说。小马不再多嘴。小马最怕挂果拿他和烫工作比较，一比较他就气短了。所有机器卖完那天，挂果领小马上她姨妈家吃饭。小马不是很高兴，他说你说过的么，活儿干完了请吃法国大餐的嘛。挂果拍拍小马肩膀，笑脸说，我接下来要开服装店，需要花钱的地方多了，你就让我省点儿吧。

　　挂果姨妈是个半身瘫痪的人，躺出租屋里已一年半载。她身边有一个儿子和一个儿媳妇。那儿子对小马解释，我们把机器搬回家做，是为了照顾我妈的身体。挂果姨妈儿子夫妇，同样是干车衣活儿的。挂果姨妈为挂果家族的领头羊，是他们家族中第一个跑到法国来淘金的。挂果姨妈如同牵猴子般将国内的亲朋好友一个个牵带出来，现今在这巴黎地面，有百来号人。挂果姨妈半身瘫痪，却不愿回国内养病。挂果姨妈那天对小马说，我要亲眼看到他们发达起来！小马自然对这些不感兴趣。让小马觉着有意思的是，挂果姨妈拿他当挂果男朋友看待了。她缠住小马问长问短，眼珠子骨碌碌转，苍白的面容现出难得一见的红晕。挂果说，姨妈，我和他只是普通朋友，你问那么仔细干吗哟！挂果姨妈说，要真到那步再问明白就迟了哦。挂果说，他没居留的，我爸那关肯定过不了。挂果姨妈说，只要人好就行。结婚手续办了，不就有居留了吗？挂果说事情没到那步，不说了。他们吃饭的饭桌就摆在挂果姨妈床前，气味很难闻。挂果姨妈没吃饭（她恐怕得有人喂她才行），说她喜欢看大伙儿吃饭。

小马拿着鸡毛当令箭，当天晚上即喜滋滋地将白天的事儿对我讲了。我泼冷水道，她姨妈算什么，关键是她老爸老妈。小马说那不一定，她老妈脑子不灵清的，她老爸在他们这个母系家族里属外姓人嘛。我说他自个儿的女儿还管不着呀，挂果还不是姓赵的。小马说你真不知道，她姨妈在他们家族德高望重得很。我说挂果本人态度怎样？小马说吃不透，她对我其他都好，就是不让我碰。我说不会吧，这么整天泡一块儿的就没碰过？小马说真没有。

如果说以往小马对那个烫工是怀有警惕心或者说充满醋意的，那么随着烫工老婆的出来，他心头的种种疙瘩也就灰飞烟灭了。烫工老婆满脸雀斑，薄嘴皮，同样是通过非正常途径偷渡到巴黎的。现在，那储藏室里的如雷鼾声时断时续。烫工孔武有力，摇得那张钢丝床吱吱作响。每当这时，小马简直心花怒放。我说人家犁地你乐个屁！小马说，他有地犁了，就不会惹是生非了你懂吗？

那个阶段，对小马而言真可谓顺风顺水。房东儿子餐馆开业，据说生意好得一塌糊涂，所以房东就待那边帮忙了。而房东老婆，她原先就在他们儿子那里带小孩的——我只见过她一两面，是个干瘦的老婆子。这套房子里另外还有一个挂果妹妹，在上学，是个香蕉人，仅会讲几句简单方言，连普通话都不会说的，大致可忽略不计。故而那个阶段，小马和挂果每日里成双成对出入，白天跑出去找店面，夜里头共进晚餐，嘻嘻哈哈看香港肥皂剧录像带。

一天，挂果邀请我一块儿去巴黎郊外看航空展。我刚好休息，便和小马齐心协力"奏响"她的车子，然后向着郊外开去。说来可怜，那是我来欧洲后第一趟以玩的名义出去走动啊。正是这趟游玩，让我亲眼目睹或者说见证了他们两人爱情质的飞跃。先说途中。我人高马大，可副驾驶那个座位是轮不到我坐的。挂果这辆甲壳虫车，后头的位置何其逼仄，我全身酸麻。车子驶出巴黎城外，田野的风光迎面扑来，那些像积木一般的小房子，色彩鲜艳；城外的天空蓝啊，城外的空气带水分子啊，我是满身心沉浸于户外的感受中了。他们两人喁喁私语，车窗外的环境和后头缩着肩胛的我，已被他们置之度外了。

事后我知道，巴黎的航空展是挺有名气的。而在当时，我完全是懵懂无知的。我看着那参展国家的旗帜，见到了五星红旗，好生激动。那可是我跨出国门后第一回见到自己国家的国旗呢。当老大的自然是美国佬了，他们的军用飞机涂上军绿色和深灰色，像一只只硕大的蝙蝠。身着迷彩服的美国大兵在周遭随意走动，趾高气扬。女孩们一个个跑进去和美国大兵合影。挂果无以免俗，同样扑在美国大兵怀中。挂果长相一般，可她毕竟是一张东方人的脸，物以稀为贵，美国大兵反倒争相过来搂着她的腰拍照。有一张照片，我记得分明：一个美国大兵在挂果背后抱住她，另一个美国大兵蹲在挂果前头，三个人头成阶梯状，挂果一脸灿烂地嵌于中间。我身边的小马，手上拎着挂果背包，显然若有所失。

接下来我们排队参观一架报废的民航客机，机头上机尾下，每人鱼贯而入、鱼贯而出，秩序井然。我们前头一对法国情侣，一点都不安分，像牛皮糖一样地老是黏一块儿。他们的举止刺激了挂果。挂果主动勾住小马的脖子，两人热吻开来。我在心里头为之喝彩，故意磨磨蹭蹭的，好挡住后面的人让他们俩亲个够。上飞机后，那对法国情侣干脆坐到座椅上温存了。榜样的力量是无穷的，他们俩如法炮制。我眼睛不敢看他们，嘴上说我在下面等你们。小马和挂果，终于水到渠成了。

过后不久，挂果的姐姐果实来了。果实比挂果只大一岁多点，两人长得很像。我那天下班回来，在自己的房间里看见一个背影，我以为是挂果，就叫了一声挂果，干吗呢？果实转过身子，在灯光下还是像挂果。她说，我是她姐姐。我哦了一声，说你们是双胞胎？果实说我比她大两岁。这么说上几句，我到底辨别出她们的一点点不同了。挂果比她姐姐要有精气神。

第二天我即知晓了，果实是个脑子有毛病的人。说起来挂果母亲的脑子也是不很灵的，不过程度要轻微些罢了。也就是说，他们家族是有精神病史的。果实没生小孩前，活蹦乱跳，与挂果无异。生过小孩后，那遗传下来的毛病就日渐显露出来了，时好时坏。果实没发病的时候，看上去正常。发起病来也不吵不闹，只是眼神发呆，对异性没有免疫力。民间的说法叫花痴。对于果实这个"花痴"，我是有过领教的，一次穿过走廊时，她冷不丁地摸了一把我的裤裆，嘻嘻说，软的。

房东召集全家人在客厅开家庭会议，所要讲的主题是要果实老公把果实领回去。果实老公和果实结婚前，是个没居留的人，他是和果实结婚后才拥有"十年头"的。房东嗓门非常响亮地说，

214

嫁鸡随鸡嫁狗随狗，她是你的人，这是板上钉钉的事情，做人要讲良心的！这些话是我在自个儿的小间里听到了。那阵子我被"金边人"老板炒鱿鱼窝在住处，小马也没跑出去，我们两人如惊弓之鸟躲在小房间里头。

外头人声嘈杂，男女老少的声音都有。我问小马，他们家到底有多少人？小马说我没搞清楚，反正加上女婿媳妇一大堆的。果实的老公，我在上厕所时倒是瞟上过一眼，一个平平实实的男人，看来他今天是得吃点苦头了。家庭会议自然是以房东家的全面告胜终结。果实老公答应今晚留下来，好好陪陪果实，明天即带她回去。

风平浪静后，我和小马耗子似的溜出房间，到厨房烧方便面吃。挂果转进来说，烦死了！我说，他们都走了吧？挂果说，我爸没走，他等下要找马士顿谈话。小马脸色灰白，结巴着说，谈、谈话？谈什么呢？挂果说，硬不硬气看你的了。刚吃完方便面，碗筷都没收拾，房东即进来了。房东冲小马点头，吃好了吧，来客厅坐会儿。小马如一匹待宰的马驹，被牵进了客厅。

小马没多大工夫就回房间了。我急切地问，情况怎么样？小马脸苦到了骨头，说能有好果子吃么？她老爸说，他不想再引狼入室了。我摸不着头脑，问小马这是什么意思。小马说，什么意思不明摆着么，在他看来没居留的人没一个好，是图"十年头"的，叫我趁早死心。说话间，我们听到挂果在客厅尖叫。挂果在断断续续地数落她老爸，说她老爸剥削他们子女，就连这套房子也是靠他们子女的抚养金买来的。法国政府鼓励多生孩子，孩子越多越给钱。挂果老爸因拥有一大堆子女，其抚养金的数目是相当可观的，这是不争的事实。房东的气焰并未被压下去，他大声咆哮（可以想象他暴跳如雷的样子），老子把你们生下来，把你们养大，难道吃几块抚养金吃不得？挂果针尖对麦芒，高声叫嚷，吃就让你吃了，但你没资格管我的事！房东说，这是白日做梦！挂果说那我就跳楼给你看！这是我头一次在这个家里听到"跳楼"这个词儿，我当时浑身一哆嗦。

　　次日他们家发生了两件事儿。其一是挂果姨妈打电话来，软中带硬地劝说房东不要干涉挂果的事；其二，果实老公悄悄溜走了。那天的整个上午，房东的注意力都放在挂果身上，他们两人不断地争吵，直至挂果姨妈打来电话才告一段落。中饭后，房东去睡午觉。睡醒后，他发现果实在客厅看电视。房东问，你还没走？果实说，祖耀不见了。房东给儿子女婿们打电话，要他们火速到果实老公打工的餐馆找，到他住的地方找，"找到了把他剁肉酱了！"自然无果而终。

　　过后我找到了工位。挂果的女装店也开张了，小马便在她店里帮忙。住处就剩果实一个人了。果实一个人在家是待不住的，她就跑到外头盲目地东走西走。一天她跨进一家酒吧，肚子饿，她叫吧台的人给她一只羊角面包。吧台小姐耐心等待，就是不见她掏腰包。果实说，你给我面包呀，我肚子饿了。吧台小姐说，那你得给我两块法郎啊。酒吧里有三个泥瓦匠，土耳其人，正在小桌子前喝咖啡。其中一个年数大点的站起给了吧台小姐两枚硬币。果实咬了一口羊角面包，泥瓦匠问她要咖啡吗？果实说，我要喝牛奶。三个泥瓦匠去工地时，把果实给带上了。泥瓦匠手头干的活儿是给房子涂油漆。那是一幢粉红色的房子，果实看了手舞足蹈。年岁大点的泥瓦匠问果实要不要试试，果实说好的。果实肯定是不得要领啦，弄得满身都是。年长泥瓦匠说没事，等下给你买新衣服。

这件事情好长日子里谁都不知道。大家都忙，都没心思管果实的闲事。就连果实穿了一身平时没见过的衣服，挂果都没觉察到，我们这些外人就更不用说了。直到有天那个泥瓦匠色胆包天，和果实在大楼的楼梯上做那事，被一个白发老太婆撞上，这事儿才露了馅。

挂果没有将这事儿对家里其他成员说，她找小马、烫工和我商量，商讨该怎么办为好。烫工说，把那土耳其人找来揍一顿！挂果摇头，说那会把事情闹大。小马说，还是找他好好谈谈吧，把果实有病的情况对他讲清楚。挂果采纳了小马的意见，她让果实打电话约泥瓦匠去附近一家酒吧。临出发时，烫工老婆叫住烫工，嘀咕了几句。烫工过来对挂果说，他晚上还要去工厂加班，就不陪了。挂果心知肚明，但也不好强求人家。

我们三人去了那家酒吧，一分钟后三个土耳其人出现在酒吧门口。挂果朝那三人招手，他们误以为挂果就是果实，笑逐颜开地走过来，一看到我们两个男的，他们呆掉了。挂果站起自我介绍道，我是果实妹妹，这两位是我朋友，坐吧。三个土耳其人面面相觑，一时拿不定主张。小马朝他们三人笑，说果实她生病了，所以没来。年长泥瓦匠说，她有没有生病我清楚，你们有什么话就直说吧！挂果说，我请你们喝杯咖啡总行吧，坐下来谈嘛。落座后挂果开门见山说自己姐姐患有精神方面疾病，希望他们今后不要再找她姐姐了。年长泥瓦匠说，你骗小孩是吧，果实她和我感情那么好，怎么可能会有精神病？挂果说，我姐姐没病，我说她有病，这可能吗？年长泥瓦匠说，这我就不清楚了，鬼知道你是怎么想的呢。话不投机三句多，僵了。其实泥瓦匠他今天来的时候，就是有防备心的。

下午发生了那样的事，泥瓦匠本来是要带走果实的。泥瓦匠对果实说，现在你家里人要知道了，你跟我走吧，我会像对待珍宝一样把你捧在手心的。果实犹豫了会儿，最终并未答应。后来果实打电话约他酒吧见，他心存疑窦，故而将两个兄弟带上了。小马说，果实她患有精神方面疾病，是个没独立行为能力的人，是个需要家人保护的人。在这种情况下，任何人和她来往，她的家人都有权力阻止甚至通过法律途径解决。另一个泥瓦匠吊起嘴角说，你吓唬谁啊。挂果眼泪都要滚下来了，她说我求求你们了，我姐姐她千真万确是患有精神病的，你们就放过她吧。挂果动了情，没料到年长泥瓦匠同样也动了情，眼眶湿润地说，我和果实是一心一意的，我求求你们就别阻挠我们了呀。你们要不信，我可以把她送我的信物给你们看的。年长泥瓦匠从口袋里摸出一个小石猴。几乎同时，我们三人都惊呆了。那只小石猴，属挂果国内老家的青田石雕。果实跟随父母出国的时候，也就七八岁光景，此后她并未回去过。如此推断，这只能够当哨子吹的小石猴，是果实七八岁上从国内带出来的。年长泥瓦匠继续说，果实她对我说了，她在家里得不到温暖，家里人对她不理不睬，她那个老公，三天两头打她。她说我对她好，她也会对我好的。

烫工出主意，让挂果出门时把果实反锁在家里。我和小马也觉得目前只有这一招了。挂果交代她那个香蕉人妹妹，随时随地

218

看紧果实，不管自己人在家里还是出去，都要把门保险锁上。一段日子后，挂果掐了电话线。因果实人出不去，就经常和泥瓦匠煲电话粥，那样子是没法断绝关系的。

一段日子后，西班牙实行大赦，在法国的许多非法移民纷纷往西班牙跑。一日，烫工夫妇打点行李走了。烫工夫妇前脚刚走，第二日即发生了命案。那天我下班回来，天欲黑未黑。我从地铁站过来的路上，听路人说到"中国人""跳楼"等词语，我心头一颤。我隐约感觉到，房东家怕是出事情了。第一个从我脑子里出现的人是挂果，因挂果她是说过"跳楼"的话的，但我很快就自我否决了。我想，那个跳楼的人必定是果实。

现场除一棵樱花树断了个枝权外，看不出其他异样。我不清楚那一天是否就是我去年搬过来的那个日子，但季节无疑是相吻合的。樱花漫天飞舞，垂挂下来的迎春花一派明黄色。

小马判定是烫工害死了果实。小马对我说，果实死的时候，她手心里攥着一枚五法郎的硬币。我静候下文。小马说，你想想看，五法郎对果实意味着多大的诱惑啊？她是百分之百会跨出窗台去捡的，那外头的遮雨棚那么窄小，像我们这些脑子好的人说不定都得出事呢。这是精心谋划的一个阴谋！我听出了眉目。但有个问题我仍然迷惑不解，便问，就算事情的来龙去脉如你所说的，可凭什么就扯到阿生头上呢？小马承认他并未亲眼看到烫工放了个硬币在遮雨棚上，但是，他经常在那窗台前站着是事实，他站窗台前的面目极其狰狞！

房东一家老少散去后，这套房子恢复了平静。小马情绪怪异，他缩在房间角落里喝啤酒，一根接一根抽烟。他说我晓得你不信，我本来不想说的，我连挂果都没对她说过。老赵迟早是要做我岳父的人，我抖他的丑，做人不地道。你说我该不该把实情对你说？我说随你便吧，你如果觉着不方便那就别说了。小马脖子一梗说，你这样子说，我偏说，我要让你完完全全相信这件事就是阿生干的！根据小马所说，房东曾对烫工老婆有过不轨图谋，甚至动手动脚。小马说他有次亲眼看见，房东在厨房抱住正在炒菜的烫工老婆，而烫工老婆不敢叫出声来。我忖度，如果说房东真对烫工老婆有过非礼行为的话，那么，烫工这人是肯定不会就此罢休的。他柿子捏软的，把气出在脑子有毛病的果实身上，当在情理之中。

回想起来，烫工老婆初来那阵子没找到工位，她整天在储藏室睡觉，头发都不梳，出来时披头散发。烫工老婆曾经与我说过这样的话，国内的人说法兰西是天堂呢，没想到是这个样子的！那一阵子的她，显然还没适应海外底层华侨的生活，情绪低落。房东大部分时间都在他儿子那边帮忙，期间回来过三两次。有次房东叫我和烫工老婆去吃麦当劳，说是他有饭票。所谓"饭票"，是那些大公司发给员工的代餐券。当地人拿这些代餐券，上房东儿子餐馆吃饭，房东儿子视情况收下部分，因不能兑钱，便给房东拿去吃麦当劳。那天烫工老婆谢绝了房东的邀请，我倒是占便宜大吃了一顿。从这一迹象看来，房东是有打烫工老婆主意之嫌的。而且，由于储藏室没窗户，不管是烫工夫妇在一块儿睡，还是白天烫工老婆一人在里头睡，那门都是留着缝的，这样子就难免予人留有想象空间了。

果实的死，对房东一家来说，也许是种解脱。然而对小马来说，却是添了一副沉重的担子。小马决心要找到烫工，为果实报仇！我问小马，人家自己家里人都无所谓了，你操哪门子心啊？小马说，桥归桥路归路。现今，小马人不人鬼不鬼的，答非所问是常有的事儿。小马断定烫工夫妇就在巴黎，所谓的去西班牙办居留是骗人的鬼话。我接受教训懒得与他分辩。

小马不再去挂果店里上班，每天一大早即起，地铁末班车方归，苦行僧一般寻找烫工。

自从果实坠楼死后，房东对小马的态度发生了一百八十度的转变。他有次把小马和挂果叫到跟前，语重心长地说，我现在想明白了，我不再阻拦你们俩的事了，你们自己定吧。要不过段日子，把婚事给办了吧。挂果于是开始筹划婚事，买这买那的，拍摄婚纱照的影楼和举办婚宴的酒楼都一一落实了。挂果的几个女友跟在挂果屁股后头东跑西跑，其中两个已说定是要做伴娘的。但煞风景的是，小马力不往一处使，他的心仍扑在烫工身上，对即将要举行的婚礼心不在焉。挂果好言劝导小马，你对果实好，对我们家好，我心领了，但人死了，又不能复活，就让她去吧。小马垂下脑袋，喃喃说，我听你的。

小马和挂果的婚期一天天靠近，房东他们家族那百来号亲戚都先后把人情钱给送过来了，可是有一天，新郎小马却无影无踪了。小马这事儿做得很绝，没留下只言片语，就像是从人间蒸发了一样。

九年后，我和老婆从葡萄牙里斯本飞抵西班牙巴塞罗那吃喜酒。两天热闹过后，一位刚买了宝马车的亲戚自告奋勇要带我们看市容。巴塞罗那这座海滨城市挺不错的，阳光明媚，海水瓦蓝瓦蓝。这儿有一座教堂，已经建了一百多年了，据说还要建一百多年才能竣工。在一个广场上，哥伦布的青铜塑像高高地耸立在一纪念碑上，他手指所指的方向——开宝马车的亲戚对我解释，那是美洲大陆。哥伦布就是从这儿启航去美洲大陆探险的。

两日游玩下来，我无意中获知，小马待在巴塞罗那。一个肥胖的亲戚夸张地说，你怎么跟他会是朋友呢？那完全是个稻草人嘛，我们谁都不和他往来的！我和老婆商量后决定再逗留一日。第二天，我单独打车去了小马餐馆。小马餐馆所处位置在老城区，洋房灰蒙蒙的，树干老气横秋，像张旧照片。这样的场景应该说挺符合小马这个人的吧。小马餐馆店名叫上海雪园，我驻足店门前看着那几个汉字，心头有一种说不上来的滋味。

我进去后，没见小马，他老婆和一个女跑堂在拖地搞卫生。我昨天夜间曾给小马打过电话的，说好今天要来他店里，可他人不在。小马老婆说，他大部分时间都在酒吧，玩老虎机。小马好赌，这我知道，可这样子对待一个多年不见的老朋友，不是很礼貌吧。跑堂带我去了隔壁酒吧，小马见到我后从老虎机上下来。小马问我喝酒还是喝茶，我说喝茶吧，大白天的。小马要了一壶柠檬红茶。多年没见，生疏是在所难免了，而且拘谨。我到底还是鼓了鼓劲，开口提到了往事，问他当年是出于什么原因不辞而别的。我说，你的目的不就是和挂果结婚而在法国生根落地么？干吗好事临头却要开溜呢？我想不明白！小马苦笑，他说过去的事儿不提了。我说你对人家可以不提，但对我这个与你同一条战壕出来的人，总要吱一声的吧。小马眼睛扯上一层东西，他说我是有苦衷的，这苦衷是没法子说出来的。我说你我之间，知根知底的，难道也不便说？小马说，晚上吧，晚上喝点酒，最好喝个半醉，我说不定会说的。那天我一直在小马那儿，在他餐馆吃的饭，也见到了他的两个儿子。应当说小马目前的生活状况是颇贴近世俗的幸福观的。

晚上我们去了隔壁酒吧，喝酒。小马显然在有意识地给自个儿灌酒，上厕所的时候身子摇摇晃晃，碰翻了一只椅子。零点时分，小马垂着脑袋说，算了老兄，你就别勉强我了。这些事儿烂在我心里，我不会说的。你是聪明人，又了解底细，会大概明白是怎么回事儿的。

第二天我们回去是乘坐火车的。这趟国际列车设施齐全，中间那节车厢是个酒吧。老婆睡下后，我去酒吧车厢，要了一杯威士忌。车窗外头漆黑一片，时不时地闪过一两点灯火。没有星星，没有月亮，在这样的夜晚坐在飞驰的火车上，无疑容易让人怀旧和伤感。

我的思绪飘到了当年，落在了巴黎郊区那座卫星城。那是何等美丽的樱花啊，如梦如幻，飘渺无常。已经死去九年的果实走进我的脑海。实际上，我与果实之间，除了我已提到过的那点"走廊糗事"外，另外还有一件羞于启口的事儿。那天我小解上厕所，推开门时发现果实躺在浴缸里泡浴。浴缸的水面上，漂浮着玫瑰色的干花瓣，散发出淡淡的清香。果实朝我笑，她说你进来呀。我心口噗噗跳，血液飞速循环，脸膛涨成猪肝色。我当时是真的想跨过那道界限的，而且我的身子的确已在里头，我把门给关上了。果实说脱了吧，咱们一块儿泡吧。我看着果实赤裸裸色眯眯的眼光，突然心头咯噔了一下，人定下神来。同样的事情，小马他有没有碰到过？他碰到后有没有像我那样悬崖勒马呢？这些都是不好说的。如若说，小马他和果实之间真有过这种关系的话，那么，面对要和她妹妹挂果结婚一事，他能不受折磨吗？联想到这一层，我瞬间开窍。我那时想，那个置果实于死地的人，很有可能就是小马。想到这一点，一股寒气从我内脏里向外扩散，我四肢冰冷。然而，推理的根据是十分充足的。果实是个脑子有毛病、口无遮拦的人，她说不定哪天就会把事情的原本对他人说出来的，那样子的后果和结局可想而知。这一系列的"可能"成立的话，那么狗急跳墙的小马做出杀人灭口，而后转嫁于人的勾当，也就顺理成章了。

事情当然还有其他几种"可能"。其一为果实自己失足掉下去的，与他人无关。她手中紧握的那枚硬币，是从客厅地毯上或其他什么地方捡到的，并无因果关联。而我所"推理"的有关小马和她之间的事儿，纯属无中生有。小马他有难言苦衷，但并不等于说就这一桩事嘛，是我自作聪明拿自个儿的"经历"想当然了。其二是要把事情分开来讲，小马或许是和果实有过关系，但害她的人不一定是小马而是烫工。就我个人的感知和评判来说，小马他再怎么样也是下不了那毒手的。而那个烫工，我总觉得他阴阴的，他虽说长了一身膘肉，但阳刚之气却明显不足。况且，房东的好色我是有所察觉的，如要让他不对困在屋子里的烫工老婆起邪念，那真得太阳从西边出来了。而烫工是个沉得住气的人，他必定会对房东采取有步骤有计谋的报复行动……

列车进入西班牙和葡萄牙边境的一座中等城市，火车站灯火通明，我身上的寒气逐渐消退。我站起要了一份三明治，要了一杯卡布奇诺。火车再度融入黑暗，我的思维同时再度活跃。我回忆起了那个人工湖，就在房东家的对面。人工湖上有两件漂浮物，形状构造十分抽象，一件为大红色的，一件为天蓝色的。这两件庞大的浮体不知是由什么材料做成的，很轻盈，稍微有点风吹草动，它们就会动起来。

　　人工湖一旁，有个土堆，远看像座小山包，其实或许是当初挖掘人工湖时堆积的泥土而已。土堆上种植白杨树，秋天的季节青黄相间，赏心悦目。我就是在秋天去过那儿的，站在土堆的白杨树下看两件漂浮物轻轻碰撞。抬头时，我看见了自己的住处——也就是房东那处于十三层的房子。真的是一清二楚——连趴在桌前写作业的香蕉人耳环都看分明了，那是一对银质的小松鼠。我扯上这些场景，那是为了证明那个土耳其泥瓦匠，是极其有可能到这儿来的。果实自从被关在家里，后来又断了电话，她和泥瓦匠是怎么联系怎么见面的呢？办法总是要比困难多的。泥瓦匠利用下午茶工夫，一分钟内干掉咖啡，然后三步并作两步往人工湖方向跑，登上土堆，扯开嗓子大声喊，果实——果实——果实急匆匆扑向窗台，挥舞着手臂，上蹿下跳，咿哩哇啦喊叫。这种对视，这种隔岸喊话，这种情景交融，成了他们的保留节目，成了他们人生中最大的寄托和快乐源泉。春天里的一个日子，天高云淡，树木葱茏，樱花和迎春花正如你们所知的那样，妩媚无边，闪烁不定。果实在窗台前喊，我要一朵花儿呀！泥瓦匠说我给你采摘！果实说，那你怎么送给我啊？泥瓦匠说有办法的，我会飞，我要飞到你那里把花送到你手上。果实撒娇，不，我要飞到你那儿去，采集好多好多的花，我要拣最好的那朵送给你！泥瓦匠开怀大笑，他说好呀，你把最差的花送给我也要啊！果实说那我飞过来喽，你睁大眼睛看呀……我发现自己已处于半睡半醒状态，嘴角甚至流下了口水。啊啊，愿果实在天之灵安息吧。

返照

一

曹晟彬风尘仆仆到达后——头重脚轻还分不清东南西北时，即被一辆破车拉往一处黑黝黝的地方了。借着淡薄的星光和车大灯的照射，他辨别出周遭散落着一些房屋。房屋式样大同小异，均为不高的三角屋顶大平房，上头盖着洋铁皮，屋前屋后围着一人来高的围墙。

过后曹晟彬得知，此地为帕拉马里博郊外的一个仓库区。

当晚曹晟彬住进其中的一座仓库。他得自个儿动手，在仓库的空处搭起一张床铺，并架上一顶墨绿色的尼龙蚊帐。蚊子又大又稠密，随便在空中一划拉，便能撞着十几只。小吴过来说，四只角都得点上蚊香。曹晟彬不解，问道，挂上蚊帐了，还要点蚊香？小吴一脸不屑道，这儿可是南美洲哦，你都没听说过的啊？

第二天曹晟彬醒时，日头已经老高。那位小吴，早已不见踪影。曹晟彬在煤气灶上弄了点吃的，然后小心翼翼地打开仓库围墙的铁门，一番探头探脑过后，他终于鼓起勇气跨出了门槛。附近几条小马路，植物疯长，不见人迹。天空无比空旷，是那种从未见识过的空旷，广袤无际，上头没有任何参照物，蓝得耀眼，

227

显得很不真实。曹晟彬对那一株株的仙人掌产生了兴趣。这地儿的仙人掌足有三层楼房那么高，开着鲜艳的黄花朵。曹晟彬心想，自己老家的仙人掌都是栽在花盆里的，而这儿的仙人掌，俨然就是一棵棵巍峨大树嘛。第三天是个落雨天，曹晟彬没有出去走动。他待在铁皮盖的仓库里。那雨铺天盖地，雷霆万钧，震耳欲聋。在曹晟彬的感知中，那时节的铁皮屋犹如行驶在波涛汹涌大海上的一艘船只，摇摇欲坠，焦头烂额。曹晟彬走到窗前，但见外头的雨线如麻绳般粗细，速度极快地砸下来，整个儿天地一派白茫茫。

第四天为周末。曹晟彬发现这一区域的马路上，有不少车子驶过，另外还有一些人骑摩托车或脚踏车的。曹晟彬早早跑到大门外，一边东张西望，一边心想，这些黑人的造型还真不赖。他们随便那么一站，抑或就骑个破车吧，便显范儿了，形同一座座乌木雕像。

这些黑人在周末跑到这片区域来干吗呢？曹晟彬后来搞清楚了。原来，这一带除了建有仓库外，另外还有几幢不同用途的建筑物。那数幢房子从外观上看，区别不是特别大，只是要小些、精致些，院落自然也小巧玲珑，里头的花花草草修剪得相当整洁。

这类房子，是当地某些部落举行宗教仪式的场所。

有一幢这种类型的房屋就挨在曹晟彬所住的仓库旁边。曹晟彬登上那架户外铁楼梯，在拐弯的平台上，便可看见对面房子的院子，还可通过房屋窗口见到里头的情景。

这天的黑人们，穿戴得整整齐齐，都是一家子一家子过来的。男人大多穿衬衫、西裤；女人们穿上传统的连衣裙，花色较为艳丽；小孩子们天真活泼，尤其是那些小女孩，个个花枝招展。门口那间矮屋子，不知从何时起，已成了小卖部，出售饮料及糖果什么的。大家都是喜气洋洋的样子，在院子里寒暄、攀谈；小孩们喝饮料、吮棒棒糖，跑来跑去。

他们进屋后没多久，无论男女老少，便都安静下来了。整个儿气氛，于骤然间截然不同了，连曹晟彬这个局外人，也立马感受到了。这或许就是宗教的肃穆气氛吧。然而，这到底是一种怎样的宗教仪式呢？这一点曹晟彬自然是没法弄明白的。

曹晟彬那天所见到的宗教仪式场面，是他从未见识过的，也归不了类。此地的这些黑人，祖先是被荷兰殖民者从非洲贩卖到这儿来的黑奴——漂洋过海的黑奴们说不定就把非洲原始部落的某种原始宗教仪式给带到这儿来了。故而，这种宗教仪式在曹晟彬看来，显得很是诡异和不可理喻。

仪式开始后，台上出现了几位身穿长袍的老男人（长者），他们一个个轮流说话，拖腔带调。底下的人一律站着（没有座椅），抬脸看着台上的人，很专心致志。台上的动静越来越大，轮流说话的老男人们，现在开始轮流手舞足蹈了。那舞蹈的幅度颇大，大有张牙舞爪的阵势。曹晟彬注意到，他们跺脚的时候特别用力，咚咚响。台下的人唱起柔软的歌曲，这柔软的歌曲与台上的夸张动作，形成了鲜明的对比，判若两重世界。

台上其他老男人一个个退下，留下一位颤巍巍的老男人。面对底下苦难的芸芸众生，他步履蹒跚地走到麦克风前，开始小声说话。曹晟彬待的地方离那有一定距离，故而完全听不到那位超级老男人所发出的声音。曹晟彬是通过老男人嘴巴的嚅动，判断出他在说话的。更为绝妙的是这位老男人的"舞蹈"，他在众人的合唱声中翩翩起舞，且不说那"舞姿"的怪异，就是他那身段，这么一大把年纪的人了，其身段却如剔了骨般酥软，如风中摇摆的杨柳枝，如书法里头的狂草体。

这样子一来，原子弹般强力的效应呈现出来了。但见底下有人像根面条似的滑倒在了地上，隔一阵子又是一个……可始终没见有人搭理那些倒在地上的人——整个程序有条不紊地往前推进——倒下的人越来越多，一茬一茬割麦子似的。那些黑妹倒下去的时候，曹晟彬好生心疼，免不了发出一声又一声叹息。

仪式结束时，剩下的人已非常有限。除了一两位中年妇女外，其余的均为身壮如牛的男人。这些人开始卖力干活，搬动那些倒地者。他们一人抬头一人搬脚，吃力地将他们移到长条椅上。这其中有些倒地者，刚一触碰到他们，他（她）立马撑起身子，一骨碌从地上爬起。有些则不然，完全像是一头死猪，任由他人搬来搬去。

大概过了个把时辰吧，那些原先"沉睡"过去的人，便陆陆续续地从长条椅上爬起了。他们伸伸懒腰，活动活动筋骨，恢复了原貌。过后，这群人有说有笑地从屋子里出来，拖家带口，相互道别打招呼，好像刚才的那一幕压根儿就不曾发生过似的。

第五天，有人在大门外敲门。曹晟彬过去把门打开。门口站着一位黑人男子，他将曹晟彬拉到一旁，从裤兜里掏出一管钢蓝色的手枪。曹晟彬吓得脸色煞白，慌乱中倒是没忘举起双手的规矩，用意大利语向他求饶。黑人男子倒是听懂了（或许是从他的神态上看出来的），脸上露出笑意，拍拍曹晟彬的肩膀，一边说话一边打手势。曹晟彬总算脑子开窍了——原来人家并非要他这条小命，而是想把枪兜售给他呢。

第六天又有一位黑人男子在大门口敲门。这次是小吴头天交代过的，说明天有黑人送鳄鱼过来，叫他给钱收下便是。曹晟彬把门打开，一手交钱一手接货。鳄鱼的尖嘴巴已被胶带纸给封住，身上绑着铅丝。在仓库楼梯下的铅丝上，悬挂有二十几张鳄鱼皮。这二十几条鳄鱼的肉，都被小吴"葱爆"吃进肚子里去了。小吴头天晚上对曹晟彬说，鳄鱼肉壮阳补阴，去妓院前得吃顿鳄鱼肉。

二

对曹晟彬的到来，小吴是怀有一定的敌意的。小吴把曹晟彬从机场接到仓库后，仅有一次带他去城区兜过，曹晟彬买了烟和生活日用品。其余时间，小吴就把曹晟彬"晾"在仓库。小吴说，我要赚工资吃饭的，得起早摸黑，你就在家待着好了。小吴也的确是那样子做的。往往一大早，曹晟彬还在梦乡，小吴即开着那辆不晓得已过几手的面包车跑出去了；有时天没黑透、有时黑透了，他才开着那辆摇摇晃晃的破车进院子，车灯直射过来，院里的几棵树木被映照出一片惨淡的白光。小吴从车上下来，嘴上嚷道，这他妈的不是人过的日子，腰骨都累断了！

有一次小吴问曹晟彬，欧洲不好么？曹晟彬想了想后说，每个人……情况不一样吧，反正我没混好。小吴眼睛斜在曹晟彬脸上，他说，你在那边遇上什么事啦？曹晟彬摇头说，那倒没有，我是个安分守己的人，不会闯祸的。曹晟彬说过后甩了根烟给小

231

吴。小吴拿烟在手表盖上顿了顿，点着后说，混口饭吃的地方多了去，你怎么想到跑这苏里南来的？一般情况下，没命案在身，怕是不会从欧洲跑南美来的吧。

曹晟彬起身上厕所。他对小吴说，对不起，水喝多了，我先去撒尿。厕所极其简陋，在仓库后头，周围遍地野草，有只山龟一动未动地趴在地上（小吴从黑人那儿买来的）。抽水马桶的水箱没盖子，曹晟彬放水时，水箱里头突然跳出两只浅绿色油蛙，身躯瘦长，十分敏捷。有只油蛙恰好跳到了曹晟彬的小兄弟上，吓得他叫了一声妈。两只油蛙训练有素，待水箱水满上后，复又跳回水箱里去。看来这水箱成它们的根据地了。

曹晟彬回来对小吴说起油蛙的事儿。小吴仰靠在靠椅上，脸面朝向上头的洋铁皮屋顶说，这有什么大惊小怪的，你要搞清楚，这儿是南美洲哎，什么稀奇古怪的事都有的。曹晟彬点头。他说那天到机场，飞机停下来后，我还纳闷，这飞机怎么停到汽车站了？就是汽车站的楼，我看比这儿的航空楼规模还要大些吧……

小吴打断曹晟彬的话头说，你和丘老板是什么关系？曹晟彬说朋友关系呀。小吴再问，到什么分上？嫡亲不嫡亲（铁不铁）？片刻后，曹晟彬回话道，还可以吧，你说特别好，那也是没有的，我和他好多年没碰面了。小吴从靠椅上撑起身子问道，你说说来龙去脉，他怎么就让你来苏里南了？曹晟彬说我给他写信，想到他那儿，他说法属圭亚那属军事区……我也不晓得那里怎么会是军事区，他说签证很难签下来，说苏里南这边签证松些，我就来苏里南了呗。

法属圭亚那是属于军事区的，境内有个库鲁航天中心，欧洲

232

的什么东西都运到那儿发射。小吴一副老马识途的口吻。

这座仓库，便是法属圭亚那的丘老板与那边的两位股东租赁下来的。当时他们从中国义乌运出十数个集装箱的货，准备在苏里南做小商品批发生意。但这一炮打哑了。小吴便是那个留守人员。据小吴说，起初老板还给他开工资的，到了后头就断档了。其中一位股东老板给小吴打电话说，那一仓库的货，你拉去卖就是了，工资就从货款中扣呗。小吴于是买来一辆旧面包车，再从黑人手中买了一本驾照，干起了"跑货"的行当。

照这样看来，小吴对曹晟彬怀有敌意或者说不爽，可说是有理由的。首先小吴原先并不认得曹晟彬，虽说小吴也是鹤城人，是老乡，但这层关系比一张纸还薄，构不成任何友谊基础；其次，这一点最要紧，曹晟彬是丘老板的朋友。曹晟彬尽管怎样对小吴解释说他和丘老板仅一般朋友关系，但小吴是不会相信的。小吴心想，丘老板把这个人派来的目的无非两个，要么是监视他，要么是夺他的饭碗。

他们两人的这种僵持关系，有一天被撬动了。只不过，那个过程一波三折，有点儿曲里拐弯吧。

那天小吴没跑货，在家歇着。下午他接到一个电话，有位广东老板要买六束塑料花，要他直接拿到公墓插花瓶上，另加小费。小吴放下电话骂骂咧咧，边穿鞋子边问曹晟彬道，要去给人上坟，你去不去？曹晟彬说，去。

苏里南这个国家的人口结构，其中印度裔占百分之三十三，印尼裔占百分之十三；其他大多为黑人和印第安人；华人的比例比白人还要高，占百分之三。而华人中的绝大多数，均为广东东莞一带人氏。这些广东华人在苏里南已有一两百年历史，扎下了根，拥有自己的华人墓园。小吴那天要去的地方，就是那座华人墓园。

小吴分别给六座坟墓插花的时候，曹晟彬便四处走动——他东张西望，稀奇得不得了，没想到在这么一个天涯海角鸟不拉屎的地方，竟然会有这么一处规模相当的华人墓园！曹晟彬在墓园里头流连忘返，一个坟墓一个坟墓地看过去，脑子里面天马行空，想象着墓主人的音容笑貌，以及他们不平凡的人生道路。就这样随意转悠着时，他的眼睛突然被几个字眼吸引住了。他再仔细看了一眼那墓碑上的字，没错，千真万确就是这么一行字——曹康麟之墓，祖籍中国·浙江省鹤城县。曹晟彬不禁大呼小叫起来，这是我大伯的坟啊！小吴从那头过来，没好气地说，在墓园里乱叫，小心被人揍哦！曹晟彬上气不接下气地说，这是我大伯……我大伯叫曹康麟……我爸就是康字辈的……一直说、说他去了南美洲，原来、原来他就在苏里南啊……

上车后，曹晟彬仍然显得有点小兴奋，嘴上嘟囔道，这太不可思议了……简直就像做梦一样啊。小吴不耐烦地说，这有什么好大惊小怪的，不就是个坟墓么，又生不了财。曹晟彬说，这还不凑巧呀，世界那么大，一个人太渺小了，我和我大伯时空隔那么遥远……可是、可是，我却和他碰上了，你说这不是奇迹么！小吴懒洋洋道，拜托，你碰到的是一座坟墓哦，又不是活人，要是碰见一个有钱的主兴奋一下还说得过去，你这算什么呢？这苏里南有座你们家的坟墓，能说明什么，又有什么用？话不投机，曹晟彬不再吱声了。

过后，曹晟彬小心翼翼问小吴，我们鹤城人……在苏里南的多不多？小吴偏头反问道，你什么意思嘛？曹晟彬欲说还休，摸了摸脑袋。小吴道，这儿鹤城人有是有一些，你是要搬到他们那儿去住？曹晟彬赶紧摇头，说不是那回事儿。小吴说，那你问这干吗？

　　曹晟彬终于把自己想说的话说了出来。他说，我是想……如果能找到跟我大伯认识的人，那就好了。小吴说，这恐怕难，他那个年代的人，就算有人还活着，差不多都成废人了。再说，在苏里南，鹤城人大多是新华侨，都是最近几年进来的。曹晟彬说，你帮我打听打听看，我请你吃饭。小吴摇头晃脑道，我真不晓得你是图什么，就算有人认得你大伯又有什么意思？

　　一日，小吴跑货回来尚早，便对曹晟彬说，要不领你出去转转？他们去了一家汽车修理铺。这家大树下的修理铺，是由一家鹤城人开的。他们家的分工是，父亲和大儿子干活，在车肚子底下钻钻出，手拿扳钳螺丝刀什么的，全身泥猴一般，脸面如大花猫；母亲腰间系围裙，身影老在眼前晃动，她有忙不完的家务事，还得时时呵斥两句那些顽皮的小孩。那群小孩，个头阶梯般递进，一个连接一个。两个大点儿的女孩子，分别躺在两张吊床上，相互窃窃私语，自成方圆，优哉游哉；几个小的，与几条杂狗揽在一块儿，人欢狗跳。曹晟彬到头来都没搞清楚他们家到底是六个还是七个小孩。

　　小吴对男主人说，他是卡宴（"卡宴"为法属圭亚那省府）丘老板的朋友，想找事情做。女主人接嘴说，在苏里南打工不出头的，工资太低了。人家都要想办法去欧洲，你怎么反倒要来南美洲呢？这边的经济太差了噢！曹晟彬低下脑袋说，我自己也不晓得是怎么想的……反正来了，就不多想了，看看有什么小生意好做。小吴道，很难的，排个场没那么容易的。要不依我看，就到老廖这儿来学修车好了，学门手艺总是好的嘛。那叫老廖的摇头道，我这小庙容不了佛的，办法总有的，慢慢来嘛，上有天堂，下有苏里南，在苏里南饿不死人的啦。那些黑人，整天不做事，吊床挂在树下，蹬两脚就有果子掉下了。这热带就这点好，地里自己会长东西，再没钱的穷人也饿不死的。

晚饭时辰到了，女主人招呼他们在这儿吃饭。曹晟彬吞吞吐吐道，我和吴私说过的，要请他吃餐馆。老廖道，就在这里吃便饭吧，以后要用钱的地方多得是，能省就省吧。小吴道，就在老廖这里吃吧，你不是要打听么，等下问问老廖看。

女主人从屋里搬出一张折叠式小桌子，四张矮凳子，而后端上几盘家常小菜，清清爽爽。老廖从冰箱里提出两瓶啤酒，一只手一瓶，一步三摇地晃过来。这种啤酒瓶，样子有点儿像炮弹，深棕色，与大瓶装的可乐大致相等。老廖父子、小吴、曹晟彬，四人分四边围小桌子落座。老廖打开样子古怪的啤酒，分别给每人带把的玻璃杯子满上。老廖道，这苏里南什么物资都短缺，差不多没个像样的工厂，可这啤酒厂，倒是远近闻名的，早先荷兰人办的，一直到现在，这啤酒的质量还是响当当的。

四人举杯灌下一大杯啤酒。

曹晟彬打了个嗝，鼻腔里头冲出一股浓烈的啤酒气。他觉得这啤酒确实口感不错，冒上的麦芽发酵气味冲劲大，爽。

这方小天地，因有一棵大树罩着，特别凉爽。这棵大树有多大？简直无法形容！树冠的覆盖面积足有三四个篮球场那么大，枝繁叶茂，一丝一毫太阳光都投照不进来。该树的特征还不在此，它的特征在根部。也不晓得这是一棵啥树，根茎部位特别发达，一根根坚实有力地扎进泥土，排列成形，从任何一个角度看，都像是一堵由木棍组成的墙体。

在这样一棵遮天蔽日的大树底下喝酒吹牛，烟头乱丢痰乱吐，撒尿就在树根部解决——那份快活，无疑赛过神仙了。

老廖问道，你们刚才说什么……晟彬有个大伯在苏里南？小吴纠正道，是他大伯的坟墓，那天我替广东人代拜坟，他在墓园里看见了他大伯的坟。老廖道，这太巧了，看来你与你大伯有缘呢，千里来相见。曹晟彬道，我想问问你，这苏里南，最早来的鹤城人都有什么人？能不能找到他们？老廖道，我也不太了解，到时我给问问看。

老廖分烟时，突然想起了什么，他那伸出去的手停顿了三五秒钟。散完烟后老廖说，我刚才想起了……一个传说吧，是有关你大伯那一辈人的传说……曹晟彬不觉支起了耳朵，想听下文。可老廖停下不说了。曹晟彬一急，便脱口问道，是个什么传说呀？说来听听。老廖搓着手说，既然是传说……就是传说，虚虚实实的，只能当故事听，没什么说头的。这时小吴的兴头也被吊起了，说，就算是故事，你也说来听听嘛。老廖摇头道，我过两天去问问别人，因为我也没怎么明白，一下子说不好的，等我问来了，再说吧。小吴眼巴巴地看着老廖，老廖一抬头，他们两人似乎意味深长地对视了一眼。喝过一杯酒后，老廖慢条斯理地问曹晟彬道，你来这里……当真是稀里糊涂来的？曹晟彬点头。老

237

廖夹了一颗花生米丢进嘴里，摆着脑袋道，这好像不对嘛……天底下有这样恰巧的事情……我越琢磨越觉得……这里头太恰巧了呀。小吴这个脑袋瓜子灵光的人，显然意识到了什么微妙之处。于是，他打哈哈道，喝酒喝酒，不要扯远了，今朝有酒今朝醉，晟彬你把杯拿起啊，喝一个啊！

三

仓库先前的工人，于三四年前在仓库周边空地上种了两棵八棱瓜（八个棱角的丝瓜）。这八棱瓜是草本植物，一年一季，来年得重新播种、发芽长秧苗。可南美洲的热带雨林气候，一年到头都是夏季，没有秋冬季，雨水充沛且土地肥沃，故而那八棱瓜就长生不死了，瓜藤越长越粗，翻过仓库围墙，爬到后头那片灌木丛去了。

曹晟彬刚来那阵子，小吴几乎不买菜——于是曹晟彬只能天天吃八棱瓜。他拿上塑料袋，先从仓库大门出去，拐到围墙后头，循着瓜藤往前走。一路上，遍地都是八棱瓜，根本采摘不完，所以大部分都老在地上、烂在泥里。有一次，曹晟彬想探个究竟，瞧瞧这瓜藤到底能爬多远。他一直走了三四百米的距离，才见到了瓜藤的末梢！可以试想一下，如此长度的瓜藤，那上头得生长多少只八棱瓜啊！简直是数不胜数了。

南美洲是没有八棱瓜的——这八棱瓜的种子，是那位鹤城工人从中国老家带出来的。他当时把种子带出来，是想试试看，如能种成，就能吃到家乡的八棱瓜了。让人始料未及的是，这种下的八棱瓜从此成精了，非但不死，而且越长越离谱，到了让人匪夷所思的地步。要晓得那八棱瓜的瓜藤有多粗？其根部足有一只男人的胳膊粗细呢！

曹晟彬有一次跟随小吴去当地菜市场。曹晟彬多了一个心眼，想看看菜市场里是否有八棱瓜出售——当然是没有了。这家菜市场，据小吴说是帕拉马里博最大的菜市场了，但菜的品种仍然嫌少。菜市场里最大宗的菜蔬当数西红柿了，几乎每个摊位都有，堆积如山；其次便是洋葱，也小山似的；另外有芹菜、豆角、长条小南瓜、悬胆样子的茄子、沙拉菜，以及几样曹晟彬没见过也叫不上名儿的青菜。

过后曹晟彬与小吴商量道，你说，我们把吃不掉的八棱瓜拿到市场卖，会有人买吗？这个问题小吴在以往还真没想到过，他愣在了那里，老半天没作答。

小吴说，估计难……黑人肯定是不会吃的，印度人不晓得有没有见过……广东那边不晓得有没有八棱瓜，如果有买主的话，广东人的可能性比较大，可广东人人数又不多……试试不妨吧。

小吴现在对曹晟彬的态度，明显不同了。他原先对曹晟彬是爱理不理的，现今可说是有商有量了。头一天，小吴陪同曹晟彬去采摘八棱瓜，两人满头大汗，被蚊蝇叮咬得叫苦连天。傍晚时，那采摘来的八棱瓜堆成了一座小山，怕有两三百斤吧。小吴说，摘太多了，卖不掉就是一堆垃圾呢。

两人冲过凉，全身涂抹上风油精，总算不火辣辣的，舒服一点儿了。

第二天天蒙蒙亮，小吴起床后，曹晟彬也一骨碌从床上跃起了。草草扒拉了几口泡饭，两人即驱车出发了。小吴仍旧去跑货，他将车子拐到菜市场旁，放下曹晟彬和那几编织袋八棱瓜。

小吴说，晚上我来接你。

那天在菜市场的边角地带，曹晟彬先是被两个混血小混混莫名其妙地踹了几脚；没过多大会工夫，他又被一位戴歪帽的警察给"盯"上了。好在曹晟彬是有过"欧漂"历练的人，心态好得很，并没因此乱了阵脚。对付两个小混混，曹晟彬从兜里掏出事先备好的两包烟，一人一包给分了，两个小混混即扬长而去了。对付那位戴歪帽的警察，一包烟怕是打不住了，曹晟彬皮笑肉不笑地往他手心里塞了五块美金。这位戴歪帽的警察挺滑稽的，他向曹晟彬敬了个军礼。

太阳还未落山，小吴即开车赶过来了。那时曹晟彬已将两编织袋没卖完的八棱瓜提到菜市场外头的马路边，坐在人行道的一块石头上抽烟，抽到第五根时，小吴的面包车便从街口那儿冒出来了。

小吴没下车，从车窗探出脑袋冲曹晟彬道，不错嘛，卖了一大半嘛。曹晟彬说，还行，半卖半送吧。上车后，曹晟彬说起了今天的买卖。曹晟彬说，你分析得没错，黑人认不得这东西，以为是水果，一个黑婆差点要拿来咬了……印度人还是印度尼西亚人，我分不出，他们半信半疑，有几位买了一点……广东人晓得，他们说这是丝瓜，可能他们那边的品种不一样……有一位买回去后，下午领了一个人来，说是开木材厂的老板，工人多，半卖半送拿了两袋多。

小吴不是很感兴趣，他说这种讨饭生意没办法做的。曹晟彬

240

说，还可以的，收入比打工强。小吴往车窗外吐了一口痰说，你又不是打工的料，还计较这点蝇头小利啊。曹晟彬本还想说说被敲竹杠的事儿，见小吴一点说话的兴头都没有，便作罢了。

这样子一连十数天，曹晟彬都是跟小吴车出，跟他车回。收入有时高点有时低点，顺风顺水。有一天一个印度男人跑来，指着曹晟彬鼻子一通乱骂，要砸他的摊。曹晟彬粗通意大利语，对荷兰语多少能听懂点儿。他最终弄明白了，这位印度人把八棱瓜连皮放锅里煮，结果根本咽不下去。曹晟彬没法跟他解释清楚，只得掏钱免灾了。那个印度人骂骂咧咧，说明天还要来！

晚上小吴领曹晟彬去一家饺子铺吃饺子，说是改善一下伙食替他压压惊。那家木板房的饺子铺外头挂着一块招牌："姐妹饺子店"。而实际上，经营者为兄妹俩，哥哥叫鲁能，妹妹叫鲁花。

苏里南首都帕拉马里博这座城市，树木茂盛，鲜花遍处开放，可繁华是一点儿都谈不上的。总统府一带的几条街上，是有许多不错的建筑物，如荷式建筑、英式建筑、法式建筑及西班牙式建筑，应有尽有，极具殖民时期的风范。但其他地方，那就零零落落了，像是一个扩大了的乡村。那家"姐妹饺子店"就坐落在一处"乡村"里，店前的土道尘土飞扬，屋后头的场地，寄居着不少流浪汉和流浪狗。

小吴显然对鲁花有意思，趁鲁能进后头厨房时，抓紧时机打情骂俏。可鲁花对他似乎兴趣不大，麻木不仁，该干吗干吗。

回去路上，小吴闷闷不乐。

到住处淋过浴后，小吴对曹晟彬说，这世道没钱，泡个娘们儿比登天还难！曹晟彬说，那是肯定的啦。小吴递了根烟给曹晟

241

彬，摆出一副态度诚恳的样子对他说，我说晟彬哪，你就别再去卖八棱瓜了吧，我还是那句话，这讨饭生意是不出头的……你还是去把正事操作起来吧。曹晟彬抬脸问道，什么正事？我没懂你的意思呢。小吴说，我们朋友一场，你还是没拿我当个朋友。曹晟彬说，你每天帮我忙，我怎么可能不拿你当朋友啊。小吴重重地点了点头，将烟头弹出一丈来远。他说，你现在是在浪费时间，当务之急是要去碰蒋符标啊！曹晟彬一头雾水问道，哪个蒋符标？小吴道，蒋符标就是你大伯的朋友呀。我听人说了，当初他们两个好得不得了，是穿一条裤子的难兄难弟……

未等小吴话说完，曹晟彬急切道，那事儿有误，因为……因为我大伯的坟墓在我老家曹妃甸……我当时昏了脑袋，看到同名同姓的人就以为是我大伯了。小吴顿时傻了眼，嘴巴张在那儿说不出话。

小吴自顾自点上一根烟，猛吸几口后问道，你既然晓得你伯的坟在老家，那天你凭空怎么又说你伯的坟在这里？难道说，这坟的事也可以开玩笑？曹晟彬垂下脑袋道，我那天是头脑发热了，看见那名字，没多想，忘记了有一年去曹妃甸还拜过我大伯的坟的，所以我觉得这事不对头……恐怕是这个鹤城人与我大伯同名同姓的……不过我大伯确实到过南美洲的，他的情况我不太了解，但曹妃甸有他的坟是千真万确的。

小吴犹如一只泄气的皮球，懒洋洋道，睡吧。

四

小吴再度对曹晟彬持不冷不热的态度，同时不再带他去菜市场了。

另外一个方面，那八棱瓜也采摘得差不多了。曹晟彬于是歇了摊。

曹晟彬买来一辆脚踏车，没事就往外跑。帕拉马里博这座城市本就不大，而且道路特别有规矩，很好找。曹晟彬借助脚踏车这种交通工具，随处跑动，倒也十分便利。

有一天，曹晟彬骑到了海边。苏里南由于地处偏僻，经济落后，旅游业几近于零，故而这好端端的一溜海滩地，没有任何设施，杂草丛生，一派荒芜。曹晟彬在那儿一气乱走，脱去衣服在海水里洗了个赤臀浴。反正这儿地老天荒，鲜有人迹，脱个精光也没人瞧西洋景的。

回返路上，曹晟彬见海边停靠的一条船的船头上，有两位汉子赤膊上阵，正在烈日下挥刀斩鱼头。那些鱼一把大刀似的亮闪闪，少说也有十多斤重吧。但见他们拎起一条来，一刀下去，鱼头应声断落。与此同时，他们拿手中的刀把利索一扫，鱼头便被抛向了海里。曹晟彬越看越觉得不可思议，这鱼头是多好的东西啊，多鲜美的食材啊，怎么就把它当垃圾扔掉了呢？曹晟彬毕竟在欧洲待过，他马上明白过来了，原来番人是不吃鱼头的。至少在西欧地带，所有带骨头的和内脏什么的，番人都是不吃的。难不成，这穷得叮当响的苏里南人，也已仿效了番人的此种做派？

曹晟彬骑车去了姐妹饺子店。哥哥鲁能听了曹晟彬所说的"商机"，来了兴致。不过他还是有几点顾虑：其一是苏里南天气太热，鱼头火锅怕不合适；其二是没有做鱼头火锅的厨师。曹晟彬说，开空调吃火锅早已不是新鲜事儿了，这是一点问题都没有的。至于厨师，我在罗马中国点心店干过，可以充个数吧。

两人越扯越带劲，他们规划起蓝图，展望起前景，双双眉飞色舞、唾沫横飞。没料想妹妹鲁花冷不丁在他们背后道，少扯空头文章了，能把饺子卖好就不错了！

曹晟彬愕然。

鲁能脸上挂不住，提高声调道，你不要插嘴好不好！

鲁花爱理不理的样子说，开什么火锅店哦，我觉得不好嘛。

面对这个局面，曹晟彬知趣地告退了。

晚上小吴很迟才回来，酒气熏天，摇摇晃晃哼着小调。曹晟彬自然就被弄醒了。小吴拖了把椅子坐到曹晟彬床铺前，与他隔着蚊帐说话。小吴说，你原来心机这么重啊，想一箭双雕是啵……怎么说你这个人呢，城府太深了，太让人琢磨不透了。曹晟彬没法装聋作哑了，他从床上坐起道，有话你就直说吧。

小吴打了个酒嗝，捂住嘴巴跑到外头大吐特吐。可小吴的脑子仍清醒无比，他在水槽前漱了漱口后又回来说，饺子店那娘们儿，我追了一两年。你倒好，领你去吃趟饺子，就生歪心了，你挂羊头卖狗肉这招，被鲁花全识透了！

对于这等无稽之谈，曹晟彬觉得又好气又好笑，他索性懒得搭理了。

小吴不依不饶道，你晓得人家鲁花是怎么说你的吗？她说你是个来路不明的人，眼神特别阴险。你现在该搞明白了吧，人家为什么不想和你开什么狗屁火锅店。

曹晟彬瓮声瓮气道，外面蚊子多，有话明天再说。我可以对天起誓，我对那个鲁花没兴头，你就放一百个心吧。

第二天，曹晟彬给那位老廖打电话，请他帮忙找个住处。老廖说，我正要找你呢，晚上过来喝酒吧！曹晟彬说，酒就不用喝了，你帮我租到房子我再请你喝吧。老廖说房子的事好解决的，我这儿也可以住，我家房子大得很……晚上你过来，我这样子叫你了，总要给面子的嘛。

　　曹晟彬想想，小吴那人没什么恶意，无非是个心胸狭窄的人罢了，不必过多计较。如此一想，他就不嫌与小吴一块在老廖那儿喝酒了。

　　傍晚时分，曹晟彬骑车出来没几步路，便迎头碰上了小吴的面包车。小吴一个急刹车停下来说，干吗骑车呀，我特意来接你的噢。

　　这次的饭局仍然摆在那棵大树下，只是老廖的大儿子没再参与，下酒菜也丰富了一些。

　　老廖没兜圈子，开门见山问曹晟彬道，你说说看，你大伯那老家的坟，到底是怎么回事？小吴接嘴道，这事太怪了，一个人怎么会有两个坟呢？晟彬你说给老廖听听，老廖通天文地理，说不定他晓得当中的道理。

　　曹晟彬道，这件事好多年了，最少有十几年了。那年我家的那个宗派，轮到我家这房分祠堂饼，我跟我爸、我伯、我叔一起去老家曹妃甸村，全族一百多号人吧，舞龙灯一样去了清真禅寺旁侧的太公头的坟，分祠堂饼、烧香烧纸。散掉后，我们几个往回走，突然就飘起雪花，鹅毛一样。这时我伯说，去大哥坟头看下吧……

　　我在那之前，一直不晓得我还有个大伯的，以为我爸就三兄

245

弟。我大伯的那个坟，只是个土堆，没有字眼碑。那天我们只是在那个坟前站了会儿，雪越落越大，我们只得快步回亲戚家了。

过后，我倒是听到了一些有关我大伯的话，说他是个读书人，去法兰西前在石门学堂当先生，毛笔字写得很好……在曹妃甸我家老屋的板壁上，我看见过我大伯的字，当初是贴在上头的一张纸，风吹日头晒后，那字印进了板壁上，仔细看能分辨清楚，字的确写得好！老廖接嘴道，那叫力透纸背。曹晟彬喝口酒，透口气接着道，我大伯去法兰西，是乘轮船去的，在上海上船，是那种水肚下的舱，没窗门，空气很闷，一两个月下来，听说有不少老乡在途中就死掉了，被扔进海里喂鱼了……到了那边没多久，第二次世界大战就爆发了，大饥荒没饭吃，他就从法国逃到南美洲了……他最后的结局，譬如讲什么时候回国的、生什么病死的，这些情况我不了解。

老廖听罢一拍大腿道，这就对头了！你说的跟我分析的丝毫不差。我现在告诉你吧，你大伯他没有回国，他是在苏里南死的。曹晟彬道，那坟墓……怎么解释呢？老廖道，这不是明摆着的事么？你大伯客死番邦，年纪又轻，你们家族里的人当然伤心喽。按照当年的风俗，造个衣冠冢纪念他，是情理当中的事情啦！曹晟彬道，你这分析是有道理，但根据有吗？小吴迫不及待道，老廖今天叫你来，就是要告诉你根底的！

老廖端起酒杯喝了一口酒说，晟彬我问你，你到底是真不晓得还是装不晓得？你如果心里早有数，那我就不啰唆了。曹晟彬眨着眼睛，一脸茫然。小吴目光如炬，死死地盯在曹晟彬的脸面上。曹晟彬不觉慌了神，他说你们这……这是干吗呀？我真的、真的什么都不晓得啊……老廖道，那我就信你吧。事情是这样的，蒋符标，还有另外一个鹤城人，他们和你大伯三人是一起从法国过来的。他们先是去法属圭亚那，因为法属圭亚那是法国殖民地现在的海外省嘛，他们先乘轮船去了那里，后来到了苏里南。所有的事情都是在到了苏里南之后发生的……他们三人都有些钱，合伙雇巴西人挖金矿。这挖金矿跟打赌差不多，可以让人一夜暴富，也可以让人倾家荡产……他们三人财运好，挖到了矿脉，发了大财。

小吴眼不错珠地看着老廖，听得如痴如醉，只差口角淌口水了。老廖停下来说，我们先喝杯酒，我们现在也是三人，如果讲，我们也有发财机会的话，一定要"义"字当头，学一学"桃园三结义"噢。小吴捏紧拳头道，那是肯定的，不仁不义猪狗不如嘛。

老廖更进一步，拿手指头在杯子里蘸了点啤酒水，在桌面上写了几个字：苟富贵，勿相忘。这老廖，空闲里喜好看些古书的。

老廖说，言归正传吧，你大伯他是得急病死的，这点我已搞清楚了……当时，你大伯的那份黄金是存在蒋符标那里的，你大伯突然走了，身边又没个亲人，这堆黄金的下落就不了了之了……回过头来看，这事也怨不了别人，那个兵荒马乱的年代，就算不起贪心，就堆在那儿不动，这黄金也该属他蒋符标的啦。

曹晟彬问道，蒋符标在哪儿？

小吴道，蒋符标就在帕拉马里博，他有十八个老婆呢！老廖摆手示意小吴不要多插嘴。老廖道，蒋符标得了那么多黄金，不用说是富得流油了。小民百姓为钱，这有钱人是为名。他现在是苏里南政府的一个什么顾问，说是顾问，实际上就是当他们的摇钱树，什么救灾赞助啦，哪一场都没落下他，他成了最有名的慈善家了。蒋符标对钱根本不当回事，大把大把地撒……你有没有注意到，这苏里南的学生，那身上穿的葱白蓝衬衫？苏里南全国的学生统一的，都是穿蒋符标捐献的衣服啊，钱对他来讲，还不如路边一棵野芥菜呢！

曹晟彬渐渐听出了一点儿门道。他问道，那接下来……我该怎么做？

老廖道，现在的关键问题是，你要证明那个曹康麟是你大伯，要不然，一切都是空谈。小吴情急之下又插嘴道，你的长相，像你大伯么？

曹晟彬说，这事可把我难住了。

老廖道，你先别泄气，办法总会有的，你再想想，有什么办法能够证明你是曹康麟的侄儿……一般来讲，像这种事情不难的啊。曹晟彬接过老廖的烟点上，吸了几口后道，我们家里……好像有张我大伯的照片，好像是他在法兰西拍的，穿西装系领带的。老廖喜出望外，他说有这张照片就行了啊！他在法国拍的照片，蒋符标百分百认得的。你马上给中国打电话，国际长途电话费由我出，叫你家里人马上把照片用快件寄过来！

曹晟彬道，电话费是小事，就不要客气了。老廖拍拍曹晟彬的肩膀道，我一眼就看出你是个顾大局的人，必成大器的！小吴不无担心地说，光有照片……能行么？我是说光凭一张照片，他蒋符标会认晟彬吗？他说不定会怀疑你这照片是哪儿弄来的。曹晟彬道，这点不成问题，我像我爸家族那边的，我大伯相片上的人，就是我现在这个年纪，不说很像的话，也有七八分相似的，都是国字脸型，大刀眉毛……反正明眼人是一眼就能辨识出的。老廖听了击掌嚷道，这真是天衣无缝了啊！

五

根据老廖的分工安排，他本人负责摸底和分析情况，说白了也就是幕后策划者；小吴负责带路、接头，起穿针引线作用；曹晟彬则凭他那张脸，以达到让蒋符标掏银子之目的。

老廖归纳道，只要蒋符标一心动，良心一发现，掉个角给我们，就够我们三人吃半世啦！

曹晟彬收到那张大伯照片没几天，小吴即从老廖那儿拿来了一张小地图。这张"小地图"是老廖在一张练习簿的纸上描的，分别标出蒋符标那十八个老婆的具体住址。按老廖所掌握的情况，蒋符标是个神出鬼没的人，深居简出，是很难碰到他的。而且，他居无定所——他想在哪个老婆家过夜就在哪个老婆家过夜，全然没个准数。故而，他的十八个老婆的住址，就都得摸清了。

小吴和曹晟彬，开着那辆松松垮垮的面包车出发了。路上，小吴一脸憧憬状说道，我说晟彬哪，我们有钱后的第一件事，就是换车，换辆大功率的越野车！男人开上越野车，他娘的人都要大个起来啊。曹晟彬说，八字没一撇呢，大话先别说了。小吴点头道，没错，男人是要沉得住气。

他们的路线，是先近后远。蒋符标这个老婆的住址，离仓库区也就十多分钟车程，他们很快就到了。那是一幢独体别墅，典雅精致，与周围的热带植物十分吻合。他们从面包车上跳下，小吴一副牛皮哄哄的做派前去揿门铃。门铃响了老半天，一直无人接听。小吴骂骂咧咧，说他奶奶的怎么连条狗都没有呢！他话音刚落，一条大狼狗即扑向铁栅栏，汪汪大叫，双目凶悍无比。原来这有钱人家养的狗，毕竟与村狗不可同日而语。它沉着冷静，不随便发声。一旦出声了，其声如巨雷轰顶，让人不寒而栗。小吴拔腿就逃，一口气跑得无影无踪。

前往蒋符标第二个老婆住处时，情况有所不同。这回狼狗照样有，其身胚甚至比刚才那头有过之而无不及。这幢房子里有保安，是个肌肉男。肌肉男只吹了一声口哨，那头蠢蠢欲动的畜生即安静如处子，一双眼珠子滴溜溜转，好生萌萌哒。肌肉男听完小吴的一番话后，挥挥手说，蒋先生已一年没过门了。看来，这位蒋符标老婆怕是人老珠黄黄脸婆一个了呀。

过后两天，他们都没出动。小吴说，像那样子跑过去，不是个办法嘛，要是碰到一条狼狗扑外头来，连小命都不保了。曹晟彬说，那怎么办？小吴道，老廖这个人精有的是办法，他说他会搞来电话号码的，只要搞到电话号码，我们坐办公室里打打电话就行了。

电话号码到手后，小吴在仓库的那个简陋办公室里跷起二郎腿打电话，人五人六的神态。一通电话打下来，个个都说蒋先生不在她那里。其中有个蒋符标老婆，问小吴是什么人，说听他的声音很好听。这女人许是过于寂寞了吧，听到一个男人的声音，就忍不住说出这等轻飘飘的话来。弄得小吴心头痒痒的，恨不得插翅飞过去与那妖精厮杀一番。

俗话说踏破铁鞋无觅处，得来全不费工夫。这寻找蒋符标的事儿，可谓正应验了那句话呢。一天晚上，七八点钟样子，小吴接到鲁花一个电话。鲁花显然已乱了阵脚，她在电话那头语无伦次地对小吴说，你找的那个……那个蒋符标，蒋符标他现在……人就在卡西诺里，你赶快过来……他在玩牌……赶快！赶快！

小吴和曹晟彬赶到卡西诺时，蒋符标的确在那里。让人没料到的是，这蒋符标不知何时起腿脚不灵便了，坐在轮椅上。他的身旁不用说是有保镖的，好几个，个个彪形大汉，不苟言笑，脸如墨枣。曹晟彬私下与小吴嘀咕道，他怎么是个坐轮椅的人？小吴叹喟道，他就算坐轮椅，比我们双脚双手好的人还跑得快噢。

蒋符标独占一赌桌，正在兴致勃勃地玩纸牌。当真见到蒋符标本人时，小吴就不敢老三老四了，脸色明显走样，一副缩头缩脑模样。曹晟彬倒是神态如常，一如往常带有几分"傻相"——或者说无知者无畏的派头吧——他只管走了过去，靠近那张赌桌。曹晟彬其实是不会玩这种牌的，但他的表情却是"饶有兴趣"的——他手托下巴，身子微微前倾，双目温和却又有焦点，很像一位赌场的行家里手。

而小吴和鲁花两人，则一直不敢贸然上前，离曹晟彬有个一两米距离。

不能不说，蒋符标是个观察力挺强的人。他虽一门心思在那儿赌牌，但他的眼角余光，还是立马就捕捉到曹晟彬这个人了。蒋符标抬脸朝曹晟彬看上一眼，说这位先生你坐下嘛，一块儿玩。曹晟彬笑着说，我们说鹤城话吧，我也是鹤城人。蒋符标改用鹤城话问，你是找我的？曹晟彬同样笑着说，也可以这么说吧。蒋符标说，那好，等下我们去那边喝一杯。这两位，是和你一起的？曹晟彬点头，说，是的。

　　蒋符标离开牌桌前，随手丢过来两个五百美金的筹码，指着小吴说，你们……拿去玩会儿吧。小吴上前拣起那两枚沉甸甸的筹码，嘴上说，蒋先生，我也是鹤城人哪。蒋符标没搭理，由保镖推着走了。

　　曹晟彬跟随在蒋符标轮椅后头，去了卡西诺酒吧。这卡西诺里，其他饮料和啤酒什么的，都是免费提供的。但蒋符标没要这些，点了两杯付费的威士忌。落座后，曹晟彬倒有些局促不安了，他在心里反复考虑怎么开这个头，怎么说第一句话。他心里头越是这般"郑重其事"地纠结，就越是没法开口说话了。像蒋符标这等人，不用说气场是大的。他看上去弱不禁风，连路都不会走了，完全是一位老朽之人，但他的威慑力却无比强大，足以让人望而生畏。

　　这开头的第一句话，注定得由蒋符标来说了。蒋符标轻声细语道，好多年了……像是一场梦……你能明白，我为什么要点威士忌给你吗？曹晟彬摇头道，我不晓得。蒋符标示意保镖拿来雪茄点上。他吸上一口后说，你肯定不晓得了，这些都是陈年古旧的事了……我问你，你与曹康麟……属于什么亲戚？

　　蒋符标这后头的一句话，吓得曹晟彬一阵哆嗦，他脸色都煞白了，但与此同时，他心里头又是一阵惊喜，简直是惊喜若狂啊！他做梦都不会想到，事情的进展会如此顺利，会是如此不费吹灰之力即水到渠成了。曹晟彬抑制住一颗狂跳的心，极力故作镇定道，蒋伯伯真是好眼力呢……怎么就被你认出来了……曹康麟是我大伯，是我爸的亲哥……蒋伯伯，我是不是长得有点像我

252

大伯啊？蒋符标道，我认识曹康麟那时，他就你这个年纪，就你这个模样……我们出生入死好些年，一同从法兰西坐船过来……那时整个欧洲炮火连天，不逃快连命都没了……在海上，碰到了大风浪，又差点葬送海底了……不说了，一言难尽！

沉默过后，蒋符标端起酒杯与曹晟彬碰了一下。他说，想当年，我和你大伯，都爱喝威士忌，只要坐下来，就要来一杯威士忌，已经习惯成自然了……所以我见到你，特意叫了威士忌，这也算是重温旧梦吧。

蒋符标这番殷殷怀旧的话语，让曹晟彬非常感动。他没料到，时间过去了那么久——这个蒋符标现今的身份，是个跺跺脚就能闹地震的角儿了——他居然还能如此情深意切地怀念一位旧日故友啊。

那天分手时，蒋符标要了曹晟彬的电话号码，约定改天请他到家里吃饭。

曹晟彬和小吴、鲁花从卡西诺出来。外头的天幕好开阔，一饼圆月挂于天中央，清清爽爽；繁星似草原上的小花朵，开得遍处皆是，晶亮无比。这等景象，可谓与曹晟彬的心境全然相吻合了。曹晟彬对他俩道，走，喝一杯去！

他们去了一家酒吧。小吴的兴奋劲头，比起曹晟彬来有过之而无不及。他说，这有钱人的钱，就是带财运呢，钱生钱……我来卡西诺，差不多十赌九死，可这一回，一押一个准，赢了两千美金！

那天晚上的酒局，可说有几分诡异。那位鲁花妹子，并没有与小吴坐一块儿，而是坐在了曹晟彬身边。她小鸟依人一般地依偎在曹晟彬身旁，给他倒酒，喂他吃哈密瓜、腌橄榄什么的，极尽殷勤与妩媚。喝过几杯酒后，曹晟彬脑子里头突然闪出一道光——好比公路上那涂了什么化学元素的警戒线——十分醒目。曹晟彬再瞧小吴和鲁花，觉得他们两人的表现似乎有些不太正常。那天晚上，小吴酒没少喝，他先敬曹晟彬一杯，再敬鲁花一杯，然后再自顾自灌下去一杯，如此轮转着喝……总而言之，小吴那天晚上就像是要抢酒喝似的，手中的杯子一直没消停过。而鲁花这人，在以往的几次饭局中几乎滴酒不沾的，而且总是那么一副懒洋洋的样子，可今天晚上，她却很活跃，如同换了一个人——换成了一个既体贴又善饮的女人。鲁花和曹晟彬每喝一杯酒，她的身子即往曹晟彬身上多挨紧一点。到后头，她的左边奶子差不多就压在曹晟彬肩胛上了。

小吴一阵狂轰滥炸式豪饮过后，自然就不胜酒力了。他先是胡说八道了几句，说是要到天上去摘星星，又说星星摘了也没用，没人值得他送，说女人就是衣裳，穿旧了就得扔掉……过后他头一歪，趴桌子上睡死过去了。

鲁花说，吴私这人太零碎了，就知道看眼前占小便宜，不像个男人。曹晟彬说，他现在喝醉了，不要在背后说人家么。鲁花说，我才懒得说他呢……咱们再喝一杯吧。这杯酒落肚后，鲁花索性就躺倒在曹晟彬身上了。她说我头好痛，让我休息一下吧。曹晟彬没说话，只有行动。他双手捏牢鲁花的两条胳膊，将她身子扶正。过后曹晟彬说，我和吴私是朋友，这样不好。鲁花就像看怪物一样地盯着曹晟彬看，她说，我和吴私屁关系都没有。曹晟彬说那也不行。鲁花说为什么不行？你瞧不上我是吧？

曹晟彬笑笑说，既然你这样问我，那我先问你吧，你不是说，我是一个来路不明的人么。

鲁花一下子笑了起来，她说我那是逗吴私玩随口说说的……其实，来路不明有什么不好呢，来路不明的人不是挺神秘、挺吸引人么，让人有想象的空间……这可是一个褒义词啊。

曹晟彬说，那我再问你一个问题，什么叫阴险？我什么时候谋过财害过命夺过人妻了？怎么就跟阴险搭上了啊？

鲁花停顿了会儿说，吴私这人嘴太碎了，就喜好学嘴学舌，学也学不好……我那原话不是这样说的，我原话是说你是个不动声色的人，让人很难琢磨……这也不是贬义词呀，我的意思是，你是一个沉得住气的人，有城府……这没什么不好嘛，男人就不该咋咋呼呼嘛，要稳健嘛。

六

第二天，曹晟彬问小吴，你昨晚怎么回事儿？又没人劝你喝，你喝那么多酒干吗？小吴挠挠头皮说，昨天是有些高兴过头了。曹晟彬说，你下回可要注意点哦，要不女朋友会溜走的噢。

小吴说，你这话是指鲁花？我跟你说吧，我与那娘们儿到今天为止，除了牵过手，其他一概没有。那娘们儿，虽然就这么几块老本，可心气蛮高的，她那天对我明确说过，叫我死了贼心，她说她心目中的男人……你猜她指的是谁？曹晟彬说我猜不出来。小吴说，你其实心中是有数的……我相信，昨天晚上那娘们儿肯定已经对你表白过……她对我说过好几次，说你是一个稳健的男人，还老拿我作比较，他妈的！

曹晟彬说，我看还是你来圈养吧，我没兴趣。

鲁花有一天打电话过来，邀请曹晟彬和小吴去她店里吃饭。

他们到时，那位老廖已在。老廖说，今天鲁能亲自掌勺，烧了不少菜呢。鲁花接话道，破店里做不出什么菜，将就一下吧，图个热闹呗。

由于饺子店是照常营业的，所以他们兄妹俩得时不时起身干活，一顿饭吃得七零八落。不过那氛围还是不错的，尤其是他们兄妹俩，笑脸常开，热情洋溢，酒敬了一圈又一圈。只要一得空，鲁花便跑过来挨曹晟彬身旁坐下，给他夹菜，给他递手巾纸，把他照料得舒舒服服。

鲁能说，当初没听晟彬的话，要是火锅店开起来了，现在早就发小财了呀。老廖说，那你现在开也不迟啊，好事情还嫌迟啊。鲁能说，我是这样子想的嘛，可人家晟彬，今非昔比了，怕是不会和我们合伙干了。鲁花端完饺子过来说，你就是小农意识，开火锅店能赚几个钱？老廖听了这话，脸色凝重起来，他说人还是现实点为好吧，异想天开是不行的。

一星期后，蒋符标打电话来，约曹晟彬第二天去他某房老婆家吃饭。蒋符标接着说，你在这儿有什么朋友，也一起领来好了。

接过电话，曹晟彬和小吴即往老廖家跑。老廖丢下扳手，叫他老婆泡壶茉莉花茶来。三人在大树下坐定，边喝茶边聊。老廖说，我就不出头露面了，得保持头脑冷静……你和吴私去好了，先摸个底，探个虚实……据我最近了解到的情况，对姓蒋的有了新了解，蒋符标这人另外有一面，是个铁公鸡，很难让他放血的。

小吴道，那不会吧，他不是到处撒钱么？他对晟彬他大伯感情那么深，没道理不帮他忙的嘛。老廖道，这你就浅了，对人的认识不到位，我告诉你吧，这世上最难让人看清的就是人了，特别是像蒋符标这种人，比村头老樟树都还要老了，敲敲满身粉末了，就更不容易被人看清了……人家愿意撒钱，那是为了沽名钓誉，想流芳百世嘛。你叫他凭空出钱，那是一毛都不会拔的。我问你，你听说过蒋符标给过谁个人钱啦？不是没人找过他求过他的，据我这段时间对他的深入了解，他对谁都没给过钱，哪怕对方再困难，他都不会动心的，他的理由是人要自力更生，不能依赖别人。当然，晟彬的情况可能会不同，毕竟他大伯与他不是一般关系，他大伯的那份黄金被他独吞了……他说不定会有不同对待的。

临离开时，老廖叫住了曹晟彬说，我有几句话对你说。老廖拉曹晟彬到一旁说，我提个醒，那鲁花兄妹俩，你得注意回避……我们当初是三个人，就是三个人，这才对的。做任何事情吧，都得讲个原则，你说是吧。至少我是这样想的，如果这件事做成，所有权都是你的，你觉得愿意分一部分给我和吴私，那是你的心意，我决不会强求的，但外头的人掺和进来，这点我肯定会计较的。我也晓得，英雄难过美人关嘛，那鲁花为了利益会缠住你的，一个做大事业的人，我相信总是有毅力的，这点男人都明白的，只要有钱，生人头都可买到，女人实在算不了东西的。我年数大一点，吃过的盐多几两，就多啰唆几句了。

曹晟彬道，老廖你放心好了，我是个明白人。曹晟彬的回答如此冷静、平和——尤其是那份"平和"——让老廖略感意外。

第二日出发前，小吴说，开这破车过去太没面子了，我看还是叫鲁花把车借我们用下吧。他们于是先开车去了姐妹饺子店。鲁花二话没说即将车钥匙递给了小吴，嘴上说，到蒋符标府上，我这车同样太寒碜了噢。小吴道，凑合吧，总比我那破车强。时间尚早，两人坐饺子店里喝冰镇可乐。鲁花转过来软声软语道，你们把我也带上吧，让我也开开眼界见识一下场面吧。小吴说，这得晟彬批准。鲁花搬了椅子坐到曹晟彬身边说，晟彬，你这个大领导批不批准啊？曹晟彬说，不批准。鲁花道，我知道你不会带我去的……我长得这么难看，会让你没面子的。曹晟彬说，鲁花你这是往哪扯啊，根本就是两码事嘛。

　　蒋符标这房老婆是位印尼裔女子，肤色偏黑，丰乳肥臀蜂腰。房子里头的豪华程度，自不待说了。餐具全为银制品，抽水马桶是镀金的。吃的当然是山珍海味了，一道一道，非常繁琐。那天喝的葡萄酒，酒瓶子古里古怪，入口绵软，甘之如饴。饭厅的四只角，各立了一个女佣，稍许风吹草动，女佣即刻疾步上前。吃这顿饭，对于曹晟彬和小吴来说，缩手缩脚，冷汗满头，简直是活受罪！

　　蒋符标道，我起码有七八年时间，没在家中请人吃饭了，你是曹康麟的侄儿，我才给这个面子的啦。曹晟彬感动得不得了，站起身来要敬蒋符标酒。蒋符标摆手道，坐下坐下，我看见你，就同见到你大伯，回到年轻时期了，那年头，我们多年轻啊，血气方刚要打天下，转眼间……你大伯早不在世了，我也差不多是个黄泥埋到头顶心的人了，这一世做人，说有意思也有意思，说没意思也真没意思嘞。

　　见蒋符标动了情，曹晟彬不失时机地把话头接过去说道，据说当年，你和我大伯他们在苏里南开过金矿的是吧？蒋符标道，是有那么回事。曹晟彬接着道，那开金矿，有没有开到黄金啊？蒋符标道，有啊，不过没多大名堂，苏里南金成色不足，卖不起价钱的，再说那年头乱糟糟的，金价跌得厉害，没什么名堂的啦。

那天的饭局，蒋符标可说滴水不漏。一提及当年开金矿的事儿，他便打哈哈，嘴上不间断地说着"没名堂""没名堂"，和稀泥，不显山露水，让人捕捉不到任何讯息；而对于曹晟彬今后如何在苏里南立脚和创业的事宜上，更是连头都没提了。要说没"提头"，倒也不十分准确。这么说吧，蒋符标有一两句话，是擦到那"边"上的。但是，下文没了。

蒋符标问曹晟彬道，你在苏里南，居留手续办了没有啊？曹晟彬说刚办妥呢。蒋符标道，那就好，这人在番邦地，身份最要紧。没身份，什么事都不能做，有身份了才可以创业嘛。曹晟彬点头说那是的。

在座的小吴听蒋符标提到"创业"两字，眼睛一亮，胸口一热，心想这下子总算切入主题了，白花花的银子就要哗啦啦流出来了。可蒋符标却又把话头转到了其他方面。他眼神有些游移地说，我从十七八岁出来后，就再没回过老家鹤城……时间越长，就越不想回去，怎么说呢，当初是没盘缠，交通不发达；现在么，家里亲人都没了，人也走不动了，就算喽，这把老骨头就扔苏里南喽。

听了这番话，曹晟彬不禁动了情。他说，你们这辈人，太不容易了啊。

整个气氛，显然进入情感层面了，旧情新情家乡情的，剪不断理还乱。这可把小吴急煞了，好几次朝曹晟彬打眼势，想让他言归正传，切入正题。可那时节的曹晟彬，就像是喝了迷魂汤似的，神情木木的，无动于衷。

饭局过后，曹晟彬自己也后悔莫及。他认识到自己那天过于感情用事了，被看不见摸不着的"感情"牵着鼻子走，把初衷和目的给忘记了。

"三人帮"再次坐在老廖家的大树下喝茉莉花茶。老廖听罢曹晟彬的自责后说，这不怪你……其实我早有所料，就算你晟彬围着创业那话头转吧，恐怕也没用的。人家都说蒋符标是头老奸巨猾的老狐狸，这回我是信了，他是个惯于打花拳的人。

那接下来怎么办啊？小吴听了老廖的话后，急切问道。

老廖呷口茶水说，能怎么办呢？先看看呗……我还是那句话，每一回的情况不相同，例外的事情是有可能发生的，说不定时来运转的，运气会来，等待一段时间吧，他总会有个交代的嘛。

七

时间过去三个来月，蒋符标一直没再给曹晟彬打电话。也就是说那"银子哗啦啦流"的事儿，眼看就要泡汤，成为一个永远的梦想了。

正当曹晟彬和小吴垂头丧气之际，那位神通广大的老廖又不晓得从何条渠道获取了一个重大讯息。他打电话过来说，你们赶快过来，天无绝人之路，柳暗花明又一村呐！于是三人又坐在了老廖修车铺的大树下，享受着习习凉风，喝起了茉莉花茶。

老廖说，我们真是笨蛋呢，我们怎么就把那个人给忘了呀，那么重要的一个角色，我们居然就没有想到噢！

曹晟彬脑子一个激灵，他马上明白过来了，老廖所说的"那个人"，必定是指当年和他大伯、蒋符标合伙的那人了。曹晟彬觉得的确是奇怪了，自己怎么就没想到这个人呢？

小吴这人小聪明有余，但实质上脑子并不见得好使。他眼睛盯在老廖那张油腻腻的麻脸上，嘴上催促道，老廖你别兜圈了，快说嘛，到底是怎么回事？老廖嘿嘿一笑道，晟彬大伯和蒋符标开金矿，他们是几个人啊？小吴道，难道不是两个人？老廖道，你听话永远听个半句，我讲过好几次的，他们是三个人，三个人一起从法国翻到卡宴，又从卡宴到苏里南，开金矿也是三个人合伙的……小吴一拍大腿恍然大悟，他急忙问道，那人找到了？老廖洋洋得意道，这人大名石廷林，现在人在边境一个小镇里，据说，他开了一家卖渔具的店铺，单身汉没老婆的。小吴感叹道，这人比人气死人呐，蒋符标有十八个老婆，他怎么连一个老婆都没有呢。老廖道，这不是我们关心的事情，我们也管不了人家的屁事。我们现在的目的是把他寻到，不晓得他还走得动走不动，最好买张飞机票叫他飞这里来。这人一方面了解当年的情况，知根知底，另一方面，蒋符标这个冷血心肠的人，在老友面前，那心肠总是要软一些的吧。

第二日，曹晟彬和小吴即搭乘小飞机前往那座边境小镇。

这小飞机到底有多小呢？它连飞行员在内只能乘坐八人。曹晟彬由于较胖，被安排坐在飞行员旁边的位置上。小吴听得懂他们所说的苏里南土话，他对曹晟彬翻译连带加油添醋道，别人嫌你重，让你坐前头压牢飞机头呢……不然飞机上天后就成翘头鱼了。

小飞机腾空而起时，犹如一只蜻蜓那般轻巧。很快，它便完全融进自然风光中了。

这小飞机飞行的高度，不用说是不高的，它离原始森林的树梢，也就两三百米的距离吧。这南美洲的热带雨林，比海洋还要辽阔，一眼望不到头，除了绿色还是绿色，除了树木还是树木。曹晟彬由于坐在飞机头上，视野分外开阔，他免不了东张西望，一脸呆相，稀奇得不得了。

飞机进入常规航道后，那开飞机的飞行员就没那么专心致志了。这位胡子拉碴的白人飞行员，先是双手放开操纵杆，打了一个悠扬的哈欠。而后他不知从哪里搜出一本边角卷如海带一般的破杂志，脑袋一沉，翻看起来；他甚至手中握上一杆圆珠笔，时不时地在杂志上头写几个字母。这种类型的杂志，曹晟彬在欧洲也经常见到——番人乘地铁无聊时，便在这类杂志的页面空格子上填字母。

可是现在，这位老兄是在天上开飞机啊！

曹晟彬心想，这飞机原来就是这样子开的哇！

当然，情况并非都是如此。碰到要拐弯了，白人飞行员双手握住操纵杆，稍稍一带劲，那飞机头便调转过来了。在这一过程中，飞机是有明显倾斜性的——朝曹晟彬这边倾斜时，他通过有机玻璃看到了底下的一簇簇树梢——感觉中他人已悬空浮在云朵上了，眼看就要跌落下去了。

这他妈的真绝了，真他妈的算奇里古怪感受了！

小飞机开了个把钟头，在绿地毯一样的地面上，总算见着了一块缺口。那儿色块不一样，五颜六色，丰富多彩起来了。靠近后，曹晟彬看见了火柴盒一样的房子，七零八落，以及一个足球场。足球场离机坪近，在飞机兜着圈子缓缓往下降时，曹晟彬见到了踢足球的古铜色小孩，以及他们奔跑的姿势和发出的喧闹声。

　　机坪同样小得可怜，上头停着一架差不多型号的小飞机。小吴从机舱出来后，对曹晟彬说，托你洪福啊，我可是从未离开过帕拉马里博市的，这次有机会长见识了。曹晟彬道，你说的是正话还是反话？小吴道，我冷汗都出来了！

　　如果说这世上当真有"世外桃源"的话，那么，这座苏里南边境小镇无疑是最为接近的了。这个小镇在海洋一般的树木包围中，远离人世间的万丈红尘，人烟稀少，空气发甜，人与人之间不用说是和睦相处了。它的与世隔绝之处还在于，此地并无陆路交通。由于森林的覆盖无边无际，密不透风，故而要在这里开出一条道与几千公里之外的地方连接起来，那样的难度是很大的，况且，从诸多方面来讲也是不足取的。这里与外界连结的唯一渠道，便是空中的飞机了。所有的物资都是经由运输机运送进来的；而人员的出入往来，则每天有两趟航班，上午一趟下午一趟。屈指一算，每天从这儿出去的人实打实算，不会超出十四人；进来的亦同。能够长时期地保持这种低密度的人员往返，对于"世外桃源"的形成和巩固，自然是大有裨益的了。

　　石廷林的那家渔具店铺，开在一条小河旁。此处是块自成方圆的小天地：一个石头砌就的小码头（底下河面上泊着三条纹丝不动的独木舟）；数条供人闲坐的石板（已光滑如镜）；十几棵阔叶树木、二十几簇花丛（浅黄色）……正是午后时分，周遭安静得针掉地上都能听得见。渔具店铺里的钓鱼器具，五花八门，应有尽有，唯独不见店主人。他们俩为什么断定此店即为石廷林的店了呢？那是因为他们在店铺墙壁上的营业执照里头见到了一张老华人的面孔。

曹晟彬道，看来这是一位倔老头呢。

他们去附近一家小餐馆填肚子。小吴对餐馆老板说，我们是找渔具店老板的，店门开着，可他人不在。餐馆老板说，全镇子的人都睡觉了，太阳太猛了呀！

碰到石廷林时，眼看太阳就快要落山了。适时天边一抹红霞，给这个绿色的世界带来了五彩缤纷的景象。曹晟彬用鹤城话与石廷林打招呼，他一下子呆掉了，老半天后口齿不清地问道，你们是谁呀？曹晟彬指指自己和小吴说，我们都是鹤城人，今天过来，看看你呢。让人没想到的是这位石廷林于转眼之间，便状态如常了。他以正常的语气说，原来这样啊，进来坐……我泡咖啡。

曹晟彬因有上次与蒋符标打交道的先例，认定眼前的石廷林也能辨识出他来的，便绕着弯道，石伯伯，你说……我像你认识的一个人吗？石廷林道，不认得……我二十几年没离开这里了，连鹤城话都讲不利索了，除了认识镇子里的人，别人谁都认不得。

小吴问道，你为什么都不出去走走啊，世界变化很快，你应该出去看看的呀。石廷林道，能变到哪去，我就不相信人不是用嘴巴吃饭用双脚走路的，孙悟空七十二变，还不是逃不出如来佛的手掌心嘛。

看来他神志完全正常，记性也不赖。

曹晟彬捧起石廷林一只手道，我叫曹晟彬，鹤城曹妃甸村人……你再看看我，有没有想起来啊？石廷林的脑子这回转过弯来了，他说你跟那个曹康麟……曹晟彬接过去说，对，我是曹康麟的侄儿呢。

石廷林显然是个见过狐狸见过铳、见过板壁见过缝的人——见多识广。他没有做出大惊小怪的举止，只是淡淡问道，来苏里南多久了？曹晟彬道，半年。石廷林又问道，现在做什么行当？曹晟彬道，还没定下来呢，有点难。

晚饭后，石廷林领他们俩去当地一家红灯店玩。这座边境小镇，可谓麻雀虽小五脏俱全，人类所需的各类设施和商铺，一样没落下。这家红灯店，属于袖珍型的，仅三个妓女，两个巴西妹，一个黑炭头似的黑妹。店里没什么生意，那天晚上这三个女子，基本上是在陪他们三个喝酒调情。石廷林道，在中国，我这做长辈的人是不好在下辈面前近女色的，这番邦地就没这套规矩了，做人实码多了……

当曹晟彬提及当年他们开金矿的话题时，倒是把石廷林的话匣子给打开了。石廷林道，开金矿我们三人都发了财，有一段时间，我们日日花天酒地……

怕石廷林跑题万里，曹晟彬插嘴道，你们那黄金，是平均分的么？石廷林道，差不多吧，秤杆翘软一点吧……那时我们亲兄弟一样的，不会计较小头。小吴问道，那后来，晟彬他大伯那个股子，是不是放在蒋符标那里啊？石廷林摇头道，没有，各归各了，我们用这笔钱各做各事，蒋符标开了木材公司，发了；我开种糖蔗农场，后来不是由甜菜替代做糖了么，我农场就破产了。

这就是人的命运，一念之差，结果天差地别……现如今那蒋符标，你们也晓得，只差个龙袍缠身了……我落到这步田地……我后悔倒没有，已经习惯过这种清心日子了……曹晟彬不得不再次打断石廷林的话问道，那我大伯他……后来投资做什么了呢？

石廷林将身边搂着的女人放开，喝了一口啤酒道，说起你大伯曹康麟，怕是三日三夜都说不完呢……我们三个人，就他文墨好，有肚才，可这秀才做事情，总喜欢颠倒……他拿到自己的股子后，和几个荷兰过来的番人要拍电影，什么叫拍电影，那时节我是连听都没听说过，他也听不进别人的劝告，一根筋走到底……

曹晟彬听得目瞪口呆。他哪怕神经错乱千头万绪，恐怕都不会料想到那个曹康麟会将银子拿去拍电影啊。曹晟彬和小吴几近异口同声道，拍电影？怎么回事哇！

石廷林道，奇怪事情还在后头呢……他出钱拍电影，一切归他说了算，算是什么导演还是指挥官。他那时有个女朋友，是个荷兰番人女……说到这里，我补一句，那位荷兰女开酒吧的，我们刚到苏里南的时候就认识了，我也贪过，可她看上的人是你大伯曹康麟，在这点上讲，我和你大伯曾经是情敌哎……曹康麟叫这个荷兰女当主角，当主角就当主角嘛。曹康麟那拍电影的念头和做法，我和蒋符标都认定是这个荷兰女捣的鬼，没有她想演电影，曹康麟不会把钱打水漂的……那个时段，我和他没接触，他带了一班人跑到西望娜那边拍电影。电影的内容，我也是后头听了个半句话，是讲农场主压迫黑奴，黑奴反抗，把农场主的女儿给强奸了。这位演主角的就是我刚才说的那个开酒吧的荷兰女，听说黑人在曹康麟眼前真强奸了荷兰女，我到现在都不大相信，曹康麟怎么可能叫别人真强奸他女朋友呢？演戏就是演戏嘛……可当时一个印度人，他也在那里头的，演小角色，他对我说这是真实的事情，说曹康麟为了演得逼真，说什么为艺术献身，让那个黑人真强奸他女朋友……后头没过多久，你大伯就癫了，跳到海里淹死了。

八

曹晟彬从边境小镇回来后，有一天鲁能跑过来找他。曹晟彬的情绪自然不咋地，说出的话难免阴阳怪气。他说我现在不是摇钱树而是一棵摇晃树了，你干吗辛苦跑来呀。鲁能说，你别跟我扯那些……我对你说实话吧，我当初就认定那是一件荒唐事……陈谷子烂芝麻的事儿了，就算你大伯父真有钱财被人给吞了，隔了这么长年代，人家会认么？人家甚至不会对你掏一毛钱的，因为他一给你钱，就显得心虚了嘛，他干吗要让人拿捏把柄啊……所以当初你们几个在那儿折腾，我这个局外人嘴上不说，心里是瞎子吃饺子明白着呐……曹晟彬道，你分析得在理，比智多星老廖强。鲁能说那我不敢当……人家说过的，走过的桥比我走过的路还长呢。不瞎扯淡了，我今天来，老事重提，就是那开鱼头火锅店的事儿，你现在不是心安下来了么，我们再合计合计把店开起来吧。曹晟彬问道，你那个妹妹鲁花……不反对了？鲁能说我们商量过，饺子店做不大的。

苏里南这个国家政府管理混乱，没有违章建筑一说。曹晟彬

267

过去后，第一步便是请帮工来搭建木板房，规模比饺子店原有的面积还要大；第二步为置办桌椅及火锅器具；第三步是他们雇用了一个当地黑人，让他每天去海边拣鱼头，然后在第一时间里运回抹盐后置放冰柜冷藏。

万事俱备后，便水到渠成开始试营业了。前三天均半价。广东人在中国货行看到这张小广告后，拖儿带女成群结队过来，天天爆棚。全额收费后，人数少了一大半。但就凭这些人头，生意就已相当不错了。鲁氏兄妹快活得嘴巴合不拢。

鲁能到底看得远些，他不无担心地对曹晟彬说，这广东人总人数有限，店刚开张他们会图个热闹，时间一长……饭、面是每天都要吃的，可这鱼头总不能每天吃啊。曹晟彬胸有成竹道，我在菜市场卖过八棱瓜的，对苏里南的消费情况多少有些了解。我们华人的人数是少，但亚洲人不少呀，亚洲人与我们的生活习性八九不离十，他们迟早是会过来吃的……要不下班后，我们去印度人住的区域贴几张广告纸看看，说不定就有效果了。

有一天，小吴带着一个中国刚偷渡出来的女孩子过来吃火锅。曹晟彬忙好后出来陪他喝酒。小吴说，看不出你有心情不好嘛。曹晟彬说，心情不好那又怎样，日子还得过吧。小吴说，你这人心理素质没人能比……我到现在才调整过来，我当初还以为自己这辈子不要干跑货的活了，到头来仍然是跑货的命，你看我，是不是又晒黑了？有客人推门进来，曹晟彬起身说声"对不起"便进厨房去了。小吴在他背后嚷道，晟彬，你是魔鬼化身哎！

又一日，老廖浩浩荡荡地把他那一大家子拉过来吃火锅，要了两个锅底，四五份鱼头，弄得鸡飞狗跳的。老廖酒足饭饱后，拉上曹晟彬去店铺后头的小树林。老廖没开口先撒尿，他边撒边开口道，在南美洲待惯了，天高地阔的，就不喜欢在屋子里撒尿了，这外头撒尿，爽快！

老廖把曹晟彬拉出来，自然是有话要对他说的。老廖说，我现在又掌握了一些情况……那个石廷林，才是吞吃你大伯钱财的人呢。曹晟彬半信半疑说，石廷林穷得赤臀鸡儿一样，不像一个吞占了钱财的大象嘛。老廖道，这就是天下事的复杂性啰……蒋符标富得流油，可他一分一厘都是自己赚的，而那个石廷林穷没路了，穷得没裤子穿了，却偏偏吞了别人钱财……我对你说吧，事情是这么一个事情。当初，石廷林要办农场，种糖蔗，准备大干一场，规模比较大，听说比我们鹤城一个县的地盘都要大，工人几百号。他钱不够，就问你大伯借了，说好三年内还清，有利息的。你大伯那时还在举棋不定，没什么眉目，想干点什么没定下来，就把卖黄金得来的钱借给石廷林了。过后半年左右吧，你大伯和一个荷兰女去海边度假，出了事……曹晟彬问道，他是和……女朋友去海边度假出事的么？老廖道，我今天讲的重点就在这里，那个石廷林，说你大伯是拍电影出的事，这是鬼话，怕是连鬼都不会相信的。石廷林在小地方与世隔绝那么多年，脑袋肯定是出毛病了，才会编出这种花样来，正常的人，就是叫你编吧，你也编不出来的，太造念拔舌了啊（"造念拔舌"为鹤城方言，相等于"造谣离谱"意思）……不过话说回来，石廷林编出这套鬼话来，迷惑性还是蛮大的，你和吴私，不就被他搞得晕头转向了么？这个人厉害是厉害的，他花拳这么一打，长袖这么一舞，就把你大伯借他钱的事情给抹掉了……说你大伯的钱是拍电影拍

269

掉的，当然与他就完全无关啰，而实际上，你大伯的钱是被他给吞去了！

曹晟彬道，现在晓得这些，也没意思了，那石廷林穷光蛋一个，把他皮剥了也没几钱重了。老廖道，我讲这些，是还历史一个真貌，真貌是不可乱说的，真貌就是真貌……回过头讲那个荷兰番人女。他们在那个夜头，在海滩上做男女做的事情，结果发生了意外。他们被一个水牛牯一样的黑人撞上了，黑人门神一样高大，眼乌珠牛卵一样，满身酒气熏天，他冲过来一脚踢在你大伯头上，你大伯被踢出一丈多路，零部件都被踢散了，成了一辆报废车了。而这边头，荷兰女还仰天八叉赤臀躺在海滩上，黑人见着一堆白花花的肉，那还有什么屁好放的，他二话不说就来了个恶狼扑羊……荷兰女是个烈性女，当然死不愿意啰，乱蹬乱哭乱叫，可又有什么作用啊……你大伯作为一个男人，眼睁睁地看着自己的女人被人强奸，这口气肯定是忍受不了的，但你大伯是个内向的人，不爱说话，把苦闷放在心里头，时间一长就出毛病了，就癫了。

沉默片刻后，老廖对曹晟彬轻声道，死法是差不多的，你大伯癫了后到处乱跑……他的尸体是在海里寻到的。

九

当年曹康麟、蒋符标、石廷林这三位鹤城青年刚抵苏里南时，他们时常到"荷兰女"史丹尔的酒吧喝咖啡、喝酒；碰到商量什么事儿时，不用说他们就将地点定在史丹尔酒吧了。那时节的史丹尔，正值花季妙龄，形同荷兰的郁金香，郁郁葱葱，清新而富有朝气。具体来讲，史丹尔是位金发美女，脸上有少许雀斑，眼睛浅蓝色，肤色粉嫩。不用说，这是一位相当迷人的异国女子。

在这位美女面前，三位鹤城青年差不多同时喜欢上她，并爱上了她。三人心怀鬼胎，而嘴巴上都不说，都不捅破那层薄薄的纸片。在夜里头，他们各自辗转反侧，任凭史丹尔在脑屏上姗姗然而来，施施然而去。一夜春梦过后，他们个个头重脚轻，眼皮水肿，神情恍惚……但只要一刻钟过后，他们便如春雷轰炸下的冬眠小动物，纷纷苏醒过来，变戏法似的又成为了生龙活虎的小伙子。

史丹尔显然是位无师自通的情场老手。她小小年纪（当年只有十八九岁），就晓得怎样在男人中间周旋，怎样不粘锅，怎样游刃有余……这就像是一个杂技节目，女演员端了一碗满当当的水，在三个男人之间来回穿梭，有时快步走有时慢步走，有时走出花头有时跳跃式走。碗里的水虽说也晃动得厉害，但大多是有惊无险，从不会溢出去一滴一点的。史丹尔这套娴熟的情场技能，使得三位鹤城青年每日里都过节似的，兴高采烈，一如向日葵般地笑脸常开，幸福指数满满……而与此同时，他们又深感茫然，身子犹如坠入了云山雾海，四壁光滑似镜，怎样乱抓乱舞总是徒劳的，连根稻草都没法子捞着。也就是说，他们根本就不晓得门在哪儿，他们只能在门外徘徊，没有方向感地打圈圈。

史丹尔于三位鹤城青年而言，称不上是光芒四射的太阳的话，至少也是小清新的一钩月牙儿吧。三位鹤城青年在这钩月牙儿的映照和滋润下，如雨后的禾苗般你追我赶，齐头并进。他们拧成了一股绳，称兄道弟，歃血为盟，精诚团结。

三位鹤城青年在史丹尔面前纷纷表示要干一番大事业！可以这么说吧，当年这三位鹤城青年所表现出来的那份豪迈气概，其自身素质自然是重要的，但不可否认的是，那位史丹尔小姐在其中所起的作用同样是不容小觑的。这就譬如一堆面粉，如果没有发酵粉，那就不可能做成大面包的道理一样。

这三位鹤城青年成功了，他们挖到了金矿，挖到了人生第一桶金。

史丹尔毕竟并非神仙之辈，她本质上是个凡夫俗子。既然是凡间之人，那就没办法做到永久性的平衡。那碗水时间端长了，手臂难免酸痛，心情难免烦躁，春心难免荡漾……种种因素，都有可能使得那碗水泼出去。于是乎，史丹尔心中的那杆"天平"于不知不觉间开始了倾斜，态势渐渐显山露水——曹康麟被聚光灯扣住了。

由于史丹尔的"下单"，这三位鹤城青年之间的关系，由此以后发生了微妙的变化。从面上看，他们未红过脸，半句重话都没说过。但彼此心中都明白，早年间的那份"肝胆相照"之情，已如一江春水向东流，再也无法逆转了。

三位鹤城青年从此各自为政，各走各的道。其走出来的人生结果，大相径庭，天差地别，根本没法摆在一块儿谈论了。

在个人情感方面，蒋符标和石廷林这两人都很有意思。他们的表现形式不同，而且相当地对立和极端：一位拼命讨老婆，妻妾成群；一位终身未娶，孤苦伶仃。但是，他们的诉求，或者说他们的关节点是一致的。他们在年轻的时候，在情爱的路上，都曾经一脚踩空，跌入了万丈深渊。

万圣节那天（"万圣节"等同于中国的清明节吧），曹晟彬捧了鲜花去华人墓园祭拜大伯曹康麟。他来到墓前，却见已经有一捧花摆放在坟头。曹晟彬不用动脑筋，便可揣测出这捧花必定是那位史丹尔拿来的。

曹晟彬心头猛地一紧，噗噗直跳。在那一刹那，像是有无数多柔软的物什细雨般地飘洒过来，鸟语花香，水波激滟，云蒸霞蔚……一派幻境啊！

曹晟彬去了那家门脸窄小、装潢陈旧的小酒吧。酒吧里头冷冷清清，只有一位老头在喝咖啡。吧台一个黑白混血儿朝曹晟彬笑着问道，请问先生，你需要点什么？

曹晟彬说，来杯威士忌。

这时，酒吧角落里的一位老太太转过了脑袋。她老态龙钟，脸上的皱纹深深浅浅，一如核桃的硬壳子。

曹晟彬端着威士忌走到老太太跟前，犹豫片刻后，他坐了下来。光线黯淡，声响绝迹。整个儿情景犹如一张发黄的旧照片。

不能不说，那个场景极富仪式感。

让人吃惊的是，这位史丹尔居然会讲土得掉渣的鹤城话！她抬脸看着曹晟彬道，我不管你是什么人……你像他——曹康麟。

过后的那段日子，怎么说呢，完全就是种种幻境片断的叠加啊。曹晟彬和史丹尔，这一老一少，出现在了帕拉马里博的大街上。那时节的阳光，总是那么温和，犹如被雾纱罩住了一般，看似透明又不透明，使得大地万物具有了飘浮感；那时节的花花草草，全都长了眼睛似的，他们走到哪儿，它们的"脸面"就朝向

273

哪儿，张张草叶在舞蹈，朵朵花儿在歌唱；就拿那热带雨林的雨来说吧，眨眼间也变小了，怎么瞧都没麻绳粗了，一根根雨线比筷子还要细呢。

史丹尔所去的地方，基本上为帕拉马里博的殖民时期老城区。她在大街上漫步，有时候眯起眼睛，很享受的样子；有时候停下脚步，大半天不肯挪步。曹晟彬几天跟班跟下来，多少有些明白过来了，这些场所，应该是她少女时代生活过的地方吧。

有一天，史丹尔在总统府的广场旁公园里头流连忘返，像是一个迷了路的人。这座公园，显然是有年头了的。那尊青铜雕像，也不知塑的是哪位丰功伟绩之人，头顶上被一种像乌鸦一样的鸟拉了一层厚厚鸟屎，白花花的。花园的铁栅栏锈迹斑斑，年久失修，有几处都成窟窿了，人们在那儿钻进钻出，自由出入。史丹尔迟迟不愿离去，曹晟彬就不好随意离开，他就得耐着性子在此地转悠。史丹尔站在一张破长椅前面，一动未动，眼睛也不偏移，直直地盯视在破长椅上。这张破长椅，实在可称得上破败不堪了，生铁铸的腿脚，断倒没断，只是已锈得面目模糊，上头长了细小的菌类植物；长椅上的木条，缺了一大半，剩下的一小半，也是长短不一的。

半晌过后，史丹尔抬起头来，脸庞朝向曹晟彬甜蜜一笑，她喃喃道，它还在……这真是奇迹啊！史丹尔边说边靠在了曹晟彬身上，并将头埋进了他的胸前。一会儿后，史丹尔在曹晟彬胸前嘤嘤哭泣，渐渐地，她肆无忌惮地放声大哭，哭得昏天黑地。

往回走时，史丹尔就像是换了一个人似的，她容光焕发，步履轻盈……于浑然不觉间，她已挽住了曹晟彬的手臂弯。史丹尔说，你要请我吃冰淇淋哦，就前面那家店，草莓口味的。

一个月后，史丹尔无疾而终。

在那一个月里，史丹尔通过律师，将自己经营了一辈子的酒吧过继给了曹晟彬。

十

一天，小吴跑到酒吧来。曹晟彬特意拿出那种像炮弹一样的苏里南啤酒，与他坐下一块儿喝。小吴没头没脑道，这地段，老殖民地区域，再破烂也值几个钱的。

过后，小吴便显出躁动不安来。他喝下一杯啤酒后，从座位上站起来，在周边走来走去。那天酒吧生意还可以，差不多三分之二的位置都有人坐着。曹晟彬说，你别晃来晃去了好么，人家客人看你呢。小吴没好气道，是啊，你现在得逞了，我吴私成废人一个了……晃来晃去影响你生意了是吧。曹晟彬说，人家来消费，我们总得尊重人家吧。小吴冷笑道，尊重？你什么时候尊重过我们啦？

曹晟彬答不上话。

小吴回到座位坐下。他气呼呼道，我今天过来，是有个问题要问你的，你这次一定要对我说实话，不要再搞滑头了。我问你，你来苏里南是不是有目的的？

停顿片刻后，曹晟彬说，可以这么认为吧。

小吴鼻孔用力哼了一声后道，原来……你说的，是图这里签证方便才过来的，还说在欧洲待腻了想换换地方，还说自己是个稀里糊涂的人，原来所有这些全他妈的是骗人的鬼话！

曹晟彬十分尴尬，他勉为其难地笑道，你这样子说，有一定的道理……不过，我不是成心的，如有对不住的地方，你多原谅啦。

小吴愤愤不平道，原谅……这话他妈的太轻飘飘了吧！我和老廖，我们他妈的就是两头猪嘛，都要被拉屠宰场了，还在那儿帮人谋划这个谋划那个的……我再问你一个问题，你对这里的情况、你大伯在苏里南的事情，你实际上是一清二楚的对不对？曹晟彬抬头道，那没有的……怎么可能呢，事情都过去半个多世纪了，就是神仙都不可能一清二楚的。要论说起来，我确实是晓得一部分情况的，这是我的实话。

小吴说，你这人太可怕了，你假死假活装得太像了！连老廖那个半天师都被你给蒙了。鲁花说你是个阴谋家，你不动她，是怕到时她要分你财产！你……你这口井水太深了，谁与你搭边谁倒霉！

曹晟彬道，谁倒霉了？你这话讲过头了吧。

小吴一时无语。

曹晟彬去吧台拿来两支粗雪茄，两人分别点上。曹晟彬慢悠悠道，刚才你问我来苏里南是不是有目的的，你可能理解我的目的是图钱财，但那不是我的目的。可能我这样讲，你不会相信的，因为一般人的眼中，除了钱财，其他都不会成为目的的，我对你说句最坦白的话，我来苏里南，是因为我觉得我大伯这个人，是个相当有意思的人，在他身上……怎么说呢，他是个充满了传奇色彩的人，这世间像他这样的人少之又少，而且，我不瞒

276

你讲，我在他身上好像看见了自己的影子……这一点我是没法逃脱的，我和他没见过面，但我觉得他就是我我就是他……这世间，有这种联结关系的人是绝无仅有的，我能不珍惜吗？能不惺惺相惜吗？

小吴冷笑道，你这套文气话，我听不懂，你反正好这手云肚雾肚套路的嘛……我看你要么是又打花拳了，要么，你跟你那个大伯一个屌样，十三点、台湾糖，都是癫人！

图书在版编目（CIP）数据

西西里往事 / 阿航著.—上海：文汇出版社，2018.11
ISBN 978-7-5496-2722-6

Ⅰ.①西… Ⅱ.①阿… Ⅲ.①中篇小说 - 小说集 - 中国 - 当代
②短篇小说 - 小说集 - 中国 - 当代 Ⅳ.① I247.7

中国版本图书馆 CIP 数据核字 (2018) 第 216769 号

西西里往事

著　　者　阿　航
策　　划　朱耀华
责任编辑　徐曙蕾
特约编辑　甫跃辉
装帧设计　张志全

出版发行　🗹文匯出版社
　　　　　上海市威海路755号
　　　　　（邮政编码200041）

照　　排　南京理工出版信息技术有限公司
印刷装订　启东市人民印刷有限公司
版　　次　2018年11月第1版
印　　次　2018年11月第1次印刷
开　　本　889×1194　1/32
字　　数　170千
印　　张　9
印　　数　1—2800

ISBN 978-7-5496-2722-6
定　　价　38.00元